の欠片をあつめて

シャロン・サラ

岡本香 訳

THE LAST STRAW

by Sharon Sala

Translation by Kaori Okamoto

mira

THE LAST STRAW

by Sharon Sala
Copyright © 2021 by Sharon Sala

Published by K.K. HarperCollins Japan, 2022

わたしたちはさまざまな感情を抱きますが、
光の速さで世界を満たし、決して衰えないのは愛情です。
これは誰かを愛し、それを恐れずに表現する人のための物語です。
失われた愛――今でもわたしを待っていてくれる明るい魂。
この本をボビーに捧げます。

明日の欠片をあつめて

おもな登場人物

チャーリー・ドッジ――私立探偵
ジェイド・ワイリック――チャーリーのアシスタント
レイチェル・ディーン――行方不明になった女性
ミリー・クリス――レイチェルの姉
ウェイン・ダイアー――レイチェルのアパートメントの管理人
ソニー・バーチ――会社経営者
ジェレマイア・リー・レイヴァー――カルト教団のトップ
バレット・テイラー――カルト教団の信者
ジェサップ・ウォリス――カルト教団の信者
ファレル・キット――カルト教団の信者
ダレン・フロイド――刑事

1

広告代理店〈アディソン&トンネル〉で十日間休みなく働いたレイチェルは、疲れた体を引きずって家路についた。明日は大事なプレゼンが控えている。二十九歳にして役づきに昇進したレイチェルにとって、人生の中心は仕事だ。

会社を出たときはすでに午後七時をまわっていた。渋滞した環状道路を抜けて、ダラスでも歴史的建物の多い地区にあるアパートメントにたどりついたのは四十五分後のことだ。

デターハウスは由緒ある屋敷で、二十年前に現在のオーナーが買いとってアパートメントに改修した。二階建てで、北棟と南棟に分かれている。正面玄関を入ってすぐ管理人室とロビー兼共用スペースがあり、共用スペースには大画面テレビが置かれている。建物の裏には屋根つきの駐車場と温水プール、そしてバーベキューパーティーができる庭まであった。まれに空き部屋が出てもすぐに借り手がつく人気の賃貸物件だ。

デターハウスが視界に入ったところで、レイチェルはほっと息を吐いた。坂道をのぼって建物の裏にある駐車場に車を入れる。ハンドバッグと仕事用のバッグを持って車を降りるとき、いつものくせで独り言がもれた。

「やっと帰ってこられたわ。もう足がぱんぱん」

裏口へ向かう途中、温水プールの横で肉を焼いている住人に手をあげてあいさつをする。

「レイチェル、よかったら食べていきなよ」住人のひとりが声をかけてくれた。

「ありがとう。でも今日はやめておくわ。ものすごく疲れているから」

住人は了解の印に親指を立て、談笑の輪に戻った。

肉の焼けるいいにおいがただよっている。だが、今は食べものよりも休息だ。部屋着に着替えて、ソファーに足を投げだしてくつろぎたい。

裏口からロビーへ入り、エレベーターで二階へあがって北棟へ進んだ。自分の部屋にたどりついて鍵をかける。廊下のテーブルにハンドバッグを置いて、その下に仕事用のバッグをおろした。それから、着替えをするためにまっすぐ寝室へ向かった。

床はつやつやに磨きあげられて、塵《ちり》ひとつ落ちていない。そういえば今日はハウスクリーニングの日だった。どの部屋にもレモンオイルとライラックの香りがただよっている。最近、ライラックのエアフレッシュナーを手に入れた。ライラックはレイチェルの好きな花だ。

仕事着をぬいで、ダラス・カウボーイズのスエットシャツと、くたくたのブルージーンズに着替える。ハイヒールからテニスシューズにはき替えると、家に帰ってきたという実感が湧いた。汚れた服を集めて洗面所へ行き、洗濯機に入れる。

洗濯機がまわる音を聞きながら、レイチェルはキッチンへ行き、パントリーからチキンヌードルスープを出した。サンドイッチでもつくろうかなどと考えながらスープを皿に移してあたためる。結局、チーズとクラッカーで間に合わせることにした。

電子レンジがとまるのを待っているとき、窓の外からかすかに音楽が聴こえてきた。表のバーベキューが盛りあがっているようだ。今からでも参加したいと言えば歓迎してもらえることはわかっているが、ちゃんとした格好をする気力が湧かない。それにいくら温水プールといっても、水遊びをするには肌寒い季節だ。

チーズとクラッカーをのせた皿をテーブルへ運ぶ。レンジがちんと音をたてた。テーブルに置きっぱなしだったｉＰａｄの電源を入れ、飲みものを用意する。スープをとりにキッチンへ戻る途中で、ガラス戸に映る自分の姿が目に入った。

鏡ではないのでぼんやりしているが、カールしたダークヘアや丸みのある鼻の形くらいは判別できる。絶世の美女とはいかないものの、まあまあ見られる。そんなことを思った自分に肩をすくめて、レイチェルはレンジの前へ移動した。熱々のスープの香りが胃を刺激する。

ｉＰａｄで読みかけの本を開き、火傷《やけど》しないように注意しながらスープを口に運んだ。子どものころ、よく食べた味だ。生まれ故郷のオクラホマ州タルサに今でも住んでいる姉の顔が浮かんだ。

本を読みながらスープを半分ほど食べたとき、廊下の奥から笑い声が聞こえた。寝室のほうからだ。ひとり暮らしだから誰もいるはずがないのに……。

レイチェルは眉をひそめてスプーンを置き、席を立った。とくに警戒もせずに寝室へ行ってみると、なぜかテレビがついていた。

「なんで?」つぶやきながらリモコンをさがす。

リモコンは、テレビがのっている棚の上に置いてあった。いつもベッド脇のテーブルに置くのだが、きっとハウスクリーニングの作業員が動かしたのだろう。それにしても、帰ってすぐ、寝室で着替えたときはテレビなどついていなかった。

そのとき、音もなく背後に忍び寄ってくる影に、レイチェルはまるで気づいていなかった。リモコンに手をのばしかけたところで、首のうしろに刺すような痛みが走る。悲鳴をあげて首に手をやった。視界が暗くなり、部屋が旋回して、やがてすべてが闇にのまれた。


四時五分前、チャーリー・ドッジの携帯にメールが届いた。寝返りを打って時計を確認し、うめく。こんな朝っぱらから誰がメールなんて?

発信者はワイリックだった。

「いったいなんなんだ?」つぶやいて上掛けを跳ねのけ、ベッドの脇に上体を起こしてメールを開く。

〝今日は環状線を通ってはだめ。ひどい玉突き事故が起こるから〟

「玉突き事故?」

眠い目をこすって立ちあがり、上半身裸だということも忘れて廊下に出ると、向かいにあるワイリックの部屋をノックした。

なんの返事もない。もう一度ノックすると不機嫌そうな声が返ってきた。

「ベッドから落ちて大量出血でもしてるの?」

チャーリーはくるりと目玉をまわした。「いや」

険しい声が返ってくる。「じゃあなんなのよ? まだ朝の四時よ」

「朝の四時にメールしてきたのはそっちだろう」チャーリーも声を荒らげた。

さっきよりも長い沈黙のあと、ドアが開いた。薄暗がりに、羊模様のピンクのパジャマを着たワイリックが立っている。パジャマの下に例のタトゥーが隠れているかと思うと、あまりのギャップに頭がくらくらした。

ピンクのパジャマを着たワイリックを見るのは初めてではない。だが、寝起きでパジャマ姿の彼女はふだんよりもずっと無防備に見える。

一方のワイリックも、悪夢を見たうえに日の出前から起こされて不機嫌だったにもかかわらず、むきだしの胸板や引き締まった腹筋、そして短パンからのびる長い脚に見とれていた。

「……メールなんて、送ってないけど?」

チャーリーが携帯を差しだす。

部屋の電気をつけて携帯画面を確認したワイリックの顔から、いっきに血の気が引いた。それを見たチャーリーも、ワイリックは本当にメールを送っていないのだとわかった。

「きみじゃないなら誰だ?」

ワイリックは充電中の携帯電話を持ってきた。メールの送信履歴を出してチャーリーに見せる。

「見て。昨日、ランチに何が食べたいかと事務所からメールしたのが最後よ」

チャーリーは眉をひそめた。「でも、送信者はきみになってる。誰かがきみの携帯をハッキングしたってことか?」

「わたしの携帯をハッキングできる人間なんていない。考えるから、ちょっと座らせて」

ワイリックは自分のベッドまで戻り、マットレスに腰をおろした。

チャーリーも隣に座り、ワイリックの考えがまとまるのを待った。

しばらくしてワイリックが深呼吸した。「信じられないけど、これは現実なのよね。さっきまで夢を見ていたの。夢のなかでわたしは、あなたにメールしなきゃと思ってた。つまり結論から言うと、わたしは携帯なしでメールを送る能力を身に着けたということなんだと思う」

チャーリーは床が傾《かし》いだかと思うほどの衝撃を受けた。どう返事をすればいいかわからない。はっきりしているのは、ワイリックがまたしても超人的な力を獲得したということだ。

「それじゃあ……これからは、携帯電話代を払わなくていいんだな」ショックを和らげるためにわざと冗談を言う。そこではっとした。「ところで玉突き事故の話は本当なのか？」

ワイリックがうなずいた。

「誰かに警告を発してとめることはできないか？」

ワイリックの顎がぴくりと動く。

「無理。いくらわたしでも、運命は変えられない」

「そういうことなら今日は下道で出勤する。教えてくれてありがとう。シャワーを浴びてくる」

「仕事へ行くにはまだ早すぎるでしょう」

「そりゃそうだが、こんなことがあったあとで二度寝できるほど図太い神経はしていないんでね。どっちにしろシャワーは浴びるし」

ワイリックを残して、チャーリーは廊下へ出た。自分の部屋に戻り、ドアを閉めてバスルームへ向かう。髪を洗っているあいだもワイリックの言ったことが頭から離れなかった。

ここ数カ月で、自分とワイリックの生活は大きく変わった。

そもそもふたりが同居しているのは、〈ユニバーサル・セオラム〉という組織のせいだ。ワイリックの能力を恐れた〈ユニバーサル・セオラム〉が、彼女をこの世から消そうとした。ちょうど妻のアニーを失って生きる意味を見失っていたチャーリーは、ワイリックを守るために彼女の屋敷に寝泊まりするようになった。

ワイリックは強い。どんな困難に見舞われてもへこたれない。だが、さすがにメールの件では狼狽《ろうばい》していたようだ。

やれやれ、こんな始まり方をした一日は、いったいどんな終わりを迎えるのだろう。

チャーリーが出ていったあと、ワイリックはしばらくベッドの上から動けなかった。頭のなかで考えたことをメールで飛ばすなんて、SF映画でも見たことがない。自分で自分の能力が空恐ろしくなって、両手で顔をこする。それから立ちあがってバスルームへ行き、鏡をのぞいた。

わたしは本当に人間なのだろうか？　髪をかきむしりたい気分だが、スキンヘッドではつかむ髪もない。

鏡から目をそらして服をぬぎ、シャワーを浴びた。熱い湯に打たれているうち、肩の力が抜けてくる。ショックだったのはまちがいないが、いつものように、これも自分だと受け入れるしかない。

ひとつ救いがあるとすれば、チャーリーがまったく動じなかったことだ。彼の冗談を思い出して小さな笑みを浮かべる。シャワーを出てスエット上下に着替え、階下へおりた。

料理は得意ではないが、こういうときは胃に何か入れたほうがいい。手っ取り早くエネルギーが補充できて、何かうんと甘いものが食べたい。そう、今朝みたいな日にはワッフルがぴったりだ。ワッフルなら冷凍庫に入っているのをあたためればいい。

チャーリーが階段をおりてくるころ、キッチンにはコーヒーの香りが充満し、皿には焼きたてのワッフルが盛られていた。バターとシロップが惜しみなくかかっている。

「すごいな。マーサ・スチュワート（料理研究家）みたいだ」キッチンに入ってきたチャーリーが大げさに鼻をうごめかした。

ワイリックはフォークをナイフのように握ってふり返った。

「いくら料理が苦手でも、オーブンの使い方くらいわかるわ」

チャーリーはにやりとしただけで言い返さなかった。自分のコーヒーを注《つ》いで、ワイリックが席につくのを待つ。

亡き妻アニーともこんなふうに食卓を囲んだことを思い出して、一瞬、悲しい気持ちになった。アニーが亡くなったのは最近だが、若年性アルツハイマーを患っていたので、かなり前から一緒に食事をすることは難しくなっていた。

しばらく無言でワッフルを食べたあと、チャーリーはコーヒーのお代わりを注ぎに席を立った。そのままコーヒーポットをテーブルへ運び、ワイリックのカップも満たす。

「失踪していた双子の件は片がついたんだろうか」

ワイリックがうなずく。「人身売買に関与していた男の情報はすべて警察に渡したわ。男は逮捕されたらしいけど、共犯者の名前を明かしたかどうかまではわからない。とにかく、あなたが助けなかったら、あの少女たちは今ごろドバイで売りさばかれていたでしょうね」

「いや、ぼくらが助けたんだ。きみのリサーチがなかったらぜったいに見つけられなかった」

ワイリックはワッフルを咀嚼《そしやく》しながら、チャーリーの賞賛を噛《か》みしめた。彼の期待を裏切るような真似《まね》はしたくないと改めて思う。そばにいると感情の起伏が激しくて消耗するが、彼のいない人生も考えられない。

皿に残った最後のワッフルを、チャーリーが指さした。

「食べる?」

「無理」

「どうして?」チャーリーが眉間にしわを寄せる。

「あなたの名前が書いてあるもの」

チャーリーはきょとんとしたあと、ワイリックが冗談を言ったのだと気づいて笑い声をあげた。「じゃあ、遠慮なくいただくよ」

チャーリーがワッフルをフォークで刺して自分の皿にとった。バターをぬり、これでもかとシロップをかけて口へ運ぶ。甘党はワイリックだけではないのだ。

ワイリックは椅子を引いて、空いた皿を流しに運んだ。チャーリーが食べるのを眺めながら世間話でもできたらいいが、それは親密すぎるとも思う。自分を守るためにも一線を画したほうがいい。

「メールのチェックをしてくる。出勤は七時半ごろでいい？」

チャーリーがワッフルを頬張ったまままうなずいた。

キッチンを出て温室へ向かいかけたワイリックは、足をとめた。マーリンのトマトを収穫しようと思ったけれど、夜でもいいと思い直す。いつもあまり気乗りしないメールチェックだが、今朝はなぜか早く見たいと思った。方向転換して書斎へ向かう。

マーリンの書斎は広い。チェリーウッド仕上げの床。上質のレザーを張ったソファー。もちろん、壁一面をおおう本棚もある。この部屋に入るたび、ワイリックは懐かしい友人が──長い白髪と顎ひげがトレードマークのマーリンが、机の向こうからほほえみかけてくれるのではないかと期待してしまう。とんがり帽や魔法の杖《つえ》などいらない。そんなものがなくてもマーリンの魔力は変わらないからだ。

マーリンという偉大な理解者を失ったことは、ワイリックにとって大きな痛手だった。

彼の遺産相続人に指名されたことにも、いまだに戸惑いはある。財産などいらないから、マーリンにそばにいてほしかった。どれだけ金を積んでも、ワイリックがいちばん欲しているもの――帰る場所《ホーム》をとりもどすことはできない。

ダラスでも古い町並みの残る地区に立つマーリンの屋敷は、ワイリックが考える〝ホーム〟の条件をほぼ満たしていた。あとはマーリンがいてくれれば完璧だ。マーリンの冗談や笑い声が恋しかった。

マーリンは、チャーリーを除けば、ワイリックがこの世で信頼している唯一の人物と言っていい。そのマーリンが数カ月前、がんで亡くなった。さらにその少し前、チャーリーの最愛の妻アニーが若年性アルツハイマーでこの世を去った。人生は喪失の連続だ。それがわかっていても、失うつらさは少しも変わらない。ため息を落として、ワイリックはマーリンの椅子に座り、パソコンを起ちあげた《た》。

メールソフトを起動すると、株式仲買人のランダルからメールが届いていた。ワイリックが所有するゲーム会社の業績や、最近取得した特許についてだ。ほかにも、複数の会社から業務報告のメールが届いていた。

アラートメッセージも複数ある。自分のことを書いている宗教団体のウェブページがあればアラートが出るように設定しておいたのだ。ワイリックを神の遣いと呼ぶ宗教団体もいくつかあるが、人類をひとつの肉体にたとえるとすれば腫瘍のような存在だと考えている団体のほうが多い。たとえ良性であっても、腫瘍などないほうがいいと言いたいのだろう。

過激な団体はワイリックの存在を人類の差し迫った危機と公言し、彼女の死を祈れと信者に呼びかけている。これは〈ユニバーサル・セオラム〉と縁を切るためにワイリックが払った犠牲のひとつだ。宗教を盾に個人的な欲求を満たそうとする人たちの狂気を、受けとめなければならない。

アラートを確認していくと、とりわけ過激な団体を見つけた。さほど大きな組織ではないがネット上で多くの信者を獲得している。名称は〈正義の教会〉。〈正義の教会〉のウェブサイトには真偽の怪しい書き込みが飛び交っていて、目下、そのほとんどがワイリックに関連していた。

これまでのところ実生活に被害は出ていないものの、近い将来、ひと悶着《もんちゃく》あるかもしれない。組織力を駆使して要求を通そうとする連中がどれほど厄介かは、〈ユニバーサル・セオラム〉で身に染みていた。

株式仲買人のメールに返事をして、所有する会社に必要な指示を出し、出勤の準備を再開した。

日に日に秋の気配が深まって、曇っている日は肌寒いほどだ。ブラウスの上にレザージャケットを着て、ニーハイブーツをはく。レッドとシルバーのアイシャドウでメイクをして、さっとルージュを引いた。携帯をハンドバッグに入れ、ストラップを肩にかけて、書類鞄《かばん》を手に階段をおりる。

チャーリーはリビングのソファーに座って、モーニングショーを観《み》ていた。気に入った番組がないのか頻繁にチャンネルを変えている。ワイリックに気づくと顔をあげ、テレビを消した。

ワイリックは目を細めて視線をそらした。

チャーリーときたら何を着てもセクシーに見えるから厄介だ。今日は白いシャツにカウボーイが着るような黒のブレザーを合わせ、ボトムスは黒のリーバイスだった。足もとのブーツはつやつやと磨きあげられている。

黒のステットソンをかぶるチャーリーを尻目に、ワイリックはさっさと表へ出た。

「モールへ寄ってベアクロウ（アーモンド風味のペイストリー。切れ込みの入った不規則な円形がクマの爪を連想させることから名前がついた）を買うわ。しつこいかもしれないけど環状線は使わないで」

「もちろん忘れていない。ぼくも途中でガソリンを入れるから、事務所で会おう」

ふたりは別々の車に乗りこんだ。ワイリックがリモコンでゲートを開けて道路へ出る。ゲートを閉めるのはあとから出たチャーリーの役目だ。ワイリックはいつもどおり尾行を警戒しながら車を走らせた。チャーリーがうしろにいると思うと心強い。互いの携帯にトラッカーを仕込んであるので、視界から外れても居場所は常に把握できる。

ワイリックのベンツは下道を通ってこぢんまりしたモールの駐車場へ入った。彼女がベーカリーの前に車をとめたのを見届けてから、チャーリーもガソリンスタンドへ向かう。朝食に甘いワッフルを食べたというのに、所長室で砂糖をまぶしたベアクロウとコーヒーを味わうのが楽しみだった。

ワイリックは手早く買い物をすませ、チャーリーより先に事務所のあるビルに到着した。いつものように静まり返った事務所に入って照明をつけ、パソコンを起ちあげる。そのあとコーヒーメーカーをセットし、ガラスドームに買ってきたベアクロウを並べた。彼女はこの時間が大好きだ。自分の机についてチャーリーの足音が近づいてくるのを聞いていると、なんともいえない幸せを感じる。

以前なら、チャーリーは通路を歩いてきた勢いのままガラスドアを押し開け、さっそうと事務所に入ってきた。しかしワイリックの命を狙う輩《やから》が現れてからは、そうもいかなくなった。もともと防弾仕様だったガラスドアは、さらに廊下から部屋のなかが見えないように曇りガラスにした。廊下には防犯カメラを設置し、来客はインターフォンを押して、部屋のなかから施錠が解除されるのを待たなければならない。わずらわしいと思う気持ちはあっても、身を守るためには必要だった。

チャーリーが事務所に入ってくるころには前日に届いたメールのチェックを終え、彼が目を通すべきメッセージをまとめて、ついでに事務所の口座に当面の支払いに必要な金額を振りこみ終わっていた。

「おはよう」チャーリーがそう言って机の前を通りすぎる。

「朝一で確認してほしいメッセージは机の上よ。ベアクロウは給湯室」ワイリックはパソコンから目もあげずに言った。

チャーリーはうなずいた。給湯室で足をとめ、カップにコーヒーを注いでベアクロウをひとつナプキンにのせる。所長室へ入って帽子とジャケットをぬいだ。

さあ、今日も仕事開始だ。

首の痛みに目を覚ましたレイチェル・ディーンは、口のなかの苦みに顔をしかめた。寝返りを打って目を開けると、コンクリートの天井からぶらさがっている裸電球が見えた。すぐ近くに通気口がある。四方の壁はコンクリート製で、窓はひとつもない。箱のような部屋にむきだしのマットレスが置いてあって、自分はそこに寝かされているのだ。あまりの環境の変化に心がついていけず、悲鳴がもれた。声は壁に吸いこまれるように消えた。かなり壁が厚いようだ。

自分がどこにいるのか、どうやってここへ来たのかわからない。つけっぱなしのテレビを消そうと寝室へ行って……そうだ、首の痛み！

あれは虫に刺されたのではなかったのだ。鎮静剤のようなものを注射されたにちがいない。誰かが部屋に侵入していたのだ！

上半身を起こすと急に視界がまわりはじめた。両手で髪をかきあげ、ついでに首のうしろに手をやる。激しいパニックに襲われる。

明日の午前中に大事なプレゼンの予定があるのに。いや、もう明日ではなく、今日なのかもしれない。出社しなかったら社長にどう思われるだろう？　秘書がなんとかしてくれるだろうか。資料さえあればほかの人でも代行できるはずだ。あんなに苦労して準備したのに。

じわじわと現実が染みこんでくる。

今はプレゼンのことを心配している場合ではない。ここで死ぬ可能性も大いにある。部屋のなかでマットレス以外に目につくのは、傾いた洗面台と、古めかしい木製のトイレだけ。視線が大きな鉄製のドアを捉える。ひょっとして、万が一にも鍵がかかっていないかもしれない。

よろよろとドアに近づいたはいいが、淡い希望はすぐに消えた。ドアはびくともしなかった。両手を握りこぶしにしてドアをたたき、助けを求める。どんなに騒いでも音は壁に吸いこまれていく。それでもレイチェルはたたくのをやめなかった。やがて喉が痛くなり、手がずきずきしてきて、床に膝をついた。涙があふれ、嗚咽《おえつ》がもれた。

真っ赤に泣きはらした目で、レイチェルはほうようにマットレスへ戻った。自分をこんな目に遭わせた人物が今にも部屋に入ってくるのではないかと思うと、恐ろしくてドアから目が離せなかった。レイチェルは壁に寄りかかって体を丸め、膝に顎をのせて次の展開を待った。

2

ソニー・バーチは四十代の独身男性で、ブロンドがかったグレーの髪は頭頂部が薄くなりはじめていた。瞳の色は淡い緑。身長を尋ねられたら百八十センチと答えるが、あげ底の靴なしではせいぜい百七十五センチしかない。足りない分を補うように肉体を鍛えているので、腕や肩の筋肉は盛りあがり、腹にも贅肉《ぜいにく》はついていなかった。職場では〝社長〟と呼ばれるが、自分を社員よりもえらいとは思っていない。ソニーはソニーだ。

その日は出勤するとすぐにミーティングがあった。誕生日の社員がいて、休憩室にケーキが置いてあった。ケーキは好物だが、自分の誕生日にはケーキよりもとっておきのゲームを楽しみたい。ゲームはソニーにとって何よりのご褒美だ。

ソニーにはふたつの顔があった。会社や近所の人に見せる感じのよい中年男性の顔と、誰にも見せない顔だ。ふたご座だから二面性があるのは仕方がないと思っている。生まれつき、善良な面と邪悪な面を併せ持つ定めなのだ。人を笑わせるのも好きだが、泣かせるのも大好きだ。

今日は会社が終わったらお楽しみのゲームが待っている。前回のゲームから四年も辛抱した。ゲームのことを考えると、興奮して仕事に集中できなかった。ダイエットと同じだ。食べたい気持ちを我慢すればするほど、甘いものがおいしく感じられる。ようやくあの高揚を味わえる。あの女が血を流し、泣き叫ぶのを、心ゆくまで眺められる。

ふたたび目を覚ましたとき、レイチェルの頭は割れそうに痛んでいた。鎮静剤がまだ体内に残っているようだ。最初に目に映ったのは天井からつるされた裸電球で、暗がりのなかで煌々《こうこう》と輝いていた。部屋のなかはかすかに尿のにおいがただよっているし、どこかうしろのほうから、水のしたたる音も聞こえる。すべては悪い夢だと思いたいが、これは現実なのだ。

どのくらい閉じこめられているのか見当もつかない。部屋のなかには時計もなければ窓もなかった。たまらなく喉が渇いている。寝返りを打って起きあがろうとすると、前のときと同じで目がまわった。おそるおそる上体を起こして、めまいがおさまるのを待つ。それから立ちあがり、ドアへ向かった。今度こそノブがまわって、ドアが開くかもしれない。祈りながら歩を進める。だが、期待は破れた。

両手を握りこぶしにしてドアをたたく。

「助けて！　助けて！」声が嗄《か》れるまで叫んだ。たたきすぎて手がずきずきする。

レイチェルはドアに背をつけて胸の下で腕を組んだ。こんなことが起きるなんて信じられない。どうしても目の前の現実を受け入れられなかった。

どうしてこうなったんだろう？　このままどこかへ売り飛ばされてしまうのだろうか？　それとも頭のおかしい性犯罪者にレイプされるの？　わたしはここで殺されるのだろうか？　殺されなかったとしても、死んだほうがましだと思うまで拷問されるかもしれない。

足を引きずって木製トイレの横にある、傾いた洗面台へ移動する。蛇口をひねるとごぼごぼと音がして、さび混じりの水と空気が勢いよく噴きだした。しばらく水を流しっぱなしにして、透明になってから体をかがめて顔に水をかけた。鎮静剤でぼうっとした頭がいくらかすっきりしたところで、両手に水をためてごくごくと飲む。飲める水かどうかなんて、気にしている場合ではなかった。

次にトイレの水を流してみる。さびの混じった水が便器の底に渦を巻いて吸いこまれていったので、トイレに座って用を足した。

落ち着いたところで、さっきまで寝ていた古いマットレスに視線をやった。よく見るとあちこちに染みがついている。薄くなっているが、血痕のようだ。そう気づいたとたん、全身ががたがたと震えだした。

こんなところで死ぬのはいやだ。死ぬとしても、全力で抵抗してやる。

血痕のついたマットレスには横たわる気がしなくて、部屋の中央に立ちつくす。そのうち膝ががくがくして、部屋が旋回しはじめた。仕方がないのでマットレスに腰をおろし、ドアを見る。鎮静剤がまだ体内に残っていたのだろう。知らないうちに意識を失っていた。

レイチェル・ディーンが出社しないことに、〈アディソン&トンネル〉社の社員たちが気づかないはずもなかった。秘書のルーシー・アーノルドも慌てたが、何よりも社長のラッセル・アディソンが取り乱した。レイチェルが担当しているクライアントはすでに会議室にいて、プレゼンの開始を待っている。

「自宅に電話してみろ」社長が指示する。

「五回もかけました」ルーシーが言った。「こんなのレイチェルらしくありません。何かあったにちがいないですよ」

社長はいらいらと髪をかきあげた。

「レイチェルに代わってプレゼンができそうな者はいないか?」

「ええっと……ラルフならできるかもしれません。リサーチを手伝っていましたから。ラルフにプレゼンのデータを送りましょうか」

「大至急頼む。事情は私から説明する。私はラルフの準備ができるまでクライアントの相手をする」

「わかりました」

「レイチェルのほうも確認を続けてくれ」

ルーシーはレイチェルのパソコンを起動して必要なファイルをさがし、ラルフに送信した。何があったのかわからないが、レイチェルのことが心配でたまらなかった。あんなに一生懸命準備してきたのに当日に無断欠勤するなんて、相当の理由があるにちがいない。

ファイルの送信が終わるとレイチェルの緊急連絡先を調べ、レイチェルが住んでいるアパートメントの管理人に電話をした。

ウェイン・ダイアーはデターハウスの一階に住んでいるが、〈アディソン&トンネル〉社から電話がかかってきたときは管理人室で帳簿の整理をしていた。

「はい、デターハウスの管理人です」

「〈アディソン&トンネル〉社のルーシー・アーノルドです。二一〇号室に住んでいるレイチェル・ディーンの秘書をしております。今朝、レイチェルが無断欠勤しました。電話にも出ません。午前中に大事なプレゼンがあって、出社しないはずがないので、非常に心配しています。お手数ですが部屋を見てきていただけないでしょうか」

ウェインは眉をひそめた。「それは心配ですね。すぐに見てきましょう」

「ありがとうございます！　何かわかりましたら折り返しお電話をいただけますか？」

「わかりました。そちらの番号は着信履歴を見ればわかります。いったん電話を切ってお待ちください」

「ありがとうございます！　助かります！」

電話を切ったルーシーはぼんやりと宙を見つめた。いやな予感を必死でふりはらう。

一方のウエインは合鍵を手にエレベーターへ向かった。

レイチェルのことはそれほど心配していなかった。住人が寝坊で会社を無断欠勤するのは初めてではない。部屋で転倒して動けなくなっているとか、薬や酒の影響で気絶しているのではないといいのだが。

エレベーターで二階へあがり、北棟の二一〇号室へ向かう。ドアをノックして待った。返事はない。ふたたびノックして呼びかけた。

「レイチェル？　レイチェル・ディーンはいますか？　管理人のウェイン・ダイアーです」

返事はない。

合鍵を使ってドアの鍵を開ける。ドアを開けて敷居の手前でもう一度叫んだ。

「レイチェル！　管理人のウエイン・ダイアーです。あなたの会社から電話があって、出社しないし連絡がとれないので安否確認をしてほしいと言われました。入りますよ！」ウェインは敷居をまたいだ。ドアを開けっぱなしにして奥へ進む。

部屋の奥から声が聞こえてきた。ベッドでお楽しみ中のところでないといいのだが……

などと考えたあとで、その声が、管理人室で観《み》ていたトークショーの司会者のものだと気づいた。テレビがついているのだ。

「レイチェル？　聞こえますか？　返事をしてください」

なんの応答もない。

鼓動が速くなる。頼むから部屋で死んでるなんてオチはやめてくれよ。

おそるおそる寝室をのぞく。

予想どおりテレビがついていた。バスルームのドアが開いているが、なかには誰もいない。ウォークインクローゼットのドアも開いていた。人影はない。寝室を出てキッチンへ向かいながら、ますます不安になった。食卓の上には表面に膜が張ったスープとぱさぱさになったチーズ、歯形のついたクラッカーがのっている。これはただごとではなさそうだ。食べかけの食事の横にｉＰａｄが置いてあって、いかにも食事の途中で席を立ったまま消えてしまったという状態だった。しかも朝食ではない。食べものは何時間も前からテーブルの上に置きっぱなしだったように見える。

リビングに戻ってみると、廊下のテーブルにハンドバッグが、その下に仕事鞄《かばん》も置いてあった。

「よくない展開だな」ウェインはつぶやき、部屋を出て鍵を閉めた。駆け足で一階へ戻る。

レイチェルの車は知っていたので、駐車場を確認しようと思った。建物の裏へ出ると、赤いフィアットがとめてあった。それを見た瞬間、大きな手で心臓をつかまれたような気がした。

踵《きびす》を返して管理人室に駆けこむ。震える手でリダイアルした。

「〈アディソン&トンネル〉社のルーシーです」

「デターハウス管理人のウェイン・ダイアーです。レイチェルは部屋にいませんでした。寝室のテレビがつけっぱなしで、おそらく昨日の夕食と思われる食事がテーブルの上に並んでいました。車は駐車場にとめたままです。ハンドバッグと仕事鞄も部屋にありました。レイチェルのお姉さんに電話してみましたか？　お姉さんなら何か知っているかもしれません。番号を知らなければお教えしますが」

「番号はわかりますのですぐに連絡してみます。ありがとうございました」

「いえ、何かわかったら私にも教えてください」

管理人が電話を切ったところで、ルーシーはレイチェルの姉の電話番号をさがしはじめた。レイチェルはよく姉のことを話題にしていたので、姉妹の仲はいいはずだ。家族に何かあったなら、姉のミリー・クリスが知っているだろう。

連絡先が見つかったのですぐに電話する。相手が出るのを待ちながら、レイチェルのハンドバッグや車がアパートメントにあるという事実を頭のなかで反芻《はんすう》した。家族に何かあったのだとしても、財布は持って出かけるだろうし、車に乗っていかないはずがない。

ミリーは出張する夫のレイを空港まで送った帰りだった。携帯が鳴って、発信者が〈アディソン&トンネル〉社だったので小さくほほえむ。妹のレイチェルにちがいない。フリーウェイの出口へ向かいながらハンズフリーモードで電話に出る。

「もしもし?」

「ミセス・クリスの携帯でしょうか? レイチェルの秘書をしておりますルーシー・アーノルドです。少しお話ししてもよろしいでしょうか」

ミリーは眉をひそめた。まさかレイチェルに何かあったんじゃ……。

「どうしたんですか?」ミリーの問いかけにルーシーが返事をためらったので、本格的に不安になった。

「あの、それがわたしどもにもよくわからないんです。レイチェルは今日、大事なプレゼンをする予定だったのですが、出勤しませんでした。連絡もしてこないなんて彼女らしくありません。何度も携帯に連絡したんですが、応答がなくて……それで、ひょっとしてご家族に何かあったのではと思いまして」

「いいえ、家族には何もありません。まさか、部屋で倒れているとか!」

「先ほど、アパートメントの管理人に事情を話して部屋を確認してもらいました。ドアには鍵がかかっていましたが、レイチェルは部屋にいなかったそうです。昨日の夕食が食べかけのままテーブルに並んでいて、財布の入ったバッグも部屋に置いたまま、車も車庫に入っていたそうです。本人だけがいないんです」

ミリーはうめいた。「ああ、どうしましょう！　レイチェルが、レイチェルが……！

警察に通報しましたか？」

「まだです。先にあなたに確認しようと思いまして」

「通報してください！」ミリーは叫んだ。「今すぐに！　わたしはちょうど出先なんです。急いで家に帰りますから、何かわかったら教えてください。夜までに見つからなかったら、明日の朝いちばんにそちらへ向かいます」

「わかりました。電話を切ったらすぐに通報します」

「わたしもあとでダラス市警に問い合わせます。失踪届を出すということですよね？」

「そのつもりです」

ミリーは赤信号でブレーキを踏んだ。声が震える。

「通報さえしていただけたら、あとはこちらで対応しますから」

「承知しました」ルーシーは電話を切ってすぐ社長をさがしに行った。社長から通報してもらったほうが警察も真剣に対応してくれると思ったからだ。

デターハウスの管理人やレイチェルの姉とのやりとりを報告すると、社長も深刻な顔つきになった。

「わかった。警察には私から通報しよう」

タルサではミリー・クリスがやきもきしながら情報を待っていた。タルサからダラスまで車で四時間以上かかるので、気軽に出かけていくわけにもいかないが、妹の身に何かよくないことが起こったのかもしれないと思うと、恐ろしくて吐きそうだった。泣いたら悪い想像が現実になってしまいそうで怖い。夫と話したいが、今、彼はシアトル行きの飛行機のなかだ。ミリーにとって血を分けた家族はレイチェルしかいない。妹を失うわけにはいかない。

「レイチェル、お願いだから無事でいて。生きていてくれさえしたらぜったいに見つけるから……約束するから!」

ダラス市警のダレン・フロイド刑事は報告書を作成していた。デスクの電話が鳴ったのでデータを保存して電話に出る。

「失踪事件担当のフロイド刑事です」

「ラッセル・アディソンだ、覚えているか?」

フロイド刑事と〈アディソン&トンネル〉のラッセル・アディソンは、大学の寮で同部屋だった。

「よう、相棒！　久しぶりじゃないか！　どうした、急に？」

「おまえ、失踪事件の担当になったんだよな？　実はうちの社員が今朝、無断欠勤している。二週間かけて準備してきたプレゼンの当日だから休むはずがないのに。電話にも出ないし、アパートメントの管理人に部屋を確認してもらったが、部屋にもいない」

「なるほど」フロイド刑事はペンとメモ帳をとった。

ラッセルはアパートメントの管理人の話や、レイチェルのふだんの勤務態度について話した。

「確認する。いなくなったのはレイチェル・ディーンだな。住所は？」

ラッセルはレイチェルの個人記録から住所をさがした。「デターハウスに部屋を借りている。歴史地区にある古い屋敷を改装したアパートメントなんだが、わかるか？」

フロイドは眉をあげた。

「もちろん知ってるとも。賃料が高いので有名なところだ」

「レイチェルは優秀な社員で、能力に見合う給料を支払っているからな。まだ三十歳になっていないが管理職なんだ。ともかくオクラホマ州に住む肉親に確認したところ、警察に通報してくれと頼まれた。これは正式な失踪届だ。調べてもらえるか？」

「わかった。レイチェルのアパートメントの管理人は常駐しているのか？」

「そう聞いている。レイチェル・ディーンの両親は死亡していて、姉のミリー・クリスがタルサに住んでいる。姉妹の仲はよく、ふだんから連絡を取り合っているらしい。ミリーからレイチェルのことで、そちらへ問い合わせがあると思う。これから先は、捜査に進展があったらまずミリーに連絡してほしい」

「ミリーの電話番号はわかるか？」

「わかる」ラッセルは番号を読みあげた。「時間ができたときでいいから、うちにも捜査の状況を伝えてくれると助かるんだが」

「了解。とりあえず現地に行ってみるよ。また連絡する」

「ありがとう。恩に着る」

「その必要はないさ。これがおれの仕事なんだから。じゃあな」フロイドはメモをポケットに入れて立ちあがった。

「ミルズ刑事、新しい事件だ。捜査に行くぞ」

ミルズ刑事は何も言わずにジャケットをつかむと、ショルダーホルスターの上からジャケットをはおってパートナーのあとを追った。

ダラス市警から電話がかかってきたとき、管理人のウェイン・ダイアーは外で用事をすませるために出かける準備をしていた。フロイド刑事なる人物から、行方不明者の部屋を調べたいのでしばらく外出しないでほしいと言われ、外出をとりやめる。それから二十分ほど、警察の到着をじりじりと待った。

ふたりの警察官が管理人室にやってきてバッジを見せたとき、ウェインは緊張した。警官と話すのは初めてだったし、いよいよレイチェルの身に何かあったことを実感したからだ。下手をすると自分も容疑者にされかねない。

「管理人のミスター・ダイアーですか」

「はい。ウェインと呼んでください」

フロイドはうなずいた。「フロイド刑事です。こちらはパートナーのミルズ刑事。レイチェル・ディーンの部屋を見せてください」

「わかりました。合鍵がありますのでついてきてください」ウェインは刑事たちをエレベーターへ案内し、二階の北棟へ向かった。

刑事たちは防犯カメラの位置を確かめながらついてきた。

「どの廊下にも防犯カメラが設置してあるんですか？」ミルズ刑事が尋ねた。

「はい各廊下のつきあたりに一台ずつ」

「部屋のなかはどうですか？」今度はフロイドが質問する。

「それは借り主に任せています。レイチェルはおそらく防犯カメラを設置してないと思いますが……調べてみてください」

「廊下に設置してあるカメラの、過去二十四時間の映像を確認したいんですが」

「お帰りになるまでに見られるように準備します。さあ、ここがレイチェルの部屋です」

ウェインは二一〇号室の前で立ちどまった。施錠を解除してドアを開ける。玄関に入ると、廊下の先から声が聞こえた。

「話し声がしますね」ミルズ刑事が廊下の奥を指さした。

「寝室のテレビの音です。会社の人に頼まれて安否確認に来たときもテレビがついていました。何もさわらないほうがいいと思ったので、そのままにしています。ハンドバッグと仕事用のバッグが廊下の先に置いてあります。キッチンのテーブルには食べかけのスープが置いてありました。見た感じでは、昨日からそのままになっていたようです。安否確認でこの部屋に来たあと、裏の駐車場を確認したところ、レイチェルの車はいつもの位置にとめてありました。車庫に入っている小型の赤いフィアットです。車を確認したあとで〈アディソン&トンネル〉の人に電話をして状況を伝えました。そうしたらあなた方から電話があったんです。私の知っていることはそれだけです」

「レイチェル・ディーンにはつきあっている人がいましたか?」フロイド刑事が尋ねた。

ウェインは肩をすくめた。「さあ、どうでしょう。でも特定の人と親しそうにしているところは見たことがありません。とても感じのいい、きれいな人ですが、どちらかというと仕事ひと筋という感じでした」

「これから彼女の部屋を調べます。何かあったら電話しますので対応をお願いします」

「戸締まりはどうしましょう？」ウェインは確認した。

「ここはオートロックではないんですか？」ミルズ刑事が言った。

「ちがいます。合鍵を預けますから、用がすんだら鍵をかけて管理人室へ持ってきてもらえますか？　そのときに防犯カメラの映像をお見せしますので」

「わかりました」ミルズ刑事は鍵を受けとった。

管理人が部屋を出たあと、ミルズ刑事はドアに鍵をかけた。玄関を見まわしてから右手にあるリビングに足を踏み入れる。荒らされた様子はない。すべてがあるべき場所におさまっているように見える。

「物取りが入ったという感じじゃないな」

ミルズ刑事は廊下の洗濯機をのぞいた。「洗濯物が洗濯機に入れっぱなしだ。洗濯はすんでいて、乾燥機に移してない」

フロイド刑事がテーブルを指さした。「スープの表面に膜が張っている。ｉＰａｄは充電が切れてるし、このチーズも乾燥してふちが反り返っている。何時間も放置してあったようだ。昨日の夕食だろうか」

ミルズ刑事がうなずいた。「ｉＰａｄを見ながら食事をしているときに何かあったというところか」

「気分が悪くなってバスルームへ行ったとか？」

「そのときテレビをつけたってことか？　ともかく寝室へ行ってみよう」ミルズ刑事はテレビの音を頼りに寝室へ向かった。

「ベッドメイクがしてある。ベッドを使った形跡はないな」フロイド刑事が言った。

ミルズ刑事は黙って部屋のなかを観察した。

「テレビがつけっぱなしというのがどうもひっかかる。ベッドメイクがされているということは寝そべってテレビを観ていたわけでもないだろう。それにリモコンがテレビの横に置いてある。ベッドに寝てテレビを観るなら、ふつうリモコンは手元に置いておくものだ」

フロイドは目を細めた。食べかけのスープといい、この部屋には不自然な点が多い。次にバスルームへ入った。タオルはきれいにたたんであり、ボディータオルがラックにぶらさがっていた。石鹸《せっけん》に手をふれると完全に乾いている。バスルームは水滴ひとつなく、ぴかぴかに磨きあげられていた。清掃業者が入ったと言っていたが、清掃が終わってそのままなのではないだろうか。

「昨日、シャワーを使った感じはしないな」ミルズはバスルームの外に目をやった。絨《じゅう》毯《たん》の上に足跡がついていて、ウォークインクローゼットまで往復していた。しかしクローゼットのなかにもとくに変わった点はない。

「血痕もなければ争った形跡もない。金目のものを盗《と》られた様子もない。部屋の主だけが忽然《こつぜん》と消えている」フロイドがつぶやく。

「防犯カメラの映像から何かわかるかもしれない」

「そうだな。管理人に電話して、部屋の捜査は終わったから今からそっちへ行くと伝えてくれ」

ミルズが携帯をとりだした。電話で話しながらドアに鍵をかけ、エレベーターへ向かう。

ところが防犯カメラの映像を見てもなんの手がかりも得られなかった。昨日の午前十時、レイチェルの部屋に清掃業者が入った。業者は十三時過ぎに作業を終えて部屋を出ている。

「毎回、あなたがチェックするんですか？」ミルズ刑事が尋ねた。

「清掃業者の仕事を？　そうです。電気や水道の修理にも立ち会います。清掃業者は〈スリック・フロアーズ〉という会社です。彼らだけで住人の部屋に入ることはありません。私が作業に立ち会って、清掃が終わった部屋の施錠をします」

清掃業者が帰ったところで映像を早送りする。二一〇号室の前に女性が立ったところで再生速度を落とした。

「あれは誰ですか？」フロイドが尋ねた。

「レイチェル・ディーン本人です。仕事で遅くなるのはめずらしくありません」

刑事たちは初めて行方不明の女性の顔を見た。黒っぽい髪がゆるくカールした、かわいらしい印象の女性だ。身長は百五十センチちょっとと、女性にしても小柄だった。映像に刻まれた時刻は二十時少し前だ。レイチェルが帰宅したあとは、翌日にウェインが安否確認に来るまで、誰も部屋に出入りしていない。

「どういうことだ」フロイドはつぶやいた。「出入り口は玄関しかない。非常階段だっていったん廊下に出ないと使えない構造なんだ。外出しようと思ったら廊下に出てくるしかないはずなんだが……」そこでミルズ刑事をふり返る。「鑑識に部屋を調べてもらおう。手がかりが見つかるかもしれない」

ミルズ刑事はウェインを見た。「レイチェルの部屋の鍵は鑑識の調査が終わるまで警察で保管してもいいでしょうか」

ウェインはうなずいた。「協力できることがあればなんでも言ってください」

3

〈ドッジ探偵事務所〉はその日、これといった事件もなく静かだった。チャーリーは依頼された事件の証人として裁判所へ出かけていて、ワイリックは〈ホールフーズ・マーケット〉のウェブサイトでシリアルを選んでいた。電話が鳴ったので画面から目を離し、受話器をとる。

「ドッジ探偵事務所です」

「チャーリー・ドッジに依頼がある。おれは脅迫されていて――」

ワイリックは眉をひそめた。「警察に通報してください。ドッジの専門は人捜しです」

「通報なんてできるか！　妻がなんと言うか――」

「それはあなたの問題でしょう。うちは家庭内のいざこざにはかかわりません。あなたに与えられた選択肢はふたつ――脅迫してきた相手に金を払うか、警察に通報するかのどちらかです」

ワイリックは一方的に電話を切って、ウェブサイトに視線を戻した。シュガーコーティングされたシリアルをクリックする。いかにもチャーリー好みだ。

しばらくしてチャーリーからメールが届いた。

〝好きなときに戸締まりをして帰っていい。こっちは三十分の休廷中で、ぼくの出番はまだ来ない。用心して帰れ〟

親指を立てた絵文字を返信して片づけを始める。今朝、買ってきたチェリーデニッシュがふたつ残っていたので、箱に入れて持って帰ることにした。

バッグを肩にかけ、鍵を持ってドアを開けたとき、黒っぽい服装をした背の高い男が突進してきた。男がワイリックを事務所に押しもどそうとする。

ワイリックは男を蹴り飛ばしてバッグのなかのテーザー銃に手をかけた。銃を出すよりも早く男が殴りかかってきたので、とっさに身をかがめる。顔面を狙ったであろう男の拳が肩をかすめ、ワイリックは仰向けに倒れた。

男が事務所に押し入ってドアを閉め、腰の拳銃に手をやる。ワイリックは今度こそテーザー銃をつかみ、男めがけて発射した。

電極が男の顔面に命中する。

男は後方にふっとんでドアに背中をしたたかぶつけ、床に倒れてびくびくと手足を震わせた。

ワイリックは立ちあがって携帯をとりだし、警察に通報した。それから所長室へ駆けこんで手錠を持ってくると、うめき声をあげながらもがいている男の足を蹴り、上体をかがめて男の顔をのぞきこんだ。

　男が目を見開く。

「あんたは本物のクズね」不気味なほど穏やかな声で言いながら男をうつぶせにし、両腕を背中で合わせて手首に手錠をかける。それから男の顔に刺さった電極を抜き、部屋の中央まで引きずっていった。事務所のドアを大きく開けて警察の到着を待つ。

　男は口の端からよだれを垂らし、ぜいぜいと肩で息をしながら悪態をついた。

「悪魔め！」

　それを聞いたとたん、ワイリックのうなじの毛が逆立った。男がはいているジーンズの尻ポケットから財布を引き抜く。財布にふれた瞬間、男が〈正義の教会〉のメンバーだとわかった。

「おい、やめろ！　泥棒！」男が叫んだ。テーザー銃の電極が命中したところが赤くまだらになって、破れた皮膚から血がしたたっている。

　だがワイリックは同情などしなかった。

「泥棒が聞いてあきれるわ。事務所に押し入ってわたしを銃で撃とうとしたくせに。防犯カメラにぜんぶ映っているから言い逃れはできないわよ」

　運転免許証の写真を撮って財布を男の尻ポケットに戻す。免許証によると男の名前はバレット・テイラーだ。新たな敵が、いよいよ現実世界で動きだした。

シャッター音を聞いたテイラーの顔色が変わった。本名を知られたことに気づいたのだ。教祖はこの失態を喜ぶまい。

「おれを捕まえても仲間が来るぞ。おまえは粛清される運命だ」テイラーは負け惜しみを言った。

ワイリックは平静を保ったが、内心はかなり動揺していた。だんだん激しい怒りが込みあげてくる。どうして自分ばかりがこんな目に遭わなければならないのか。

腹立ちまぎれにテイラーのブーツの底を蹴る。

「人の心配をしている場合？　あなたの名前も、住所もわかった。あなたが何者なのか、何をしに来たのかもわかってる。教会のお仲間はこの展開をどう思うかしらね？」

「どうしておれが教会の仲間だと——」

「そんな質問をする時点で、自分が誰を殺そうとしたのかわかっていないのね。あなたは捨て駒にされたのよ。それがわかっていて、のこのこやってきたの？　教会に対する忠誠心から？　それとも単に頭が悪いだけ？」

テイラーはうなった。「すべては神の御心《みこころ》だ」

「神じゃなくて、インチキカルトのリーダーが命令したんでしょう」

テイラーはかっとなって顔をわずかに持ちあげた。ワイリックの顔につばを吐きかけたかったが、さっきから唇の感覚がなく、唾液は床に垂れつづけている。

表からサイレンが聞こえてきた。

テイラーはまぶたを閉じた。痛みにうめきながら、今日という日を最初からやり直せたらと願う。

「八方ふさがりとはまさに今のあなたが置かれた状況ね。でも、チャーリーが留守だったことに感謝すべきよ。あの人なら警察に通報するなんてまどろっこしいことをせずに、この場で片をつけたでしょう。拳銃でね」

テイラーは何も言い返さなかった。パトカーが外にとまったのが音でわかった。もう逃げられない。

警官は退路をふさぐために階段とエレベーターの二手に分かれてあがってきた。廊下で合流し、銃を構えて〈ドッジ探偵事務所〉へ前進する。

ワイリックの足もとに男がうつぶせで倒れていて、その手に手錠がかかっているのを見て、警官たちも銃をおろした。

「ミズ・ワイリック、ブラード巡査です。大丈夫ですか？」

「見てのとおりよ」

「襲ってきたのはこの男ひとりですか？」

ワイリックはうなずいた。

「状況を教えてください」

ワイリックはてきぱきと説明した。

「犯行はすべて防犯カメラに映っています。廊下の両端と事務所のドアの上、オフィスのなかにも防犯カメラが設置してあるので、あとで映像を提出します。この男はわたしを待ち伏せしていました。仕事が終わり、帰宅しようとドアを開けたところで突き飛ばされ、殴られました。こいつが拳銃を抜こうとしたのでテーザー銃で反撃しました。それから通報して、手錠をかけ、財布を抜いて免許証の写真を撮りました。財布はポケットに戻しています。この男が所属しているのは過激なカルト集団です」

ブラード巡査が眉根を寄せた。「カルト？　つまり、あなたはこの男を以前から知っているんですか？」

「直接知っているわけじゃないけれど、所属している組織は知っています。〈正義の教会〉というカルトです。ルイジアナに本部があって、ウェブサイトでわたしのことを危険な存在だと主張しています。人類にとってわたしは排除すべき存在だそうです。この男はさっき、自分が失敗しても仲間が来ると言いました。わたしはこの男を暴行および殺人未遂で訴えます」

警官たちはバレット・テイラーの腕をつかんで立たせた。ひとりが衣服の上からテイラーの体をたたいて身体検査をする。警官のひとりが顔をしかめた。「おいおい、こいつ、もらしてるぞ」

「あ、あの女のせいだ」テイラーがワイリックをにらむ。

ワイリックは鼻を鳴らした。「テーザー銃を使うとそうなるの。本当は急所を狙ったんだけど……顔面にあたってラッキーだったわね」

テイラーが蒼白《そうはく》になる。

警官がテイラーの拳銃を奪って証拠品袋に入れた。

「連れていけ」ブラード巡査は相方に指示したあと、ワイリックを見た。「チャーリー・ドッジに知らせましたか？」

「彼は目下、裁判所で証言の順番待ちをしているから、あとで知らせます」

「それではわれわれが駐車場までお送りします」ブラードはそう言ってにっこりした。

「あいつの仲間に襲われても、あなたがいれば安心ですから」

冗談は理解したが、ワイリックは笑う気分になれなかった。

「明日の朝いちばんで防犯カメラの映像を送ります。すぐに対応してくれてありがとう」

「どういたしまして」

ブラード巡査と一緒に一階へおりたワイリックは、駐車場にとめておいたベンツに乗って帰路についた。〈ホールフーズ・マーケット〉で注文した品を受けとる。ハンドルを握りながら、ワイリックは考えた。チャーリーがこのことを知ったら激怒するにちがいない。

チャーリーはすこぶる機嫌が悪かった。ずっと証言の順番を待っていたというのに、夕方になって被告が罪を認め、二カ月の刑期と罰金で手を打ったからだ。被告に襲われた女性は鼻と顎を骨折し、倒れた衝撃で前歯も折った。そんなことをした男がたった二カ月で釈放されるとは信じ難い。チャーリーが駆けつけなければ、彼女は殺されていたかもしれないのに。

ちなみに犯人は被害者の元夫で、裁判所は夫に対して接近禁止命令を出していた。業界に長くいればいるほど司法制度に対する幻滅が大きくなる。司法システムのなかで重んじられるのは正義ではなく、罪を軽くするためにどれだけの金と権力を駆使できるかだ。チャーリーは苦々しい思いで家路についた。

それでもワイリックが待っている家に帰るのだと思うと、少しは心が安らぐ。同居していると神経を逆なでされることも増えるが、彼女を守ることは今やチャーリーの存在理由になっている。アニーを失った悲しみに打ちのめされて自暴自棄にならずにすんでいるのは、自分が大なり小なりワイリックの役に立っているという実感があるからだ。彼女がいるから、今日も生きる理由がある。

屋敷にたどりついたところで、リモコンを操作してゲートを開けた。雲行きが怪しいので屋敷の裏のガレージに車を入れる。夜のうちに雹《ひょう》が降らないとはいえない。

車を降りて裏口へ向かう途中、刺すように冷たい風に打たれて空を見あげた。いつの間にか秋が深まり、あとに控えた冬の気配も濃厚になった。時間は驚くほどのスピードで過ぎていく。温室の横を通りかかったとき、ガラス越しに人影が見えて、思わず頬がゆるんだ。

ワイリックが元家主のトマトを摘んでいるのだろう。温室も含めて丸ごと相続したので今はワイリックのトマトなのだが、彼女はいまだに〝マーリンのトマト〟と呼ぶ。温室のドアを開けてなかをのぞくと、思ったとおり、ワイリックは温室の奥でプチトマトを摘んでいた。

「帰ったよ。何か手伝うかい？」

ワイリックがふり返り、めずらしくほほえんだ。「いいえ。もう終わるから大丈夫」

チャーリーは了解の印に親指を立て、テラスに続く階段を小走りでのぼり、キッチンへ入った。

室内はあたたかく、オーブンからおいしそうな香りがただよっていた。ワイリックはあまり料理をしないので意外だった。いつもはせいぜいあたためるだけの冷凍食品だ。

この点についてはチャーリーも人のことは言えなかった。しっかり食べたいときは外食するか、テイクアウトをすればいい。ふたりの生活習慣は予想外に共通点が多い。

裁判用のスーツが息苦しいので、まずは着替えをしようと二階へ向かった。

長袖Tシャツとジーンズ姿で階段をおりるころには、ワイリックがキッチンでトマトを洗っていた。

タイミングよくタイマーが音をたてる。

「今のはオーブンのタイマーだろう？」チャーリーは尋ねた。

ワイリックがうなずく。待っていてもなんの指示もないので、チャーリーはふたたび口を開いた。「オーブンから料理を出そうか？」

「食べたいならそうして」

さっきとは打って変わって、無愛想な返事だ。チャーリーはくるりと目玉をまわし、鍋つかみをはめてオーブンを開けた。アルミホイルでふたをした耐熱皿をとりだし、コンロの上に置く。キャセロールか何かのようだ。

「いいにおいだね」

「ビーフストロガノフのつもりなんだけど、要するに牛肉でつくったソースをパスタにかけたものよ。冷蔵庫にカット野菜が入っているから、はさみの使い方を知っているなら袋を開けて皿に盛ってちょうだい」

チャーリーは眉をひそめた。「いちいちつっかかるな。何かあったのか」

ワイリックがため息をつき、肩を落とした。「あなたに言ったら怒るに決まってるから、先手を打って怒ってみたの」

チャーリーの眉間に深いしわが寄る。「何があった？」

「食べながら話しましょう。胃に何か入っているほうが精神的に安定するから」

「ぼくはそんなに単純じゃないぞ」

「オーブンから出したばかりのビーフストロガノフなら、きっと効果があるわ」

チャーリーは無言でカット野菜を出し、封を切ってサラダを皿に盛った。その上にワイリックがトマトを追加する。彼女がドレッシングでサラダをあえているあいだに、チャーリーはビーフストロガノフをテーブルに運んだ。

向かい合って座り、空の皿を前に見つめ合う。

「それで、何があった？」

「まだひと口も食べてないじゃない」

「いいから話せ。友人として、そして上司として、ぼくには知る権利がある」

ワイリックはため息をついて事の顛末《てんまつ》を説明した。

「くそっ！　よりによってどうして今日なんだ！」チャーリーが悪態をつく。「怖い思いをしただろう？」

「いいえ。パンツをぬらしたのは相手のほうだったし」

チャーリーは少しだけ体の緊張を解いた。

「そいつの免許証の写真を撮ったんだな？」

ワイリックはうなずいた。

「食事が終わったらぼくの携帯にその写真を送ってくれ。きみはきみで調べるだろうが、ぼくもそいつのことを調べる。いいな?」

「わかった」

「よし、じゃあ食べよう」チャーリーはビーフストロガノフをたっぷりすくって皿に盛った。空いているスペースにサラダをとる。

「なかなかうまいじゃないか。きみは料理ができたんだな」

「次はあなたが料理するのよ」ワイリックはまんざらでもない顔で自分の皿に料理を盛った。

しばらくふたりは黙々と食事をした。食べながら、チャーリーはワイリックが心の周りに壁をめぐらせていると感じた。面倒なことに自分を巻きこまないように、距離を置くつもりなのだろう。チャーリーとしては距離など置くつもりはない。

ワイリックもチャーリーの考えていることくらいわかっていた。彼はこの件を徹底的に調べるだろう。チャーリー・ドッジはそういう男だ。

逮捕されたバレット・テイラーは一度だけ許された電話の権利を〈正義の教会〉を率いるジェレマイア・レイヴァーに使った。

レイヴァーの怒りは想像以上だった。

「こんな簡単な仕事で失敗するとはあきれたな！　教会の名前に泥をぬるつもりか！」

テイラーにも言いたいことがあった。「あんたの言う人類の敵が、身長百八十センチの超能力者だなんて聞いてないぞ！　あの女はおれを見ただけで教会の人間だって見抜いた。どういうことだ？　おれは捨て駒か？」

電話の向こうのレイヴァーは、信者に反抗されて戸惑った。そんなことは今までなかったからだ。テイラーの発言があながち的外れでないことにも、うしろめたさを覚えた。

「そんなはずがないだろう」

「だったらいい弁護士をよこして、さっさとここから出してくれ。言っておくが、ひとりで罪をかぶる気はないからな」

レイヴァーは顔をしかめた。「私を脅迫するつもりか？」

テイラーが声を落とした。「そもそもこんなことになったのはあんたのせいだ。すぐに弁護士をよこさなかったらあんたも地獄へ引きずりおろす」

啖呵《たんか》を切ったものの、テイラーは受話器を置いたとたんに心細くなった。簡単に抜けだせない穴にはまった気がした。この先、自分はどうなるのだろう。

アパートメントに向かって車を走らせながら、ソニーはレイチェル・ディーンと始めるゲームのことで頭がいっぱいだった。ファーストフードのドライブスルーでチキンナゲットとフライドポテトとボトル入りの水を買う。

ソニーはまさにレイチェルのような女を必要としていた。鬱屈していたエネルギーを発散し、ストレスを解消する相手を。

天気予報では今夜は霜が降りるらしい。食べものと一緒に毛布も持っていったほうがよさそうだ。早々に病気にでもなられたら興ざめだから。以前にそういう失敗をしたことがある。部屋へ行ってみたらせっかくの獲物が息絶えていて、とどめを刺す楽しみを奪われた。ゲームのなかでも最高に盛りあがる瞬間をふいにしたのだ。

レイチェルは何時間も部屋を歩きまわり、声を嗄《か》らして助けを求め、ドアをたたいた。疲れきって眠りに落ちたあと、誰かに頬をひっぱたかれて目を覚ました。

反射的に悲鳴がもれる。男が自分の上にのしかかって服をぬがそうとしていたからだ。しかも顔見知りの男だった。

「やめてよ！」男を自分の上からどかそうとして手足をめちゃくちゃに動かす。肩を殴り、顔をひっかいても、男は笑い声をあげるだけだった。そしてふいに拳をふりあげたかと思うと、レイチェルの顎めがけてふりおろした。

レイチェルは気を失った。

意識をとりもどしたときは素っ裸で、男が上にのしかかって腰をふっていた。首筋にナイフがあてがわれている。

「抵抗したら喉を裂くぞ」男がそう言ってレイチェルの耳に顔を近づける。「死んだ女を犯すのも嫌いじゃないがな。前に試したことがある」

男の顔つきと残忍な目を見て、レイチェルは凍りついた。続く数分間は絶望と苦痛以外の何ものでもなかった。レイチェルのなかで男が果てる。はずみでナイフが彼女の首の皮膚をかすめ、どっと血が流れた。

男がレイチェルの首もとに顔を近づけてゆっくりと血をなめ、乱暴なキスをして、唇を噛《か》んだ。

「餌だ」男は起きあがって床の包みを指さし、部屋を出ていった。

レイチェルは両足を踏んばって立ちあがり、はぎとられた服を集めて洗面台へ行った。それから下着を水でぬらして体を拭いた。首を拭くと下着が真っ赤に染まった。男の痕跡を体からぬぐいさりたくて、全身をごしごしとこする。

男は毛布と食べものを置いていったが、石鹸《せっけん》やタオルや着替えはなかった。絶望して食事をするどころではないけれど、逃げるチャンスが訪れたときのために体力をつけておかなければと思った。

服を着て、食べものの入った袋をとり、部屋の隅へ移動する。強姦《ごうかん》されたマットレスからなるべく離れて座り、冷たくなったナゲットとフライドポテトをとりだした。食べものを無理に口に押しこむと吐き気がした。ボトルの水を飲んで胃のむかつきがおさまるのを待つ。やっとの思いでのみこんだ食べものは、復讐《ふくしゅう》の味がした。

ミリーは永遠に自宅にたどりつけない気がしていた。事故渋滞にはまったあと、ようやく車が動きはじめたと思ったら旧市街へ迂回《うかい》させられた。おまけに途中で車がエンストし、脇道に寄せてレッカー車を呼ぶはめになった。

車の整備工場へ到着したものの、交換用の部品がないという。結局、市内の別の整備工場から部品が届くまで二時間も待った。

待っているあいだに〈アディソン&トンネル〉に電話をして、警察に通報したかどうかを確認する。秘書が応えた。

「社長がみずから通報しました。この電話を切ったら担当刑事の名前と電話番号をメールします」

「ありがとう」ミリーは電話を切った。内臓が雑巾のようにぎりぎりと絞りあげられる。不安が大きすぎて、まともに息をすることもできない。

数分して秘書からメールが届いた。すぐに示された番号に電話をする。二度、呼び出し音があって、男性の声がした。

「失踪事件担当のフロイド刑事です」

「ミリー・クリスと申します。失踪届が出ているレイチェル・ディーンの姉です。〈アデイソン&トンネル〉の社員から、あなたが妹の捜索を担当すると聞いて電話しました」

「そうです」

「何かわかりましたか？　あの子はどこにいるのでしょう？」

「現場を確認して、妹さんが不自然な状況で姿を消したことはまちがいないという見解に達しました。今、鑑識チームが妹さんの部屋で指紋や毛髪を採取しています。私が見た感じでは争った形跡がなく、犯罪と断定できるだけの証拠はありません。あとは鑑識チームが採取したものによって捜査の方向性を決めるつもりです」

「明日、ダラスへ行きます。わたしが行ってもどうにもならないかもしれませんが、少しでも妹のそばに行きたいのです。わたしにとってあの子は唯一の肉親です。親が早くに亡くなって、妹まで失うわけにはいきません」ミリーはむせぶように言った。

「私たちも全力で捜査します」フロイド刑事が言った。「あなたの携帯電話の番号は会社の方から伺いました。何かあったらいちばんにお知らせします」

「どうぞよろしくお願いします」ミリーは電話を切った。夫のレイに状況をメールで説明し、明日の朝、ダラスへ向かうことを伝える。機内なので着陸するまでメールは確認できないだろうが、読んだら電話をくれるだろう。今は夫の声が聞きたくてたまらない。

交換部品が到着し、ようやく車の修理が終わって家に帰ることができた。クローゼットからスーツケースを出して荷造りを始める。どのくらい滞在することになるかわからないが、とにかくレイチェルが戻るまではダラスにいるつもりだ。

昼食は食べ損ねたが、空腹も感じないほど気が張っていた。しかし何か食べなければ体が持たない。そんなことを考えていると携帯が鳴った。レイチェルが見つかったというダラス市警からの知らせであることを願って電話をつかむ。電話してきたのは夫だった。

「もしもし?」

「ミリー! 本当なのか? レイチェルが行方不明っていうのは」

「信じたくないけど本当なのよ」ミリーは泣きだした。立っていられなかったので、キッチンのテーブルについて状況を説明する。「荷造りは終わったから、明日の朝、車でダラスへ行くわ。わたしなんかがいたって何もできないのはわかってるけど、どうしてもあの子のそばにいたいの」

「もちろんそうするといい。泊まる場所は決まったのか?」

「ダラスへ行ったらいつも泊まるところ——オーク・ローンの〈ワーウィック・メルローズ〉ホテルにしたわ」

「ぼくも行こうか? いや、ぼくも行く。きみがひとり、ホテルの部屋で警察からの連絡を待っているなんて、想像するのもつらい」

そうしてほしいという言葉が喉もとまで出かかった。だが今回の会議は夫のキャリアにとって非常に重要な意味を持つ。

「いいえ、大丈夫。あなたは会議に出て、やるべきことをやってちょうだい。毎日、連絡するから」

レイがうめいた。「こんなときに出張だなんて最悪だ。今、この瞬間にもレイチェルが苦しんでいるかもしれないと思うと胸が張り裂けそうだよ。きみもどんなにつらいだろう。ともかく、警察が見つけてくれると信じよう」

ミリーの頬を涙が伝った。震える声で言う。

「そうよ、きっと見つかるわ。見つかってくれなきゃ困る」

「そうとも。ああ、搭乗時間だからいったん切るよ。愛してる。シアトルに着いたら電話する。いいね?」

ミリーはため息をついた。「ええ。わたしも愛しているわ。気をつけてね」

「きみのほうこそ安全運転で行くんだぞ。レイチェルを心配するのは当然だが、きみまで事故に遭ったら元も子もない」

「わかってる。大丈夫。あの子のそばに行けるんだと思うと少しだけ心が休まるの。また明日、話しましょう」

「わかった」レイが電話を切った。

ミリーは携帯を置いてキッチンの壁にかかった鳩時計《はとどけい》を見た。秒針の音がやけに大きく響く。こうしているあいだにも貴重な時間が失われていく。レイチェルがどこかでひどい目に遭っているかもしれない。もう生きていないかもしれない。そんな考えを必死で頭から追いはらった。

レイチェル・ディーンの失踪事件のことなど露知らず、チャーリーは夜遅くまでバレット・テイラーと〈正義の教会〉について調べていた。どうやら組織をたばねているのはジエレマイア・レイヴァーという男らしい。

おそらくバレット・テイラーは汚れ仕事を任された、ただのチンピラだ。現住所はルイジアナ州のバトン・ルージュだが、過去にフロリダ州とアラバマ州で逮捕歴がある。罪状は強盗、不法侵入、窃盗、車の盗難、麻薬所持だ。殺人未遂容疑で逮捕されたのは今回が初めてだが、これまで明るみに出なかっただけで、人を殺している可能性もある。

ワイリックのことだから、そんなことはすべてを承知で、すでに教会を壊滅させるくらいのネタをつかんでいるのかもしれない。彼女はなんでも自分ひとりで解決しようとする。しかしテイラーのような連中がほかにもいるとなれば、こちらとしてもできるかぎりの情報を入手しておきたかった。

翌朝の食卓でも、チャーリーは〈正義の教会〉とバレット・テイラーのことを考えていい。ワイリックの心境を考えてその話題にはふれないようにしたものの、頭から離れない。〈正義の教会〉の正体はだいたいつかめた。しかしテイラーは、自分が失敗しても別の刺客が来ると言ったらしい。どうすればテイラーの仲間の名前がわかるだろう。とりあえずできることはバレット・テイラーが簡単に保釈されないようにすること。そこでチャーリーは事務所に向かう車のなかで、ダラス市警の友人に電話をかけた。二回の呼び出し音で相手が出る。

「ワグナー警部補です」

「トニー、チャーリー・ドッジだ」

「よう！　声が聞けてうれしいよ。ワイリックは大丈夫なのか？　昨日の夜、おまえの事務所に男が押し入ったと聞いたが」

「その件で電話したんだ。ちなみにワイリックは無事だ。ぼくのおかげと言いたいところだが、昨日は裁判所に行かなきゃならなかったから、ワイリックがひとりで男を倒した」

チャーリーはそこでひと息ついた。「事務所に押し入ったのはバレット・テイラーという前科者で、ルイジアナ州からはるばるワイリックを殺しに来たようだ。彼女が帰宅しようと事務所を出たところを狙った。彼女を殴って転ばせたが、拳銃をとりだす前にワイリックのテーザー銃で撃たれた。電気ショックで失禁して手錠までかけられたくせに、自分を捕まえたところでほかの仲間がおまえを殺しに来るとほざいていたそうだ。〈正義の教会〉

というカルトに所属していて、その組織がワイリックをターゲットにしているらしい。テイラーが野放しにならないよう力を貸してほしいんだ」

「なるほど、わかった。テイラーが起訴されたら保釈にならないよう目を光らせておく」

「よろしく頼む」チャーリーはそう言って電話を切った。

バックミラーを見たがワイリックの車はなかった。通話中に見失ったようだ。だが目的地は同じだし、賭けてもいいが彼女のほうが先に到着するはずだ。

予想どおり、事務所に到着するとワイリックはすでに仕事を始めていた。ドアを開けると同時にワイリックの声がした。

「今日はベアクロウじゃなくてアップルフリッター（スライスしたリンゴに砂糖をまぶし、衣をつけて揚げたもの）よ。目を通してほしいメッセージが山ほどあるからさっさと仕事を始めてちょうだい」

チャーリーはにっこりした。「アップルフリッターは好物なんだ」

「そのくらい知ってます」

「至急の用件は？」

「とくにないわ。胸くその悪い依頼を受けるなら別だけど。ちなみにその依頼に関する資料は書類のいちばん上よ」

チャーリーは眉をひそめた。「朝から胸くその悪い資料を読まなきゃならないなら、アップルフリッターを二個食べるとしよう」そう言って給湯室へ向かう。

ワイリックは笑みを噛み殺した。

うなされていたレイチェル・ディーンは、窒息しそうになって勢いよく息を吸い、うめいた。

「悪い夢はもうたくさん！　どうして目が覚めないの？」

自分の声を聞いて、少しだけ冷静さをとりもどす。体に巻きつけていた毛布をゆっくりとはがし、立ちあがろうとしたものの、少し動いただけであちこちがひどく痛んだ。よく見ると体じゅうに打ち身や切り傷ができている。痛いのも当然だ。

ふらつきながらトイレを使い、両手を洗って空のボトルに水をくんだ。ナイフで切られた首がずきずきする。膿《う》んだのかもしれないが、鏡がないので確認することができない。せめて傷口を水で洗った。

かすかな希望をこめて鉄のドアを開けようとしたが、やはり鍵がかかっていた。誰にも聞こえないとわかっていながらドアをたたき、助けを呼ぶ。最後には自分の声の悲痛さにパニックを起こしそうになって叫ぶのをやめ、マットレスに戻って毛布を引きよせた。

寒いし、ひもじいし、恐怖で頭がどうにかなりそうだ。二度と姉に会えないかもしれない。広告代理店の仕事だって、あんなにがんばって管理職になったのに。すべてが水の泡だ。悲しみの奥から、ふつふつと怒りが湧いてきた。

どうしてわたしがこんな目に遭わなきゃいけないの？
このまま死ぬなんてあんまりだ。
両目から涙がこぼれた。

4

午前九時、ミリー・クリスの車はオクラホマシティを通過中だった。ダラスのホテルまで、まだ三時間以上かかる。左レーンに車線変更して州間高速道路《インターステート》35に乗り替え、テキサスをめざす。

道路はまっすぐ南へのびていた。太陽に左肩を焼かれながら、交通量の多いハイウェイをひたすら走る。

一キロずつでもレイチェルに近づいている。それだけが励みだ。

フロイド刑事とミルズ刑事は行きづまっていた。捜査を始めたばかりとはいえ、レイチェル・ディーンがどこへ行ったのか、誰にさらわれたのか、手がかりがまるでない。ふたりはこれまで何百という事件の捜査をしてきたが、これほどわけのわからない事件も初めてだった。部屋から本人以外のＤＮＡでも出ないかぎり、お手上げだ。

昨日はデターハウスの住人ひとりひとりに話を聞いた。外でバーベキューをしていた住人のうち、レイチェルがひとりで帰宅したのを目撃した人が八人いた。防犯カメラの映像から、彼女がひとりで玄関を入ったことも確認できた。そのあと煙のように消えてしまったのだ。

アパートメント内外に設置された防犯カメラの映像を残らずチェックし、レイチェルの車も調べた。部屋にあったノートパソコンを署へ持ち帰り、ひそかにつきあっていた人物がいないか、脅迫を受けていなかったか、違法薬物などに手を出していなかったかデータをチェックする。

過去にも、一見まじめそうな女性が実は派手に遊んでいた例がある。少しでも可能性があれば徹底的に調べるのがフロイド刑事のモットーだった。捜査の基本は事実の積み重ねだ。刑事《デカ》の勘がものを言うこともあるが、残念ながら今回は、情報がなさすぎて勘を働かせようがない。

目を覚ましたソニーは、レイチェルのことを考えてすでに勃起していた。選択肢はふたつ。仮病を使って仕事を休み、一日じゅう彼女をもてあそぶか、欲望を抑えて仕事へ行き、夜への期待を煽《あお》るか。

問題は、レイチェルのいる部屋が快適とは言い難いことだ。底冷えするし、マットレスは薄汚れている。選択肢を天秤《てんびん》にかけた結果、出勤することにする。楽しみは引きのばしたほうがいい。

ソニーはのろのろとベッドを出て、バスルームへ向かった。

チャーリーが所長室でその日の確認事項に目を通していると、ワイリックが入ってきた。

「テレビをつけて。KTVT（CBS傘下のローカルテレビ局）を」

チャーリーはリモコンをとって、言われたとおりにした。

「何かおもしろいニュースでもやってるのか？」

古い建物を出たり入ったりする警察官の姿と、若い女性の写真が画面に映しだされる。

「あの女性はデターハウスというアパートメントの住人で、昨日から行方不明なの。次の依頼はあの女性の捜索よ」

チャーリーは首を傾《かし》げた。「どうしてそんなことがわかる、と訊《き》きたいところだがやめておこう。家族から依頼はあったのか？」

「まだ。でも明日の朝には電話がかかってくる」

「あの女性の名前は？」

「レイチェル・ディーン。これから身元調査をするわ」

チャーリーはうなずいた。「アナウンサーによると〈アディソン&トンネル〉社の社員なんだな」

　ワイリックはうなずいた。「依頼人はレイチェルの姉で、裕福ではないけれど、自宅を抵当に入れてもうちに依頼する費用を工面する覚悟でいるわ。調査費用を支払えない依頼人のための基金があるから無料で引き受けると言うつもり」

「それはいい考えだが、今までそんなことはしなかったじゃないか。どうして今回だけ？」

「レイチェル・ディーンがまだ生きていると感じるから。でも急がないと手遅れになる。それにマーリンのくれた遺産はわたしには必要ないものだし……人助けに使ったらマーリンも喜ぶと思って」

「わかった。誰にも言わないから安心しろ」

　ワイリックは眉をひそめた。「言わないって、何を？」

「きみが見た目ほど怖くないってことをさ。そのドラゴンの下には慈悲深い心が隠れている」

　ワイリックがチャーリーをにらんだ。「お互いさまでしょ」

　彼女はそう言って踵《きびす》を返し、ドアをたたきつけて所長室を出ていった。

　チャーリーはにやりとした。ワイリックが感情をあらわにする場面は貴重だ。

　ちらりと時計を見る。ちょうど正午だ。どこかで昼飯を調達しないといけない。立ちあがってドアを開け、廊下に顔を出す。

「一緒に昼飯を注文するならおごるが?」

ワイリックはキーボードをたたく手をとめ、顔をあげた。

「あなたは何を食べるの?」

「〈アービーズ〉のローストビーフサンドイッチをふたつ、ホースラディッシュソースで。あとフライドポテト」

「気取ったランチね」馬鹿にしたように鼻を鳴らしつつも、ワイリックは〈アービーズ〉のウェブサイトを出して最寄り店舗のメニューを検索した。

チャーリーはワイリックの発言を受け流した。先にからかったのはこちらなのだから、仕方がない。携帯と帽子をとってワイリックのデスクの前で立ちどまる。

「きみは何を食べる? ちゃんと聞いておかないとあとで文句を言うだろう」

「カラスが食べたい気分だけどメニューにないから、あなたと同じでいいわ」

チャーリーはうなずいた。廊下へ出てから、こらえきれずに声をあげて笑う。腹の底から笑うと気分がすっきりした。ふだんからもっと笑うようにしないといけない。

パソコンの前にいたワイリックは、遠ざかる笑い声を聞いてほほえんだ。チャーリーのような男にからかわれて悪い気はしない。問題は必要以上に喜んでしまう自分だ。ああいう男は〝火傷《やけど》注意〟と背中に書いておくべきなのだ。

ミリー・クリスがホテルに到着したのは十三時を少しまわったころだった。チェックインしたあと、勇気を出して携帯をとる。昨日から今までのあいだに進展があったかもしれない。ひょっとするとレイチェルの居場所について手がかりが見つかったかもしれない。いずれにしても自分がダラスにいることをフロイド刑事に伝えておきたかった。ダラス市警の番号を表示して発信する。留守番電話に切り替わりそうだと思ったところでフロイド刑事が電話に出た。

「失踪事件担当のフロイド刑事です」

「お世話になっています。レイチェル・ディーンの姉のミリー・クリスです。ダラスに到着したことをお知らせしようと思いまして電話しました。〈ワーウィック・メルローズ〉に宿泊しています。あれから何か進展はありましたか？」

電話の向こうのフロイド刑事は唇を噛《か》んだ。

「残念ながら、これといった進展はありません。でも、捜査は始まったばかりですから気落ちしないでください。部屋から採取した証拠を分析するには時間がかかるのです」

ミリーは絶望に肩を落とした。震え声で言う。「レイチェルにとっては一分一秒が貴重です。連絡がとれなくなってもうすぐ三度めの夜が来るんですから。あの子が生きていると信じていますが、時間はあの子の味方をしてくれない。そうでしょう？」

「たしかにそうです。しかしわれわれも必死で捜査しています。何か情報がありましたらすぐに連絡しますので」

「どうかお願いします」電話を切ったミリーはわっと泣きだした。

泣いている最中に携帯が鳴った。夫のレイからだ。ダラスに着いたら連絡すると約束していたことを思い出す。

「もしもし?」

「心配で電話したんだ。まだ移動中かい?」

「いいえ。さっきホテルに着いたの。チェックインしてすぐフロイド刑事に電話をしたわ」

「手がかりはあったのかい?」

ミリーはまたしても泣きだした。「それがまだ何もないの。あの子の部屋を調べても、何があったのかわからないんですって」

レイのため息が聞こえた。

「レイチェルのことが心配で気が変になりそうだ。それにきみのことも心配だよ。やっぱりぼくもそっちへ――」

ミリーはティッシュを何枚も引き抜いて顔を拭いた。

「いいえ、来なくていいわ。わたしなら大丈夫だから。手がかりがないと聞いて落ちこんだだけ。怖くてたまらないの。あの子が行方不明になった夜、わたしたちは何も知らずに寝ていたのよ。あの子が行方不明になって三度めの夜が来る。警察に任せていたら間に合わないんじゃないかって……」

「実はぼくも同じことを考えていた。ちょっと前にニュースを騒がしていたダラスの私立探偵とそのアシスタントのことを覚えているかい？　たしかドッジって名前の探偵だった。アシスタントの女性が、人体実験なんかの犯罪に手を染めていた大企業を破滅させたじゃないか」

「ああ、覚えてるわ。でもそれがどうか――」

「調べてみたんだが、〈ドッジ探偵事務所〉は失踪者の捜索で高い評価を受けている。誘拐された子どもとか、姿を消した大富豪を発見して何度もニュースになったんだ。しかもワイリックとかいうアシスタントの女性は天才的頭脳の持ち主で、超能力者でもあるという。レイチェルのことを〈ドッジ探偵事務所〉に相談してみたらどうかな」

　ミリーはどきりとした。「そうできたらどんなに……でも……そんな有名な探偵となると捜査費用もすごいんじゃないかしら？　わたしたちに支払えると思う？」

「レイチェルは家族だ。必要なら家を売ってでも金を工面しよう」

「……あなたはそれでいいの？」

「もちろん」

「ああ、愛してる！　ありがとう！　明日の朝まで待って警察が成果をあげられなかったら〈ドッジ探偵事務所〉に電話する。あなたがレイチェルのためにそこまでしてくれるなんて思わなかった」

「家族なんだから、できることはすべてやるのが当然だ。何かあったらいつでも電話してくれ。レイチェルを見つけるよりも大事な会議なんてないからね」

「わかった。レイ・クリス、あなたはわたしのヒーローよ。あなたと結婚して本当によかった。夜にまた電話するから」

「待ってるよ。さあ、涙を拭いて、食欲がなくても食べなきゃだめだ。心配で体を壊したらレイチェルをさがせない」

「わかった。また夜にね」ミリーは電話を切った。

ミリーはその場に座ったまま、夫に言われたことを考えた。レイチェルがいなくなって初めて、ひと筋の光がさしたような気がした。立ちあがり、顔を洗ってメイクを直す。適当なレストランが見つかるころには食欲も戻ってくるかもしれない。

バレット・テイラーのもとに、〈正義の教会〉を率いるレイヴァーが雇った弁護士が面会に訪れた。

「それで？　おれはどうなるんだ？」テイラーは尋ねた。

マーシュ・フィールディング弁護士はノートをとりだし、リストを確認した。

「逮捕状によると、あなたにはストーカー、不法侵入、暴力、殺人未遂、第三者を傷つける目的で州境を越えて武器を持ちだした容疑がかけられています」

テイラーは肩を落とした。「どのくらいの刑期になる?」

「殺人未遂の現場をビデオで撮られているので、無罪放免はありえません。司法取り引きができるような情報があれば、多少は刑期を短くすることができるでしょう」

「仲間があの女を殺しに来る」

「仲間の名前は?」フィールディングが指摘する。

「知らない。レイヴァーの指示を受けたやつがおれを含めて三人いるってことしかわからない」

フィールディング弁護士は肩をすくめた。「それだけでは取り引きになりません」

「……罪状認否はいつだ?」

フィールディングがノートを見る。「明日です。罪を認めるかどうかはあなた次第です」

テイラーは眉間にしわを寄せた。「裁判になったとして、勝てる見込みは?」

「勝つ、というのは、無罪になる可能性ということですか?」

テイラーはうなずいた。

「一ミリもありません。自分が何をしたかわかっていますか? 武器を持って州境を越え、見ず知らずの女性を殺そうとしたあげく、犯行の一部始終を撮影されたんですよ?」

テイラーは弁護士をにらんだ。

「もう一度、尋ねます。あなたは自分のしたことがわかっていますか？」

テイラーは前かがみになり、怒りに震える声で言った。

「わかってる。でもあの女を消すのは神のご意志だ。われわれには異端者を排除する使命がある」

フィールディングは目を瞬《しばたた》いた。「弁護士として助言しますが、そのような偏見はご自分の心のなかだけに留《とど》めておくべきです。それから弁護をする前に確認しておきたいのですが、これまでに何人の異端者を排除したんですか？」

「あの女が最初になるはずだった」テイラーが言う。

フィールディングは目の前の男に激しい嫌悪感を覚えた。しかし罪人にも弁護を受ける権利はあると自分に言い聞かせる。

「わかりました。それで、罪状認否はどうします？」

「無罪を主張する」テイラーが言った。「おれだって罪状認否の流れくらい知ってる。裁判官がおれの申し立てを聞いて、保釈金の設定をして――」

フィールディングが右手をあげた。「わかっているでしょうが、裁判官はあなたの申し立てを拒むこともできる。検察側は前科を持ちだすでしょうし、被害者を待ち伏せしたことを理由に保釈を認めないよう裁判官に迫るでしょう。あなたには逃亡する可能性もある。

保釈が認められなければ裁判まで身柄を拘束されます。何カ月かかるかわかりません。一年かかることだってありますよ」

「そんなのフェアじゃない！」そう叫んだテイラーは、小さな面会室を見渡して声を落とした。「不当だ」

「不当かもしれませんが命を奪われるわけじゃない。あなたは人を殺そうとした。それを映像に撮られた。あなたのしたことは、この国では許されないんです。あなたに他人の生き死にを決める権利はない。気づいているかどうかわかりませんが、ジェイド・ワイリックを狙ったことで、あなたは複数の権力者の怒りも買った。地球上で今、もっとも有名な女性を殺そうとしたんですからね。弁護士としてあなたのために何ができるか調べてみますが、奇跡は期待しないほうがいい」

テイラーはぐったりと背もたれに寄りかかった。宗教に頼るのもここまでだ。〈正義の教会〉はおれを救ってはくれない。

昼食を待つあいだ、ワイリックはレイチェル・ディーンの身辺調査を続けた。配達を頼むこともできるのにチャーリーがわざわざ店舗までランチを受けとりに行ったのは、デスクワークに嫌気がさしたせいにちがいない。依頼がないときこそ、ふだんたまっている書類仕事を片づけてほしいのだが。

チャーリーのことを頭から追いだして、レイチェルに関する情報を読み進める。彼女の経歴はサクセスストーリーそのものだった。

オクラホマ州タルサのメモリアル・ハイスクール卒業後、タルサ大学に進学したものの、在学中に両親が事故で死亡。姉のミリーとその夫は、レイチェルを自宅に住まわせて学業を続けさせた。ビジネス専攻で、とくにマーケティングと広報を学んだレイチェルは、卒業後にダラスの〈アディソン&トンネル〉社に採用された。入社後は次々とクライアントを獲得し、二十代にして役づきになっている。

情報によると恋人がいたのは大学時代が最後で、その相手とも両親が亡くなったあとに別れたようだ。今のところキャリア第一で、恋愛は二の次なのだろう。

だからといってストーカー被害に遭っていないとはいえないし、たまたま犯人に目をつけられたのかもしれない。リサーチに没頭していると、事務所の入り口の施錠が解除される音がした。

昼食を携えたチャーリーが戻ってきたにちがいない。それがわかっていても、テーザー銃に手がのびた。

ドアが開いて昼食の袋を抱えたチャーリーが入ってくる。

「撃つなよ。ローストビーフサンドイッチの貢ぎものを持ってきたんだから」チャーリーはうしろ足でドアを閉めた。

「所長室で食べないか。いい天気だし、窓からの眺めを楽しまないと損だ」

ワイリックはうなずき、洗面所で手を洗って所長室へ入った。チャーリーはミニバーの前にいた。

「ペプシでいいか？」

「ええ」ワイリックは飲みものの準備をチャーリーに任せて椅子に座った。テーブルの上に食べものが並んだところで、さっそくフライドポテトを口に入れ、揚げたての食感と、油と塩のハーモニーに目を細める。

「遠慮なくいただくわ」

「どうぞ、どうぞ。これも節税対策さ」

チャーリーはにっこりしてホースラディッシュソースの容器をふたついっぺんに開け、味見もせずにサンドイッチにかけた。

ワイリックもソースの容器をひとつ開けてサンドイッチにかけた。

食べている最中に電話が鳴った。受話器に手をのばしかけたワイリックをチャーリーが制する。

「昼休みなんだから留守番電話に任せればいいさ」

ワイリックは受話器をつかみかけた手でフライドポテトをつまんだ。顔を上に向けて口を開け、ポテトを口のなかに落とす。

ワイリックの下唇が満足そうなカーブを描く。照明を反射して、ひと粒の塩がきらりと光った。

チャーリーは彼女の唇に見とれ、そこについた塩をどうやってぬぐうかについて妄想をめぐらせた。次の瞬間、ワイリックがナプキンをつかんで口をぬぐい、チャーリーの出番を奪う。

がっかりした自分に驚いて、チャーリーはサンドイッチに視線を戻した。

食べることに集中しろ。余計なことは考えるな。そう、自分に言い聞かせる。ひとつめのサンドイッチを食べ終わると、ふたつめにもたっぷりソースをかけ、平らげた。

仕事に戻るワイリックの横で、チャーリーはごみを集め、ごみ箱に投げ入れた。


レイヴァー家は四代前からルイジアナ州の湿地に住み、猟と農業で生計を立ててきた。しかしジェレマイア・レイヴァーは、子どものころから沼地とそこに住む生きものが大嫌いだった。小さなヘビも大きなワニも、その中間に位置するあらゆる生きものも苦手だ。そのことで家族から馬鹿にされた。十七歳のとき、ジェレマイアは神の声が聞こえると言った。その発言は家族を仰天させたが、母親だけは誇らしさに両手を打ち合わせた。息子はただの弱虫ではなかった。弱虫どころか、神の遣いだったのだ。

そんな母親もとうの昔に亡くなり、レイヴァー自身も五十の誕生日を迎えようとしている。〈正義の教会〉を設立して三十数年、今でも日曜になると神の言葉を世界に伝える。

数カ月前、ジェイド・ワイリックの記者会見をテレビで観《み》て、湿地の生きものに再会したような恐怖を覚えた。そして夢で、ワイリックをこの世から抹消することがおまえの使命だという神の声を聞いた。

レイヴァーはさっそく教会のウェブサイトに神のお告げを発表した。悪魔を倒す聖人気取りだった。ワイリックを抹消しなければという思いは日に日に強くなり、ついには信者から三人の男を選んで神の戦士に任命した。三人を個別に呼びだしてワイリックの写真を与え、職場と自宅の住所を教えたのだ。

先陣を切ったのは前科者のバレット・テイラーだ。成功すると思っていたのに、あっけなく捕まって拘置所に送られた。

残る二名の戦士はジェサップ・ウォリスとファレル・キットだ。三人の信者はお互いのことを知らないし、テイラーがワイリック抹殺に失敗して逮捕されたことは、ウォリスとキットに伝えていない。ふたりは自分たちが正しい行いをしていると信じている。

レイヴァーは迷った。ここらで計画を練り直すべきかもしれない。警察は、テイラーが教会の指示でワイリックを殺そうとしたことを知っている。テイラーからも電話で、実刑になったら何もかもぶちまけると脅迫された。

ひとまず安全な場所に避難したほうがいいだろう。身を隠すのにちょうどいい場所はひとつしか思い浮かばない。生まれ故郷の湿地だ。

レイヴァーはスーツケースに身のまわりのものを詰めこんで、兄のいる実家の農場へハンドルを切った。

ワイリックはあらゆる手を使ってレイチェル・ディーンのことを調べあげた。あとはレイチェルの姉からの依頼を待つばかりだ。チャーリーが所長室で電話をしているので、〈正義の教会〉のウェブサイトを開いてバレット・テイラーの逮捕に対する信者の反応をさぐる。

奇妙なことにテイラーに関する書き込みはひとつも見当たらなかった。テイラー逮捕にともなう警察の介入を恐れるどころか、ワイリックに関するコメントはますます過激になっている。悪意に満ちたコメントを眺めているだけで、人間の愚かしさにうんざりした。こんな連中からどうやって身を守れというのだろう。何か手を打たなければならないが、教会に対する反撃には、事務所のパソコンではなく自宅のパソコンを使いたかった。

「どうかしたのか？」

いきなり声をかけられて、ワイリックはどきりとした。チャーリーが所長室から出てきたことに気づかなかったのだ。

「家のパソコンを使いたいから帰ってもいいかしら？　このあたりで〈正義の教会〉に釘《くぎ》

を刺しておかないと、〈ユニバーサル・セオラム〉のときと似たようなことになりそう」

「今すぐ帰ってやるべきことをやれ。戸締まりはぼくがやるから気にしなくていい」

チャーリーは余計な質問を挟まなかった。ワイリックが置かれた状況を理解したうえで、その判断を信頼してくれている。

うるんだ目に気づかれたくなくて、ワイリックはパソコンから顔をあげられなかった。頭のおかしな連中との闘いはどこまで行っても終わりがないように思える。それでもチャーリーと一緒にいたいなら、あきらめるわけにはいかない。殴られたら倍返しが信条なので、今回も容赦するつもりはなかった。

パソコンをシャットダウンして私物をまとめる。出口へ向かって歩きだすと、チャーリーがすぐうしろをついてきた。「どうして――」

「車まで送るだけだ。テイラーは武装していたんだから、仲間もそうだと思ったほうがいい」

チャーリーの手に拳銃が握られているのを見て、ワイリックはそれ以上、逆らわずに廊下へ出た。

エレベーターで一階へおりると、チャーリーはワイリックを待たせて駐車場へ出ていった。見慣れない車や人がいないか確認するためだ。異状がないことがわかると、ワイリックに向かって出てきていいと合図する。ふたりは足早にベンツまで歩いた。ワイリックが運転席に乗る。

「寄り道はだめだぞ。ぼくも戸締まりをしたらあとを追いかけるから」

ワイリックはうなずいた。

「何をやろうとしているのかわからないが、きみに手を出したことを心の底から後悔させてやれ」

「本人たちは気づいていないけれど、教会の崩壊はすでに始まっているのよ」ワイリックはそう言ってエンジンをかけ、車を出した。

チャーリーはベンツが視界から消えるまで見送ったあと、急いで事務所に戻った。そして十五分で戸締まりをして帰路についた。

5

　ワイリックは何かに追い立てられるように屋敷に戻ってドアに鍵をかけた。玄関に荷物を落として書斎へ走る。教会とその設立者に関するリサーチファイルを開くころには、いくらか冷静さが戻ってきた。ここからが腕の見せ所だ。

規模のちがいはあっても、やることは〈ユニバーサル・セオラム〉を壊滅させたときと同じだった。〈正義の教会〉に二度と立ち直れないダメージを与えなければならない。教祖のレイヴァーがプレストン・デイヴィスという武器商人の資金洗浄に協力しているというネタはつかんでいる。これが世間に知れたら、教祖は逮捕される。

　ＦＢＩのハンク・レインズ捜査官とは、これまでふたつの事件でかかわった。考え方にちがいはあるが、信頼できる人物だ。

　ワイリックはハンク宛てに事実関係を説明するメールを書いた。〈正義の教会〉のウェブサイトに投稿された脅迫めいた書き込みのコピーや、バレット・テイラーに襲われたときの映像、そして教会の違法行為についてリサーチした結果を添付する。

教会を崩壊させれば、どこにいるかわからないふたりの刺客も教祖の命令に従うどころではなくなるだろう。くわえて刺客の氏名と顔写真に対して、ひとりにつき二十五万ドルの賞金を出すことにした。情報が素早く拡散されるようにみずから出演してビデオメッセージを作成する。刺客の正体さえわかれば恐れることはない。

とはいえ、今は西部開拓時代ではない。法律に抵触しないよう、求めるのはあくまで刺客の情報だということを強調する。相手に危害を加えた場合、賞金は無効とする条件もつけた。顔と名前がわかったらこっちのものだ。個人情報をネットでさらされ、社会的制裁を受けるつらさを、身を以《もっ》て学んでもらうつもりだった。

賞金に関するビデオ映像を撮影し、ハンク宛てのメールにも添付した。あとはマスコミに一斉送信するだけだ。エンターキーを押そうとしたとき、チャーリーが帰ってきた。

自分の名前を呼ぶ彼の声を聞いて、ワイリックは立ちあがり、廊下に顔を出した。

「書斎にいるわ」

しばらくして、チャーリーがペプシとハーシーズのチョコレートバーを手にやってきた。

「これがほしいんじゃないかと思って」

ワイリックは喜んで受けとった。

「ありがとう。ちょうどいいときに帰ってきたわね」

「ちょうどいい、というと？」

　ワイリックは椅子に腰をおろし、ペプシのふたを開けた。それからチョコレートバーの包みをはがしてひと口食べる。舌の上で溶けるチョコレートの味を堪能してから、口を開いた。

「〈正義の教会〉をひっくり返すのに必要なファイルをハンク・レインズに送ったところよ」

　チャーリーは眉をひそめた。「決定的なネタを見つけたのか？」

「武器商人の資金洗浄に協力していたわ」

「教会が？」

　ワイリックはうなずき、ペプシを飲んだ。「それだけじゃ話は終わらないの。ちょっと待って。このビデオをマスコミに送るから」

「ビデオ？　ちょっと待ってくれ。誰が映っているんだ？」

「わたしに決まってるでしょう。残るふたりの殺し屋の名前と顔写真を提供した人に、二十五万ドルの賞金を提供するっていう内容のビデオなの。わたしに危害を加えたという証拠がなければ、残るふたりを逮捕することはできない。だからといって襲われるのを待つつもりもない。だからふたりの情報に賞金をかけて、顔写真と名前がわかったらネットにさらして罰を受けさせるつもり」

「でも賞金なんてかけたらきみが非難される」

「そこはちゃんと条件をつけるわ。相手に危害を加えたら賞金は無効だし、ガセネタの場合は詐欺行為で裁判所に訴える。もちろん内部通報も受けつけない。自分を殺そうとしている組織に資金をやるなんて馬鹿げているもの」

「それにしても……法的に大丈夫なのか？」

ワイリックはチャーリーを見あげた。「正直なところ合法かどうかなんてどうでもいいわ。法はわたしを守ってくれないし。世間の評価なんて興味ないし」

ワイリックはパソコン画面に目を戻すと、マスコミ各社に向けてビデオを送信した。

「完了！」そう言ってチョコレートバーをもうひと口食べる。

チャーリーは言葉を失った。ワイリックにかかると法律さえもねじふせられてしまう。ただしそれは、法律を無視しなければならないほど事態が切羽詰まっているということでもある。いつ命を奪われるかわからないというのがどういう経験なのか、チャーリーには想像もつかなかった。

二十五万ドルは大金だが、ワイリックが要求しているのは氏名と顔写真だけだ。

「まったく、きみには恐れ入る」

ワイリックが肩をすくめた。「心配しないで。マスコミが騒げば騒ぐほど身の安全が確保されるんだから」

「それはいいとしても、やっぱり世間の反応が心配だ」

ワイリックは背もたれに体重を預けて、チャーリーをまっすぐに見た。

「なんだい？」

「まだわかっていないみたいね」

「わかってないって何が？」

「世間なんて気にするだけ無駄ってこと。自分自身がこれからどうなるかさえ予想がつかないのに、他人のことなんて気にかける余裕はないわ。今日のわたしは天才かもしれないけれど、明日の朝、目を覚ましたら、膨大な知識がすべて消えているかもしれない。十年後はどこかの研究所に入れられて、よだれを垂らしながら自分の体につけた傷をいじっているかもしれない」

そんなことはありえない！　チャーリーは心のなかで叫んだ。思わず彼女を抱きしめそうになる。そのとおりに実行したところでワイリックが喜ぶとは思えないので、肩をすくめてポケットに手をつっこんだ。

「つまらないことを言ってすまなかった。世間がどんな反応をしようと、この先、何が起ころうと、ぼくはきみの味方だ。それだけはまちがいない」

ワイリックは泣きそうになりながらも、ポーカーフェイスを装って話題を変えた。「資料を受けとったら、ハンクはわたしじゃなくてあなたに電話してくるでしょうね。賭けてもいいわ」

チャーリーは眉根を寄せた。「ファイルを送ったのはきみなのに、どうしてぼくに電話してくるんだ？」

「あの人はわたしが怖いのよ。あなただって気づいているでしょう？」

チャーリーはあいまいに肩をすくめた。

「どう？　どっちに電話してくるかで賭けをしない？」

「圧倒的にぼくが不利じゃないか」

ワイリックは目を細めた。「ノリの悪いことを言わないでよ」

チャーリーはにやりとした。「わかった。じゃあ、ハンクがきみに電話をしてきたらどうする？」

「これから一週間ずっと、夕食の支度はわたしがやるわ」

「ぼくに電話をしてきたら……ちなみにその可能性が極めて高いが、ぼくが食事当番をするってわけか」

「だって賭けだもの」

「本当は食事当番をさぼりたいだけだろう？　賭けなんてしなくてもぼくが食事の準備をすると言ったらどうする？」

「もちろんとめないわ。あなたがそうしたいなら」

「今晩から？」

「わたしはそれでぜんぜん構わないけど」

チャーリーは声をあげて笑った。「とくに食べたいものはあるかい？」

「出されたものはなんでも食べる」

「じゃあ、冷凍庫に何が入っているか見てみるよ」

「昨日、買い出しをしたから食材ならそろっているわよ」

「了解」チャーリーは肩をすくめた。「宣戦布告が終わったなら、楽な服に着替えてのんびりするといい。ぼくは食事の支度にかかる」

「よろしくね」ワイリックはペプシとチョコレートバーの残りを持って書斎を出た。廊下の先のエレベーターを使って二階へあがる。エレベーターから降りると、ちょうどチャーリーが階段をあがってきたところだった。一瞬、ふたりとも動きをとめ、廊下の端と端で見つめ合った。

ワイリックが手にしていたチョコレートバーを口に入れ、チョコレートを咀嚼《そしゃく》しながらペプシのキャップを閉める。

その表情を見たチャーリーはぴんと来た。

「させるか！」叫んで走りだす。同じタイミングでワイリックも全力疾走した。

ふたりのベッドルームは廊下のなかほどにあって、向かい合っている。相手よりも先に部屋に入ることが、そのときは何よりも価値があるように思えた。

負けるかもしれない、とワイリックは思った。脚の長さだけならチャーリーが有利だ。実際、彼の脚は信じられないほど長い。

ペプシを持ったまま全力疾走してくるワイリックを見て、チャーリーは走りながらげらげらと笑った。次の瞬間、部屋に入ってドアをばたんと閉める。

「勝った！」チャーリーがドア越しに勝利の雄たけびをあげた。

「もうっ！」ワイリックも声をあげた。廊下で立ちどまり、肩で息をしながら、体を鍛え直さなくてはと思っているとき、バンッという音とともに手にしたペプシのふたが弾《はじ》けとんで天井にあたった。ボトルの口から茶色の液体が噴きだす。ワイリックは悲鳴をあげた。何かが弾ける音と悲鳴を聞いて、部屋のなかにいたチャーリーは心臓がとまりそうになった。拳銃を片手に、臨戦態勢で部屋を飛びだす。すると、ほとんど空のペットボトルを手に、ペプシまみれになったワイリックが立っていた。

ほっとして腰が砕けそうになりつつも、チャーリーは余裕のふりをして不敵な笑みを浮かべた。

「にたにたしてないで、さっさと部屋に戻ってドアを閉めなさい」

ワイリックの命令に、チャーリーは素直に従った。しかしドアを閉めた瞬間、腹を抱えて笑いだした。

向かいの部屋から響くチャーリーの楽しそうな笑い声を聞きながら、ワイリックはペプシまみれの自分を見おろした。最悪だ。

それでもチャーリーを一日に二度も笑わせられたのだから、充分に元はとった。部屋着に着替え、掃除用具をとりに一階へおりる。壁を拭いて、床にモップをかけないといけない。

笑いの発作がおさまったチャーリーも楽な服に着替えた。部屋を出ようとしたとき、ポケットの携帯が鳴る。発信者を見てため息がもれた。

ハンクだ。

これだから賭けにならないと言ったのに。

ベッドに腰をおろして、ワイリックが投下した爆弾に目をぱちくりさせているハンクの姿を想像する。

「もしもし？」

「彼女はいったい何を考えているんだ？」

「純粋な好奇心から訊《き》くんだが、どうして直接、本人に確認しない？」

「それは……」ハンクが口ごもる。

チャーリーはため息をついた。「まあいい。彼女が送ったファイルをぜんぶ見たか？」

「映像は見た。とんでもない騒ぎになるぞ」

「電話をする前にほかのファイルも読んでくれ。〈正義の教会〉というカルト組織がワイリックを殺すために三人の刺客を放った。ひとりめは失敗して、ダラスの拘置所に入れられている。ワイリックの送った別の映像に犯行の様子が映っているし、犯人と教会とのつながりを示す証拠もある。ちなみに彼女はひとりのときを狙われた。私が証人として法廷に呼ばれたとき、事務所に男が押し入ったんだ」

「なんてことだ！　しかし残りの刺客の首に賞金をつけるのは、いくらなんでもやりすぎだ」

「ワイリックは刺客の氏名と顔写真を提供した者に謝礼を払うと言っているだけだ。刺客に危害を加えたら謝礼は無効になる。偽の情報で金をせしめようとしたら詐欺で訴えられる」

「自分を狙っているやつの正体を知ってどうしようって言うんだ」

「ネットにさらすそうだ。犯行を思いとどまらせると同時に社会的制裁を受けさせる。私は全面的に彼女の味方だ」

「……そうか。で、〈正義の教会〉というのは単なるカルト集団なのか？」

「それもワイリックの送ったファイルを読めばわかる。教会のトップは、プレストン・デイヴィスという名前の武器商人に頼まれて資金洗浄をしているらしい。そこから先はそちらの仕事だ。連中を追いつめて、ワイリックに構っている余裕などないようにしてもらいたい」チャーリーはそれだけ言うと、一方的に電話を切った。

携帯を手にしたまま、ハンク・レインズはうめいた。今晩は妻が好物のTボーンステーキを用意すると言っていたのに、これでは定時で帰宅できそうもない。パソコンに向き直り、ワイリックから送られてきた残りのファイルを開く。そしてぜんぶ読むころにはすっかりステーキのことを忘れていた。この情報のうち、合法的に収集されたものがどのくらいあるのかはわからない。逮捕の前に正規のルートで情報を取り直さなければならないだろう。それにしてもワイリックの情報収集能力には感嘆せざるを得ない。

上司に電話しようと受話器に手をのばす。ATF（アルコール・タバコ・火器および爆発物取締局）と情報共有して、明日にも教会へ赴くことになるだろう。

ワイリックがマスコミに送ったビデオがニュースを独占しはじめた。かのジェイド・ワイリックが今度は莫大《ばくだい》な額の賞金を提示してきたのだから、世間が注目しないわけがない。各局がワイリックの映像を放映した直後からSNSはワイリックの話題でもちきりになり、放映したすべてのテレビ局に問い合わせが殺到した。

プレストン・デイヴィスは身内の葬式に参列するため、バトン・ルージュにある叔母の家のリビングでパイとコーヒーを楽しんでいた。誰かがテレビを指さして叫ぶ。

「あれを見て」

プレストンがテレビを見たとき、ジェレマイア・レイヴァーの顔が大写しになった。パイの皿を置いてテレビのほうへ身を乗りだす。しかし内容を把握する前に次の話題に切り替わってしまった。いずれにしても取り引き相手が全国ニュースになるのは気持ちのいいことではない。不安を押し殺して親戚にさぐりを入れる。

「なあ、シャーリー、今のはなんのニュースだった?」

向かいに座っていた、いとこのシャーリーが顔をあげた。

「ポーレット近郊にある〈正義の教会〉の教祖の話だったわ」

「その教祖がどうかしたのか?」

「ジェイド・ワイリックっていう女性を異端者呼ばわりして、神を冒涜《ぼうとく》する穢《けが》れた存在だって信者に説教したそうよ。その後、テキサス州ダラスでワイリックを殺そうとした男が逮捕されて、その教祖の命令で彼女を殺そうとしたと主張しているんですって。しかも殺し屋はほかにふたりいるみたい。ワイリックは、ふたりの殺し屋の情報をくれた人に二十五万ドルずつ賞金を出すってビデオメッセージを出したの。でも相手に危害を加えたらだめで、彼女が要求しているのは殺し屋の名前と顔写真だけよ。ともかく、〈正義の教会〉とかいう団体は、自分たちの主張を通すためなら人殺しも平気でやるってことね。恐ろしい話だわ」

「そりゃあたしかにおっかないな」プレストンは同意しながら、心のなかでは焦りまくっていた。

レイヴァーが逮捕されていろいろ調べられたら、自分もただではすまないだろう。そうなる前に手を打たなければいけない。泥沼にはまる前に。

賞金のニュースが流れて数時間のうちに〈正義の教会〉内部は大騒ぎになった。信者たちは自分たちも巻き添えになるのではという不安にとりつかれていた。何も知らなかったとはいえ、共犯として逮捕される可能性は充分にある。

不安でいっぱいの信者たちがそれぞれ教祖に電話をかけはじめた。まずいことになる前に脱会したい。ところがいくら電話しても教祖は出ない。信者たちはますます不安になった。

教会でそんなことが起きているとも知らず、ジェサップ・ウォリスとファレル・キットは、ひたすらダラスをめざしていた。

教祖のジェレマイア・レイヴァーは、湿地帯にある兄サミュエルの家に逃げていた。世間で何が起こっているのか気にならないはずがないが、サミュエルの家では携帯の電波すら立たない。レイヴァーは車に乗って、携帯の電波が届くところまで移動した。未舗装の道の端に車をとめてメールを確かめる。

そのとき初めて膨大な着信履歴に気づいた。狼狽《ろうばい》と怒りに満ちた信者たちの録音メッセージを聞いて、レイヴァーは自分がはまった泥沼の深さを思い知った。ジェイド・ワイリックを完全に過小評価していた。テイラーと教会の関係を見破ったということは、教会の資金源のことも突きとめたかもしれない。何より裏社会の取り引き相手は世間の注目を喜ばないだろう。かといって携帯のアドレス帳から名前を削除して、なかったことにできるはずもない。このままでは自分の命も危険にさらされる。一刻も早く自宅に戻ってウェブサイトやメールを削除しなければ。

農場に戻ると兄の姿が見えなかった。兄嫁に居場所を尋ねてポーチへ出る。

兄が自分の訪問を不満に思っていることは顔を見ればわかった。妻に話を聞かれないように、ポーチで弟を待っていたようだ。だが今は、兄の説教を聞くよりも差し迫った問題があった。

「兄貴、家からとってこなきゃいけないものがあるからしばらく消えるよ」

弟が世間の目を逃れて農場に来たことくらい、兄にはお見通しだった。だからうさんくさいことから手を引けといつも言っていたのに。

「出ていくのは構わん。気をつけないと、おまえの取り引き相手は世間の注目をおもしろく思っていないかもしれないぞ」

レイヴァーは兄をまじまじと見た。「いったいなんのことだ？　おれが誰と仕事をしているか知らないくせに」

「湿地に住んでいるからといって世間を知らないわけじゃない。おまえの教会に寄附しようってやつは、湿地《ここ》にはいないぞ」

「憶測だけでものを言わないでくれ！」

「メイジーはポーレットの銀行に勤めているんだ。おまえの口座に大金が出入りしていることくらいわかっている。それにワイリックという女性のニュースも見た。おまえは彼女を殺せと信者に命じたらしいな。聖書に〝汝《なんじ》、殺すなかれ〟と書いてあるのに、曲がりなりにも聖職者が殺しをそそのかすとはあきれたものだ。二度とここへ戻ってくるな。この家に災いを持ちこんでほしくない」

レイヴァーは眉をひそめた。今の話は携帯電話に届いた膨大なメッセージと関係がありそうだ。

「ワイリックのニュースっていうのはなんだ？」

「おまえが放った最初の殺し屋が逮捕され、拘置所にいるそうだ。そいつが言うには、おまえはあとふたり、殺し屋を差し向けたそうだな。ワイリックという女性が、殺し屋ひとりにつき二十五万ドルの賞金をかけた。賞金といっても殺し屋を捕まえろというわけじゃなく、名前と顔写真の提供を求めている。ふたりの身元がわかったら、おまえが大好きなSNSで拡散するらしい。影で糸を引いているのがおまえだってことが世間に知れ渡るようにな」

レイヴァーはうめいた。テイラーのやつ、余計なことをしゃべりやがって。

「でも兄さん、ここを追いだされたら、ほかに行くところがない」

サミュエルが肩をすくめた。「おれはおまえの兄だが、保護者ではない。そもそも自分でまいた種だろう。おれにできるのは、おまえの腐った魂が救われるよう、神に祈るくらいだ。どこへ行くとしてもおれたちに行き先は言うな。警察に訊かれたときに知らないふりはできないからな。本当に居場所を知らなければ嘘をつく必要もない」

「いい兄弟を持って、おれは幸せだよ」

「それはこっちの台詞《せりふ》だ」サミュエルが立ちあがった。十センチ以上高いところから弟を見おろす。「さあ、荷物をまとめて自分の場所へ戻るんだ。説教の時間だろう」

レイヴァーはうなだれて家に入った。部屋に戻ると、ベッドのまんなかにバッグが置いてあった。知らないうちに荷造りがすんでいる。メイジーがやったのだろうが、当人の姿は見当たらない。レイヴァーはバッグをつかんで表へ出ると、後部座席に放りこんでエンジンをかけた。これで兄の家族に会うことは二度とないだろう。

家まで一時間ちょっとのドライブだった。私道へ入ったところでぐっとスピードを落とし、木立の陰にパトカーがとまっていないかを確認する。

無事に家へたどりつくと書斎に直行し、教会のウェブサイトを削除しはじめた。作業の途中で電話が鳴る。プレストン・デイヴィスの番号だと気づいたが、今は、プレストンと話している場合ではなかった。

電話は切れてもまたかかってくる。きりがないので、レイヴァーはしぶしぶ通話ボタンを押した。

「もしもし」

「よくもやってくれたな。おまえが殺し屋なんぞを放ったおかげで、おれまで警察に目をつけられるはめになった」

「そんなつもりはなかったんです」レイヴァーは言い訳した。「あの女は悪なんだ。悪魔の娘だから、始末しなきゃならないんです。私の夢に神が出てきて――」

「始末しなきゃならんのはおまえのほうだ」プレストンが言った。

恐ろしい言葉が稲妻のようにレイヴァーの体を貫く。

「落ち着いてください。今すぐ教会のウェブサイトを削除して、ここを出るつもりです。あなたの名前が表に出るようなことはありません」

「いいや、わかったものじゃない」プレストンは言い捨てて電話を切った。

レイヴァーは命の危険を感じた。しかし今はプレストンに言われたことについてくよくよ考えている時間がない。パソコンに向き直ってウェブサイトの削除を続ける。ネット上に残った関連記事やコメントも片端から消していった。それが終わると自分宛てのメールを削除する。ようやくすべてが消えた。

大きく息を吐いて背もたれに体重を預ける。これでネット上に指紋は残らないだろう。

レイヴァーは立ちあがり、荷造りにとりかかった。


レイヴァーは愚か者だが、プレストン・デイヴィスはちがった。レイヴァーが逮捕されたら、刑を軽くするためにあることないことしゃべるにちがいない。レイヴァーが〈正義の教会〉のウェブサイトを必死で削除しているころ、プレストン・デイヴィスに雇われた男がレイヴァーの自宅へ向かっていた。

レイヴァー自身を削除するために。


二時間後、荷物を持ったレイヴァーは家を出た。衣類を詰めたスーツケースを両手にひとつずつ持って車に向かっているとき、木陰で何かが動いた。

レイヴァーはどきりとして立ちどまった。木々のあいだに目を凝らし、潜んでいるのが獣なのか人なのかを見極めようとする。だが、答えがわかる前に、銃弾が眉間を貫通した。

次の息を吸う暇もなく、レイヴァーはスーツケースに挟まれて仰向けに倒れた。後頭部に空いた穴から血液があふれて地面に染みこむ。成人してからずっと、神について説教してきた男は、ようやくあの世で創造主と対面することになったのだった。

テキサス州に入ったジェサップ・ウォリスは、インターステート20を西に走っていた。ロングビューの町まで数キロというところでガールフレンドから電話があった。

「どうかしたのか？」

「ジェサップ、例の女性が、レイヴァーの差し向けた刺客の名前と写真を提供したら、ひとりにつき二十五万ドル払うとテレビで宣言したわ。あなた、レイヴァーの用事で出かけるとか言ってたけど、まさか刺客のひとりじゃないでしょうね」

ジェサップ・ウォリスは顔から血の気が引くのを感じた。気絶する前に徐行して、路肩に車を寄せる。

「なんだって？　どうしてあの女にばれたんだ？　そもそも人間に賞金をかけるなんて違法だろう？　おおっぴらに殺人を煽《あお》るのと同じじゃないか」

ウォリスの言葉に、ガールフレンドは鼻を鳴らした。不満があるときによくするしぐさだ。

「どうしてばれたのかというと、ひとりめの刺客だったバレット・テイラーがぜんぶしゃべったからよ。彼女を殺そうと事務所に押し入ったところをテーザー銃で返り討ちにされたんですって。今は複数の容疑で牢《ろう》に入れられて、法の裁きを待っているところ。言い逃れしようにも、犯行の様子がばっちり防犯カメラに映っていたっていうんだからどうしようもないわね。それと、賞金が殺人を煽るって発言だけど、そもそも彼女を殺そうとしているのはあなたでしょう?」

「おれは金のためにやっているわけじゃない」ウォリスは弱々しく反論した。

「そうかもしれないけど、人殺しにはちがいないわ。だいいち、彼女は残るふたりの刺客を殺せとは言ってない。情報を求めているだけよ」

ウォリスはうめいた。「なんのために?」

「ネットでさらすつもりでしょうね。そうすれば世界じゅうがあなたを監視するようになる。言っておくけど、あなたの宣教師様は姿を消したわよ」

「なんだって! 黒幕はあいつなのに、真っ先にしっぽを巻いて逃げだすなんて最低だ」ウォリスは低い声で罵った。「それで、おれの名前を教えたら、あの女から金がもらえるんだな?」

「そうよ。でも教会関係者や身内にはその資格がないの」

「くそっ! おれはどうすればいいんだ」

「そんなの神様じゃなくてもわかるでしょう。今すぐ方向転換して家に帰るのよ。誰かに行き先を教えた?」

ウォリスはうめいた。「昨日、ダチと飲んでいるときに話したかもしれない。よく覚えてないんだ。けっこう酔ってたから」

「話したかどうかはじきにわかるでしょうよ」

　ウォリスは悪態をついた。「とにかく知らせてくれて助かった。すぐに引き返す。明日には家に着くと思う。もうレイヴァーは信用できない。まさか教祖に裏切られるとはな。罪人には天罰がくだるとかほざいておいて、わが身があやうくなったら姿を消すなんて。おれはそんなやつの信者になった覚えはない。おれは逮捕されないだろう？　まだ、何もしてないんだから」

「知らないわよ。言っとくけど、わたしの家には帰ってこないでね。教会のいざこざにはいっさいかかわりたくない。だいいち、あなたとつきあってるなんて知られたら、フェイスブックやツイッターにわたしの写真までばらまかれちゃう」

「お、おい、冷たいこと言うなよ」

「あなたのものはまとめてポーチに出しておくわ」

　電話が切れた。

　ウォリスはしばらく携帯を見つめたあと、助手席に置いた。そしてウィンカーをあげて走行車線に戻り、Uターンできる場所をさがした。

6

ファレル・キットは三十代の既婚者で、農場に残してきた妻は四人めの子どもを妊娠中だった。いちばん上の子はやっと九つになったところだ。ファレルは〈正義の教会〉に傾倒していて、教会は、家族を除けば人生でもっとも大事なものといっていい。

残念なのは妻のジュディが教会のすばらしさを理解してくれないことで、彼女自身はもちろんのこと、夫が子どもたちを礼拝に連れていくことも許さなかった。だから出発の朝、着替えを詰めたバッグとともに車で出かけたときも、レイヴァーの頼みで遠出をするということしか教えなかった。

ルイジアナ州内をシュリーブポートに向けて走っているとき、携帯が鳴った。発信者は妻のジュディだ。ファレルは明るい声で電話に出た。

「ぼくの大事な奥さん、どうかしたのかな?」

ジュディがいきなり泣きわめいたので、ファレルは仰天した。子どもたちに何かあったにちがいない。慌てて車を路肩に寄せる。

「ジュディ、ハニー、落ち着いて。そんなに泣いていたら、何を言っているのかわからないよ」

受話器の向こうでジュディが大きく息を吸い、鼻をかんだ。うしろから子どもたちの泣き声も聞こえる。ファレルの胃がぎゅっと縮んだ。

「どうした？　いったい何があった？」

「そこらじゅうに載ってるの。テレビもネットもその話題ばっかりよ。妹がフェイスブックを見て電話してきたから、自分で調べてみたわ。レイヴァーが繰り返し話題にしていた女性がいたでしょう？　悪魔と呼んでいた女性が？　あの人が、レイヴァーが差し向けた刺客ふたりにそれぞれ二十五万ドルの賞金を出したのよ。あなた、レイヴァーにあの女性を殺すように言われたんじゃないの？　それで急に遠出なんて言いだしたんでしょう」

ファレルは吐きそうになった。

「きみにはわからないよ」

「わかってないのはあなたのほうよ！　本気で人を殺すつもりだったの？　まったく、どこまで馬鹿なの？」ジュディが叫んだ。「あなたが刺客なら、その首には二十五万ドルの賞金がかけられたのよ」

「賞金？　なんのことだ？　人間に賞金なんてかけられるわけがない。人殺しは違法だぞ」

「人を殺そうとしているのはあなたのほうでしょう！　彼女はあなたを殺そうなんてしていない」ジュディは夫の置かれた状況を説明した。最後にひとつの希望を与える。「誰かがあなたを傷つけたら賞金は無効になるし、その人は逮捕されるわ」

「そもそもどうしてばれたんだ？」

「バレット・テイラーが逮捕されたからよ。捕まったとき、テイラーは自分が失敗しても仲間が来ると言ったんですって。それで彼女がテレビで情報提供を求めたの」

「レイヴァーに電話をして、どうすればいいか尋ねてくれ」

ジュディがまた泣きだした。

「あの人は電話に出ないし、町の人は誰も姿を見ていないそうよ。どこにいるのか知らないけど、今すぐ家に戻ってきて。あなたがこのことを誰にもしゃべっていないなら、誰も知らないまま終われるんだから。まさか、誰かにしゃべったんじゃないでしょうね？」

「教会の連中なら予想がつくだろうし……密告するかもしれない。教会と距離を置くためにおれを生け贄《いにえ》にする可能性もある」

「とにかくすぐに帰ってきて」ジュディが懇願する。

「わかった、帰るよ」ファレルは言った。「どこかで方向転換して、できるだけ早く帰るから。迷惑をかけてすまない。とにかく落ち着いて待っていてくれ。ぜんぶうまくおさまるから」

ジュディが電話を切った。

さっきまで使命感に燃えていたファレル・キットは、今や冷や汗をかいていた。悪魔の子に引導を渡された。二十五万ドル……自分の首にそれほどの価値があるなんて想像したこともなかった。

ソニーは部屋で着替えをしながら夕方のニュースを観《み》ていた。アナウンサーがワイリックと言ったので顔をあげる。彼女に興味があるからだ。ソニーも数カ月前の記者会見をテレビで観た。ワイリックのような女をもてあそんだらさぞかしおもしろいだろうと妄想もした。そんな機会が訪れることはないが……。

詳しい内容を知りたいので音量をあげ、座ってジェイド・ワイリックを眺める。彼女の唇の動きや、細められた両目を。ワイリックには乳房がない。髪もない。それなのに彼女ほどセクシーな女性は見たことがなかった。ドラァグクイーンとエイリアンの中間のような存在だ。ベッドで組み敷くところを想像しただけで興奮に身震いがする。

しばらくするとワイリックの話が頭に染みこんできた。どこかの宗教団体が放った殺し屋ふたりに、それぞれ二十五万ドルの賞金をかけるという。

ソニーは太ももをたたいて喜びの声をあげた。

「まったくたいした女だ！　最高だよ、ワイリック」

ワイリックの映像を最後まで観てテレビを消す。ワイリックを手に入れるのは夢のまた夢だが、自分にはもっと身の丈に合った女が待っている。彼女をがっかりさせるつもりはない。

監禁された部屋は冷えきっているのに、レイチェルの体は燃えるように熱かった。喉の傷が化膿《かのう》して熱が出たのだろう。殴られたときにあばら骨が折れたかもしれない。どちらにしても、痛みのせいで歩くことはもちろん、呼吸をすることさえ苦しい。

時間の感覚がまるでなかった。ただ、あの男が戻ってくることだけが恐ろしかった。それと同時に、戻ってこないことを恐れてもいた。

戻ってきたら、今度こそあの男の思いどおりにはさせない。人が苦しみ、血を流すのを見て興奮するような男は、こちらが抵抗したら余計に喜ぶだろう。だが、抵抗せずにやられるつもりもない。

よろよろと立ちあがり、洗面台までやっとの思いで移動して、火照った顔に水をかけた。マットレスまで戻ると、毛布を顎まで引きあげてドアを見つめた。

ついにドアが開いたときは、一瞬、現実なのか幻想なのか判断がつかなかった。あの男が滑りこんでくるのを見て現実だと思い知る。ドアが施錠されるのが音でわかった。

「やあ、かわい子ちゃん、恋人が来たんだから愛想よくしろよ。ハンバーガーとフライドポテト、それに水を持ってきてやったんだぜ」

レイチェルは毛布にくるまったまま微動だにしなかった。ひどい吐き気がするし、震えもとまらない。だが少なくとも相手が何をするつもりなのかだけはわかっている。

ソニーは食べものと水が入った袋を部屋の隅に落とし、服をぬぎはじめた。すっかり勃起して、ナイフを手にレイチェルのほうへ近づいてくる。

「毛布をとれよ。さもなきゃ切り裂くぞ」

レイチェルは動かなかった。

ソニーが眉をひそめた。レイチェルの頬は赤く火照り、目はうつろだ。毛布をつかんで引きはがす。化膿した首の傷が目に飛びこんできた。

くそ！　この女も死ぬのか。

相手が死ぬとしても、一日じゅうふくらませていた妄想を実行に移さずに引きさがるわけにはいかない。ソニーは膝をついてレイチェルの服をぬがせはじめた。抵抗すると思ったのに、レイチェルは人形のように横たわったままだった。がっかりだ。張りつめていた股間がゆるみはじめる。反応を引きだしたくて化膿した傷をつついてみた。レイチェルの鼻がかすかにふくらんだが、それだけだった。

「おいおい、おれの好みはわかってるんだろう」ソニーはつぶやき、レイチェルの胸の頂を強くつまんだ。

レイチェルは奥歯を食いしばって叫びたいのをこらえた。反応してはいけない。時間を稼いで、チャンスを待つのだ。この男がよそ見をする瞬間を。ほんの一瞬でいい。

ソニーは前日、レイチェルをそこまで手荒に扱ったつもりはなかった。だがよく見ると、青紫のあざがそこらじゅうについている。ちょっとやりすぎたかもしれない。もうちょっと悦《よろこ》ばせてもらうつもりだったのに。ささやかなお愉《たの》しみは始まったばかりだというのに。

「おい、しっかりしろよ!」ソニーはレイチェルをひっぱたいた。歯が唇にあたって血が噴きだす。

ソニーはにやりとした。調子が出てきた。

「寂しかったかい、ベイビー?」甘い声を出す。「おれは寂しかった。今日も思いきり楽しもうぜ」

レイチェルを仰向けにして脚のあいだに膝を入れる。レイチェルはぐったりしたままだ。ソニーは床に置いたナイフをさがした。ちょっと痛い思いをさせれば正気に戻ると思った。

それこそレイチェルが待っていた瞬間だった。片手でソニーの局部をつかみ、力いっぱい握りしめて爪を食いこませ、ひねった。

ソニーがぎょっとして身を引く前に、レイチェルは空いた手で胸から腹へばりばりと爪を立てた。

猛烈な痛みが脳天を貫き、ソニーは反応することもできなかった。われに返ると悲鳴をあげてレイチェルをたたき、急所をつかんだ手を外させようとする。ところが強くたたけばたたくほど、レイチェルの手に力がこもり、ペニスがますます強くねじりあげられた。

ついにソニーはレイチェルの顔めがけて拳をふりおろして、彼女をノックアウトした。自由になった瞬間にマットレスから飛びおり、すすり泣きながら局部に手をやる。そこがどうなっているのか直視するのも恐ろしかった。

レイチェルを殺したいと思った。今、この瞬間、この場で。だが痛みが強すぎて報復する余裕もない。どうにか立ちあがり、流しへ行く。吐き気に襲われて洗面台に胃の中身をぶちまけた。何度も嘔吐《おうと》して、しまいに脇腹が痛くなる。

意識をとりもどしたレイチェルがナイフを奪ったことに気づいたのは、床をはいずる音を聞いたときだった。ふり返ると、レイチェルがよつんばいでナイフを握りしめていた。

この状況で戦うのは無理だ。あやうく去勢されるところだった。とにかく一度、退散するのが賢明だ。残る力をふりしぼって服をつかみ、ドアへ走った。キーパッドに暗証番号を打ちこむ。心臓が早鐘を打ち、指先が震えた。

レイチェルがすぐそこに迫っている。ようやくドアが開いたので、廊下へ飛びだしてドアをたたきつけるように閉めた。自動でロックがかかる。

素っ裸で、胸からも局部からも血を流しながら、ソニーは考えた。少しでも早く部屋に戻って患部を冷やさなければならない。病院で手当てを受けるという選択肢はない。この傷ではレイプ犯として逮捕されるのが目に見えている。すぐに被害者の捜索が始まるだろう。

どうにか服を着て、部屋に戻る。一歩踏みだすたび、激痛に涙がにじんだ。

ちくしょう！　このままでは終わらせない。次は拳銃を持っていって、あの女の額に風穴を空けてやる。

あと少しで逃げられるというところで厚いドアが閉まったとき、レイチェルは絶望のあまりその場に崩れ落ちた。殴られた顎がずきずきする。鼻も目も腫れあがっていた。もう少しだったのに。

それでも武器は手に入れた。わたしにはナイフがある。

それはいいことでもあり、悪いことでもあった。

あの男は必ず戻ってくる。そしてわたしがナイフを持っているとなれば、拳銃を持ちだすにちがいない。

拳銃を持った相手に対して少しでも有利に戦うにはどうすればいいだろう。

天井を見あげる。部屋を暗くするとか？　あの電球を割れば、わたしを撃とうにも照準できなくなる。ドアを開けたときに暗闇が待っているとは予想もしていないだろうから、意表を突くこともできる。ドアの横で待ち伏せをして、運がよければあの男の体にナイフを突き立て、相手がひるんだ隙に逃げられる。自分がしたことを考えればあの男がいっそう残虐な行動に出るのは明らかなので、生きのびるチャンスはそれしかなかった。

　床に落ちた服を着て、靴をはく。それからマットレスをドアのすぐ横へ移動させた。片目の腫れはますますひどくなり、ほとんど目を開けられない状態だ。気休め程度にしかならないだろうが、顔に水をかけて患部を冷やした。

　できるだけ体をきれいにしたところで、あの男が食べものを運んできたことを思い出す。食べもののことを考えただけで胃がむかむかした。顎を殴られたせいで、咀嚼《そしゃく》するのもつらい。それでも力を蓄えておかなければならない。

　冷えきって油っぽいハンバーガーを食べながら、腫れていないほうの目で電球を見あげ、どうやって割るかを考える。

　ようやくハンバーガーを食べ終わり、手を洗って、注意深く部屋を見まわした。マットレスの位置を確かめ、暗闇でも見つけやすいように毛布とナイフを配置する。それから、マットレスから洗面台、そしてトイレまで何歩で移動できるかを調べた。マットレスまで戻りながら歩数を再確認する。次は目を閉じて歩いてみた。それを何度も繰り返して、見えなくてもちゃんと行きたい場所に行ける自信がつくまで練習した。

　そのあと片方の靴を手に持ち、電球に狙いを定めて投げた。靴は、天井をかすりもせずに落ちてきた。目が片方しか見えないので、電球までの距離がうまくつかめない。投げては拾いを繰り返していると、ついに靴が電球にあたった。

ところが電球は割れなかった。もうへとへとだ。癇癪《かんしやく》を起こして絶叫し、すすり泣き、悪態をつく。この世の男という男を呪った。

ついに息が切れてしゃべるのをやめる。こんなことをしても何にもならない。休んでいる暇などないのだ。

足を引きずりながら靴を回収し、マットレスの端に立った。電球を見あげ、靴を握りしめる。それから勢いをつけてもう一度投げた。靴は放物線を描いて飛んでいき、電球に命中した。

電球が粉々になり、ガラスの破片が雨のように降りそそぐ。レイチェルはとっさに顔に手をやって目を守った。

次に目を開けたとき、部屋のなかは真っ暗で、顔の前にかざした自分の手も見えなかった。

レイチェルは生まれてから一度も、完全な闇を体験したことがなかった。空気の密度が増した気がして息苦しくなる。何度かあえいだあと、息がしづらいと感じるのはパニックを起こしているせいだと気づいた。部屋の空気は何も変わっていない。まずは心を落ち着かせないといけない。ゆっくりと向きを変えて膝をつき、マットレスまで移動した。あんなに忌まわしかったマットレスが、今や心のよりどころだった。
マットレスに座って毛布で体を包む。それから手さぐりでナイフを見つけ、体の近くへ引きよせた。ドアの施錠が解除される音を聞き逃すわけにはいかない。ドアが開いて、あの男が部屋の暗さに戸惑っているあいだに攻撃するのだ。

ソニーはどうにか自分の部屋に戻ってきた。シャワーを浴びて、胸のひっかき傷を消毒する。今夜は痛みのせいで眠れそうもない。リクライニングチェアに座って苦痛にすすり泣き、鎮痛剤を何錠ものんで、局部にあてた保冷剤を交換した。

ひどく疲れた。体に力が入らず、何もする気が起きない。具合が悪くなるほど鎮痛剤をのんだというのに、痛みがおさまる気配は一向になかった。

結局、太陽が昇るまで痛みに耐えていた。とても仕事に行ける状態ではないので、家で転んでひどいけがをした。今週いっぱい休むつもりだと職場に連絡する。

午後十時ごろになってようやくうとうとしかけたが、トラに変身して、鋭い爪で襲いかかってくる女の夢を見た。

汗だくで目を覚ます。まだ痛いので追加で鎮痛剤をのんだ。保冷剤を取り替えてベッドに入り、浅い眠りに戻ろうとした。

ミリー・クリスは日の出とともに起きだした。手早くシャワーを浴びて着替えをすませ、朝食をとりに部屋を出る。フロイド刑事に電話をしても失礼でない時間になるまで、まだだいぶある。朝食を注文してから夫に電話をした。今日の予定を伝えて、また夜に電話すると約束する。

「とにかく気をつけて」

「わかってる」ミリーはそう言って電話を切った。

テーブルに携帯を置いて顔をあげる。朝食をとりに来た宿泊客の動きを眺めるともなく眺めながら、誰もが当たり前のように享受している安全や自由が、実はどれほどありがたいものかについて考えた。

妹の身に何かあったのはまちがいない。行き先も告げずに三日間もいなくなるはずがないからだ。とはいえ、いったいどこにいるというのか。あの子の身に何が起きたのだろう？　けがをしているのだろうか？　まだ生きていてくれるのだろうか？

わからないことだらけで頭がおかしくなりそうだ。

料理が運ばれてくると、栄養補給をするためだけに咀嚼してのみこみ、部屋に戻った。このまま待っていても妹を助けることはできない。まずはレイチェルのアパートメントから手がかりが見つかったかどうか確かめよう。

八時になったのでフロイド刑事の番号に発信する。呼び出し音を聞きながら、今日こそいいニュースが聞けることを願った。

電話が鳴ったとき、フロイド刑事は通勤ラッシュに巻きこまれていた。運転中なのでハンズフリー機能を使って電話に出る。

「フロイド刑事です」

「おはようございます。ミリー・クリスです。何か進展はありましたか?」

フロイド刑事はため息をついた。「いいえ。残念ですが、鑑識から新たな連絡は入っていません」

ミリーの心は沈んだ。

「そうですか、とても残念です。それで、次はどうするんですか?」

「全力を尽くすつもりでいますが、捜査は難航するかもしれません。手がかりが少なすぎるんです」

ミリーはためらった。探偵を雇うと言ったらフロイド刑事は気を悪くするかもしれない。だが、レイチェルを助けるためなら、相手がどう思おうが気にしている場合ではない。妹の命がかかっているのだ。

「あの、私立探偵のチャーリー・ドッジに電話をしてみようと思っているんです。彼を雇うことができれば、チャーリーもレイチェルを捜索することになりますが、何か問題がありますでしょうか？」

フロイド刑事はチャーリー・ドッジの評判をよく知っていた。失踪者の捜索を得意としているうえに、ジェイド・ワイリックという強力な切り札を持つ探偵だ。

「構いませんよ。反対する理由はありませんし、そもそも反対するつもりもありません。ドッジに依頼することが決まったら、私に連絡するよう伝えてください。連携して捜査しますので」

「ありがとうございます。レイチェルのことで何かわかったら、これからも教えてください。警察のみなさんを信頼していることは変わりません」ミリーはそう言って電話を切った。それからドッジ探偵事務所の番号を表示して発信した。


出勤したワイリックが給湯室で今日のスイーツをガラスドームに並べているとき、電話が鳴った。指についた砂糖をなめて机へ急ぐ。

「ドッジ探偵事務所です」

電話の向こうでミリー・クリスが深呼吸をした。

「はじめまして。ミリー・クリスと申します。妹が行方不明になりました。ダラス市警が捜索していますが、今のところ手がかりはありません。それでお力を貸していただけないかと――」

「十時に事務所へ来られますか?」ワイリックが尋ねた。

ミリーは言葉に詰まった。「あの……ええ、もちろんです！　ありがとうございます！」

「ここの住所はわかりますか?」

「いえ、でもあとで——」

「今からお伝えしますので、メモのご用意を」

「はい、ちょっと待ってください」ミリーは机に置いてあったメモ用紙とペンを引きよせた。「用意できました」

ワイリックは住所を読みあげた。「駐車場はビルの裏にあります。十時にお待ちしています。お気をつけて」

「はい、本当にありがとうござ——」気づいたときには電話が切れていた。今、電話で話したのが超能力者というアシスタントだろうか?　いや、そんなことはどうでもいい。大事なのはチャーリー・ドッジにレイチェルの捜索を依頼できそうだということだ。

まだ十時まではだいぶあるが、途中で給油をしなければならないし、〈ドッジ探偵事務所〉はダラスの中心部にあって、ホテルからは遠い。ミリーは簡単にメイクを整え、バッグをつかんでホテルを飛びだした。

ミリーの電話からほどなくして、チャーリーが出勤した。しかも怒りをみなぎらせて。

「ハイウェイを降りようとしたら車をぶつけられそうになったんだ。まったくマナーのないドライバーが多すぎる。ベアクロウでも食べないことにはやっていられない」

「ふたつ食べていいわ」ワイリックはそう言って立ちあがり、プリンターの前へ行った。

「十時にミリー・クリスが面会に来る」

「ミリー・クリスって――」

ワイリックはプリンターから出力された資料をまとめた。「昨日、行方不明の女性の捜索をすることになると言ったでしょう。レイチェル・ディーンという名前の女性を。ミリーはレイチェルの姉」最後の一枚が印刷されたところでまとめてチャーリーに渡す。「レイチェルについてこれまで集めた情報よ。過去にトラブルは抱えていない。おそらくストーカー被害に遭ったか、たまたま標的になってしまったかのどちらかでしょうね」

チャーリーは書類を受けとった。

「プリントアウトしてくれてありがとう。iPadで読むのは苦手なんだ」

「知ってる。だから印刷したの。依頼人の到着まで四十五分ほどあるから目を通して」

チャーリーは素直に所長室へ入り、書類とブリーフケースを机に置いた。ステットソンとジャケットをぬいで、ベアクロウとコーヒーをとりに給湯室へ戻る。

ひとつめのベアクロウを食べ終わるころにはだいぶ気分がましになっていた。そしてミリー・クリスが到着したときにはやる気がみなぎっていた。

〈ドッジ探偵事務所〉の前まで来て、ミリーは躊躇《ちゅうちょ》した。事務所のドアが施錠されていたからだ。インターフォンを鳴らしてモニターを見つめる。ひと呼吸置いて、施錠が解除されるかちりという音がした。ドアを押してなかに入る。

机についている女性を見て、まったく驚かなかったと言ったら嘘になる。立ちあがった彼女が百八十センチを超える長身だったので、再度、驚いた。女性はミリーのほうへ歩いてきた。

「ワイリックです。先ほど電話で話しました」女性が右手をのばした。

ミリーも右手をのばしながら、握手したら電流でも走るのではないかとびくびくした。ワイリックの手は意外にもあたたかく、しっかりした感触だった。ふたりの手が離れる。彼女に依頼することに決めてから、ワイリックの生い立ちについてネットの記事を読んだ。彼女の勇気には感銘を受けた。それと同じくらい、胸もとがウエストまで切れこんだ白い長袖ブラウスや、シルバーのパンツに黒のニーハイブーツといういでたちに圧倒される。大胆なブラウスのせいで牙をむくドラゴンのタトゥーがはっきり見える。ぎらりと光る黄色い目が、近づくなと警告を発しているかのようだ。

シルバーのアイシャドウが黒い瞳を強調している。目の下側にひと粒だけ描かれた黒い涙。さっとぬられた赤いルージュ。そうした外見の情報が強烈すぎて、ミリーはしばらくワイリックが話していることに気づかなかった。

「……チャーリーが待っています。こちらへどうぞ」ワイリックが所長室へ先導する。

「チャーリー。依頼人のミリー・クリスが到着しました」

執務机の向こうで立ちあがった男を見て、ミリーは目を瞬《しばた》いた。なんて大柄なんだろう。彼と並ぶとワイリックさえ小柄に見える。それに、なんてハンサムなんだろう。

「ミセス・クリス、どうぞおかけください」チャーリーが言った。「調査はワイリックと協力して行いますので、彼女にも話を聞いてもらいます」

ミリーは緊張ぎみにうなずき、席についた。「とつぜんのお電話だったのに、都合をつけてくださってありがとうございます。妹が行方不明になりまして――」

チャーリーが右手をあげた。

「基本的な説明はけっこうです。昨日、ワイリックに、あなたから依頼があるだろうと知らされましたので、妹さんについてネットで調べられる程度のことはすべて承知しています。あなたしかご存じないような情報があれば教えてください」

ミリーはワイリックを見た。「……昨日？」

ワイリックは肩をすくめた。「妹さんの件をニュースで見ました。わたしは……前もって起こることがわかることがあるんです」

ミリーはうなずいたが、本当は少しも理解できていなかった。こんな突飛な話がそう簡単に理解できるはずがない。

「あの……詳しいお話をする前に、料金について教えていただけますか？」

「金銭的なことはワイリックに任せていますので、彼女に説明してもらいましょう」チャーリーが言った。

　ワイリックは事実を端的に伝えた。「差し出がましいですが、あなたがご自宅を抵当に入れても調査費用を工面しようとされていることもわかってしまいました。愛する人がいなくなって不安なときに、金銭面の不安まで抱えてほしくありません。ですから今回の依頼は無料でお引き受けします。経費もすべてこちらで負担します」

「え？」あまりのことに理解が追いつかない。ミリーの目に涙が盛りあがった。こらえきれず両手で顔をおおってむせび泣く。「ありがとうございます！　ありがとうございます！　ああ、なんとしても妹の捜索をお願いしたかったんです。あの子はかけがえのない存在なんです。わたしの両親は早くに亡くなって、血を分けた肉親はもうあの子しかいません。妹がいなくなってから、何が起こったのか、ありとあらゆる想像をしました。生きているなら助けたいし、もう生きていないとしても、唯一の肉親であるわたしが弔ってやらなければいけません」

「レイチェルの捜索をお引き受けします」チャーリーが言った。「今の段階では何も約束はできませんが」

「わかっています。引き受けてくださるだけでどれほど心強いか……本当に、どうお礼を言っていいかわかりません」

「それで、レイチェルのことを教えてください」チャーリーが淡々と言った。「おつきあいしている相手はいませんか？　仕事でねたまれたりしていませんか？　過去数カ月で、何か心配事を口にしていませんでしたか？」

ミリーは話しはじめた。ワイリックは会話を録音しつつ、要点を書き留めた。ときどきチャーリーが話をとめ、別の質問をして、ミリーから新しい情報を引きだす。

ようやく面会が終わった。

「妹についてわかっていることはすべて話しました。レイチェルはわたしにも……ほかの人にも秘密をつくるような性格じゃありません。裏表のない子なんです。仕事第一で、思いやりがあって、あの子には明るい未来が開けています」

チャーリーはうなずいた。「わかりました。調査の進捗はその都度、連絡します。調査の過程で確かめたいことがあったときも電話させていただきますので」

ミリーはうなずいた。「妹が見つかるまでダラスにいるつもりです」

「承知しました。では出口まで案内しますからこちらへどうぞ」ワイリックは所長室を出て、ミリーのために事務所のドアを開けた。

ミリーが立ちどまり、ワイリックをふり返った。「あの、あなたについては一般的なことしか知らないのですが、今、わたしの目に映るあなたはまさに天使です。本当にありがとうございました。チャーリーにも、依頼を受けていただいてありがとうございますとお伝えください」

ミリーの言葉に胸を熱くしながらも、ワイリックは軽くうなずいただけで彼女を送りだした。ドアを閉めてふり返る。チャーリーが所長室の入り口からこちらを見ていた。

「失踪事件担当のフロイド刑事と話した。ぼくらが依頼を受けることについて事前にミリーから話を聞いていたそうだ。何か情報があれば共有することで合意がとれた。デターハウスの管理人に電話をして、レイチェル・ディーンの部屋に入れるよう調整してくれる」

「五分で準備します」

チャーリーはうなずき、所長室に戻った。

五分後にチャーリーが所長室から出てきたときには、ワイリックが準備を整えて待っていた。

7

受話器を置いたウェイン・ダイアーはコーヒーカップに手をのばした。電話はフロイド刑事からで、私立探偵がレイチェル・ディーンの捜索に加わるので、探偵が来たらレイチェルの部屋を見せるよう頼まれた。

ため息をついてコーヒーを飲み、顔をしかめる。コーヒーはすっかり冷めていた。立ちあがってカップを電子レンジに入れ、あたため直す。それから合鍵をとりに行った。

事件が長引けば長引くほどデターハウスのイメージも悪くなる。オーナーのアレン・カーソンには、すでに事の顛末《てんまつ》を報告してあり、警察の捜査に全面的に協力するよう指示された。マスコミが事件をかぎつけて騒ぎになり、新たな賃貸契約者を遠ざける前になんとかなるといいのだが……。

もうひとつ懸念事項としては、管理人である自分の立ち位置だった。仕事柄、各部屋の合鍵を持っているので容疑者扱いされる可能性は充分にある。住人が、鍵のかかった部屋から忽然《こつぜん》と消え、どこへ行ったかわからないのだから。

ハウスクリーニングの業者とやりとりするのも自分だし、定期的に害虫駆除業者に点検を頼むのも自分だ。

レイチェルが行方不明になった日も、業者を彼女の部屋に入れた。翌日は、レイチェルの同僚の依頼で安否確認のために部屋に入った。

こめかみに銃口を突きつけられている気分だ。いつ、引き金が引かれてもおかしくない。ぜんぶおまえの仕業だなと警察に詰め寄られる場面が目に浮かんだ。

管理人室のドアが開いて男女が入ってきたとき、ウェインはとっさに反応できなかった。チャーリー・ドッジの評判は聞いたことがあるし、アシスタントの女性は数カ月前にテレビで見た。それでも実物を前にすると、あまりの存在感に驚いた。チャーリー・ドッジが愛想よく笑う。

「ミスター・ダイアー、チャーリー・ドッジといいます。こっちはアシスタントのワイリックです。私たちが来ることは警察から聞いていると思いますが？」

「はい、フロイド刑事から電話がありました。私のことはウェインと呼んでください。さっそくレイチェル・ディーンの部屋へ案内します」合鍵を手に管理人室を出て、エレベーターへ向かう。「今回の事件にはデターハウスの住人たちも心を痛めています。レイチェルはとても感じのいい人ですから。早く見つかるといいのですが……」

警察と同じように、チャーリーとワイリックは二棟に分かれた古いアパートメントの構造を注意深く観察しながらついてきた。エレベーターを出て、二一〇号室へ向かうときも、防犯カメラの位置を確かめている。

「あの防犯カメラは作動していますか?」チャーリーが尋ねた。

ウェインはうなずいた。「警察に言われて、レイチェルが失踪する二十四時間前からの映像を提出しました。ご希望があればコピーします」

「お願いします」ワイリックが言った。

「協力できることがあればなんでも言ってください」ウェインはそう言ってワイリックをちらりと見た。笑顔をつくりかけてやめる。ワイリックの表情は硬く、気安く笑いかけられる雰囲気ではなかった。レイチェルの部屋の前で立ちどまる。

「ここです。部屋のなかに防犯カメラを設置する人もいるのですが、レイチェルは設置を希望しませんでした。ですから室内に防犯カメラはありません」

立ち入り規制の黄色いテープが戸口に渡されている。チャーリーがテープを外し、ワイリックが鍵を開けた。

「質問があります」ワイリックが言った。「レイチェルがいなくなった日に清掃業者が入ったと聞きました」

「そうです。午前中に業者が来ました。レイチェルが帰るだいぶ前に作業を終えて帰りましたよ」

「作業したのはひとりですか？」

「三人です。男性ひとりと女性ふたりで作業しました。あの、おふたりが部屋を見るあいだ、私もここにいたほうがいいですか？」

「いいえ、私たちだけで大丈夫です」チャーリーが言う。

ウェインは少しためらってから、チャーリーに合鍵を渡した。「では、出るときに戸締まりをお願いします。私が管理人室にいなかったら、ドアの郵便受けに合鍵を入れておいてください」

「わかりました」

チャーリーとワイリックはレイチェルの部屋に入ってドアを閉めた。玄関に立って、部屋の発する音に耳を澄ます。

チャーリーはワイリックの反応を待った。

「何か感じるかい？」

「レイチェルが抵抗しているイメージは感じられない。でも複数の人の気配がある。おそらく清掃業者のものね」

「部屋のなかを確認しよう」チャーリーは玄関から右側のリビングへ移動した。きちんと掃除してあって、塵《ちり》ひとつ落ちていない。「仕事から帰ったあと、レイチェルはこの部屋に入ってもいないんじゃないだろうか。ソファーや椅子に人が座った形跡がない。クッションもふかふかのままだ」

ワイリックが口の端をあげる。「あなたでも〝ふかふか〟なんて言うのね」

チャーリーは顔をしかめた。「ほかにどう形容しろと？」

「ふかふかでいいのよ。ただ、あなたのイメージとそぐわなかっただけで」ワイリックはそっけなく答えて廊下へ出た。

「悪かったな」チャーリーは小声で言ってワイリックのあとに従った。

ワイリックは笑みを噛《か》み殺して廊下を進んだ。チャーリーを〝かわいい〟と思ったことは本人には内緒だ。

廊下が分かれたところで立ちどまる。まっすぐ進むか左に折れるか。まっすぐ進むとダイニングキッチンへ出た。キッチンの隣に洗面所がある。食卓の上はきれいに片づいていたが、ワイリックの目にはちがう光景が映った。

「食卓には料理が並んでいた。ｉＰａｄも。レイチェルはそれで読書をしていた。警察が証拠品として押収した。食事は朝食ではなく前日の夕食――レイチェルがいなくなった夜に用意したものよ」

ワイリックはテーブルと椅子にふれた。「食事中に何か気になることが起きて、レイチェルは席を立った。そのままここへ戻らなかった」

チャーリーは洗面所へ行き、洗濯機と乾燥機を確認して、キッチンへ戻った。

「洗濯機のなかに衣類が入りっぱなしだ。しわのより具合から洗濯は終わっているようだった。それから、この部屋には玄関以外に出入りするところはない。駐車場に面した窓はあるが、非常階段も設置されていない。それって法的にどうなんだろう？」

ワイリックは肩をすくめた。「外廊下のつきあたりに非常階段と書かれたプレートがあったわ。おそらくこのアパートメントはホテルと同じような構造なのよ。外廊下の端しか避難口がないということでしょう」

「レイチェルの姉とフロイド刑事の話では、防犯カメラに帰宅したときのレイチェルが映っているが、それ以降、部屋に出入りした人物はいないそうだ」

ワイリックはうなずくとキッチンを出て、もう一方の廊下を指さした。

「次は寝室を確認しましょう。今のところ室内には彼女の気配しかない。レイチェルが見ていた光景が見えるけど、とくに不審な点もない」

「ミリーの話だと、管理人が最初に部屋を確認したときはテレビがついていたらしい。管理人は部屋のものにいっさいふれなかったので、警察が来たときもテレビはつきっぱなしだった。おそらく鑑識が来て、指紋を調べたあとにテレビを消したんだろう」チャーリーはそれだけ言うと、寝室のドアを開け、先に入った。ワイリックが入り口で立ちどまる。

「ベッドで寝た形跡はないな」チャーリーはバスルームへ向かった。シャワーブースのなかはぴかぴかに磨きあげられていて、ラックに洗濯ずみのタオルがたたんで置いてある。

「清掃業者が掃除したままという感じだ」

ワイリックはドアのところで寝室を見渡した。争った形跡はない。ひとつ気になることは、テレビのすぐ横にリモコンがあることだ。テレビとベッドは部屋の反対端にある。

「本を読みながら夕食をとっていたのなら、どうしてテレビをつけたのかしら。それにリモコンがベッドのそばにないのが不自然だわ。ふつうはベッドの近くに置くでしょう」

「清掃業者がやったのかもしれない」

「仕事へ行くときテレビの横に置いたのだとしたら、テレビがついていることに気づいて消したはず。清掃業者が音声を聞きながら作業をしようと思ったのだとしても、テレビをつけっぱなしで帰ることはないでしょう。レイチェル本人にしても、別の部屋で本を読むのに寝室のテレビがついていたら気が散るわ」

「それはそうだな」チャーリーはゆったりしたウォークインクローゼットに入った。服はきれいに整頓されてハンガーにかけられているか、引き出しにしまってある。「この部屋では何が見える？」クローゼットを出ながらワイリックに尋ねる。

ワイリックが眉をひそめた。「レイチェルがここにいたのは確かね。でも次の瞬間、視界がブラックアウトする。何が起きたかわからないけど、不意打ちだったのはまちがいない」

「くそ」

「頭が痛くなってきたから、新鮮な空気を吸いにいったん外に出るわ」

「今日のところはここまでにしよう」チャーリーが言った。「きみは目に見えない悪い気配を拾ってしまう。事務所へ戻って、今後の調査方針を検討しよう」

ワイリックは逆らわなかった。レイチェルの部屋を施錠して管理人室へ行く。

ウェインは電話中だった。

「人が来たからちょっと待ってもらえますか?」ウェインが電話の相手に向かって言い、チャーリーたちに向き直った。

「合鍵を返しに来ました」チャーリーが言った。「後日、改めて部屋を見せてもらうことになるかもしれません」

「もちろんいつ来ていただいても構いません。防犯カメラの映像はここにコピーしました。気をつけてお帰りください」ウェインはUSBメモリを差しだした。

「どうも」ワイリックが受けとる。

ウェインは小さくうなずいて受話器を耳にあて直した。「もしもし? すみませんでした。レイチェル・ディーンのご家族が雇った探偵が彼女の部屋を見に来たんです。それで、シャワーが水もれするんでしたっけ?」

「レイチェル・ディーンって……ああ、行方不明の?」電話の向こうから賃貸人のジョージが尋ねる。

「そうです。ご家族がチャーリー・ドッジに捜索を依頼したんです。人捜しが得意な探偵さんらしいですね。チャーリーとワイリックならレイチェルをさがしだせるかもしれません。それで、シャワーの件は？」

「水をとめてもぽたぽた水滴が垂れるんだ。夜じゅう水音がして眠れないんだよ」

「申し訳ありません。大至急、修理を依頼します」

「ありがとう」ジョージはそう言って電話を切った。

配管工に電話するとメモしてから、ウェインは合鍵を引き出しにしまった。

チャーリーとワイリックは事務所へ帰る車のなかだった。しばらく沈黙が続いたあとで、ワイリックが口を開く。

「デターハウスが建設された当時の設計図と、二十年前の改築時の設計図が見たい。ただ、かなり古い建物だから、建設当時の設計図が残っているかどうか……」

チャーリーはワイリックをちらりと見てから車線を変えた。

「秘密の通路でもあると思うのか？」

「これといった仮説があるわけじゃないけど、今はあらゆる可能性を検討しないと」

「設計図を見つけたらぼくが調べよう。そのくらいならできる。それからあのアパートメントの住人全員の身元照会が必要だ。レイチェル以外の住人に黒い羊がまぎれているかもしれないからな。ウェイン・ダイアーに電話をすれば賃貸人の氏名はわかるだろう」

ワイリックはうなずいて携帯を操作した。

電話が鳴ったとき、ウェインは車の鍵をさがしていた。散髪の予約時間が近づいている。

「もしもし？」

「ワイリックです。そちらのアパートメントの住人名簿をメールで送っていただけると助かるのですが」

「わかりました。申し訳ありませんが今からちょっと出かけるので、帰り次第、お送りします。メールアドレスを教えてください」

ワイリックはメールアドレスを伝えて電話を切った。

「ウェインは今から出かけるそうで、戻ったら住人名簿を送ってくれるって」チャーリーに伝えて鼻梁《びりょう》をもむ。まだ頭痛がするのだ。

アパートメントへ行けば何かわかると思っていたのに、警察がぶちあたったのと同じ壁に阻まれた。背もたれに体重を預けてまぶたを閉じる。

「頭が痛いのか？」

「さっきよりましになったわ」

「コンソールボックスに鎮痛剤が入っているぞ」

「大丈夫。頭をすっきりさせておきたいから」

チャーリーはうなずいた。「そういえば教会の放った刺客について、何か情報は入ったのか？」

テレビで賞金の話を発表して以来、ワイリックは〈正義の教会〉のことを忘れかけていた。今ごろ、残るふたりの刺客は身を隠すのに必死だろう。二十五万ドルという大金のためなら、知人を売る人間は必ずいる。誰が、どんな情報を持ってくるか楽しみだ。

「今朝、確認した時点ではまだ何も。今日の夜、家のパソコンで確認するわ。家のパソコンはぜったいにハッキングされないから」

チャーリーはハイウェイの誘導路を進んで、事務所のある方面へ折れた。「そのリサーチ力があれば、探偵業に飽きることがあっても政府が喜んで雇ってくれるだろうな」

「政府機関で働くのは無理ね。リサーチのやり方に細かく規制をかけてくるに決まっているもの。覚えてない？〈フォース・ディメンション〉に囚《とら》われた少女たちの顔を認証ソフトにかけたときのことを。ハンク・レインズは少女たちが施設内にいるという確たる証拠がなければ逮捕状はとれないと言って譲らなかった」

チャーリーは眉をひそめた。「もちろん覚えているさ。あの事件ではたびたびハンクと衝突した。ルール重視の考え方にも辟易《へきえき》したが、大義名分をふりかざして、きみが開発したステルスドローンを手に入れようとしたときは堪忍袋の緒が切れかけた」

ワイリックが肩をすくめた。「わたしに言わせれば、あれは窃盗という名の犯罪よ。ルール重視が聞いてあきれるわ」

チャーリーはバックミラーを確認してから追い越し車線に出てスピードをあげた。

「きみがやつらの目の前でドローンを焚《た》き火《び》に投げこんだときは胸がすく思いがした。もったいなかったが、あれは最高の演出だったよ」チャーリーはワイリックを見た。「ところで昼食はテイクアウトにするか？　それとも外で食べるか？」

ワイリックもチャーリーを見た。「どちらでも。あなたは外で食べたいみたいね」

「急に〈スタックハウス〉のハンバーガーとフライドポテトが食べたくなった」

「おごってくれる？　あとで経費に計上するから」

チャーリーが声をあげて笑った。「いいとも」

数分後、ガストン・アベニューでハイウェイを降りて〈スタックハウス・バーガーズ〉の駐車場に入った。空いているスペースに車をとめてエンジンを切る。

ワイリックはノートパソコンをバッグにしまい、シートの下へ滑りこませた。バイザーをおろして鏡をのぞきこむ。

チャーリーは驚いた。ワイリックが車を降りる前に鏡を見るなんて、これまでは一度もなかったからだ。

「どうかしたのか？」

「セットが乱れたんじゃないかと思って」ワイリックがとぼける。

「笑えない冗談だ。こっちは真剣に尋ねたのに」

ワイリックはため息をついた。「何かが目に入ったみたいでごろごろするの。でも、とくに何もないみたい」

「ぼくが見てやろう」

ワイリックはためらった。チャーリーとそこまで接近して、平静を保てる自信がない。だが、目に違和感があるのも事実だ。

「どうぞ」そうつぶやいてチャーリーのほうへ体を寄せる。

チャーリーはワイリックの顔を上に向け、上まぶたをそっとめくった。続いて下まぶたをめくる。

「何か入ってる？」

「いや……あ、下まぶたの端に小さなごみがついてる。じっとして、ティッシュをとるから」チャーリーはコンソールボックスのティッシュを引き抜いた。

ティッシュを折ってワイリックの目の端に近づける。ワイリックは瞬《まばた》きしないように、チャーリーのこめかみに交じる白髪や、驚くほど青い瞳に意識を集中させた。

「とれた！」チャーリーが言い、ワイリックのほうへティッシュを差しだす。

ワイリックはほっと息をついた。さっきまでとちがって瞬きをしても違和感がない。

「ありがとう、ドクター」

チャーリーがいたずらっぽく笑う。「治療費の請求書を送るよ。それからきみのヘアスタイルは完璧だ。さあ、早く食べに行こう」

ワイリックがにらんでも、チャーリーはまったく動じなかった。そういうところがいい。自分みたいな変わり種を前にしても、まったく遠慮しないところが。

ふたりが店に入ると多くの食事客が顔をあげた。あちこちのテーブルでひそひそ話が始まる。

ワイリックは無視したが、チャーリーが彼女の代わりに客をにらみつけた。

食事客がワイリックを認識したのは明らかだった。ただし彼らの視線はおおむね好意的だった。ワイリックが記者会見を通じて顔と名前をさらし、超人的な能力があると暴露したあと、ダラスの人々はワイリックを街の財産と見なすようになった。もともとダラス在住のセレブは少なくないし、〈ダラス・カウボーイズ〉のアメフト選手や映画スターを街中で見かけることもある。テキサスのどこかで、毎日のように映画の撮影が行われている。

ワイリックはそうした人々と同じカテゴリーに区分された。努力して名声や地位を得た人々のプライベートを邪魔するのは、ダラス市民にとっては無粋な行為だ。

それでもスターが現れたら目が吸いよせられるのはどうしようもない。とりわけワイリックは目立つ存在だ。しかもエスコートはあのチャーリー・ドッジときている。ワイリックがアシスタントになる以前から、チャーリーの評判はダラスじゅうに知れ渡っていた。ワイリックはレストランに満ちる静かな熱気に気づいていたが、身の危険は感じなかった。給仕係がやってきて飲みものの注文をとる。ワイリックはメニューを開き、すぐに閉じてテーブルに置いた。

まだ迷っていたチャーリーが意外そうに眉をあげる。

「もう決まったのか？」

ワイリックが肩をすくめた。「チリチーズポテトがいい」

「ハンバーガーはなし？」

「チリチーズポテトだけで、一回の食事で摂取していい脂質の上限に達してしまうから」

チャーリーが笑い声をあげる。その声を聞いてワイリックの胸はあたたかくなった。

注文が終わると、ふたりはそれぞれ携帯をいじりながら料理を待った。しばらくすると食べものが運ばれてくる。チャーリーのダブルパテバーガーはかなりの厚みがあった。両手でハンバーガーをつぶしてから豪快にかぶりつく。

ワイリックはチリチーズとポテトをよく絡ませ、フォークで刺して口に運んだ。

「うーん、おいしい」目を閉じてしみじみとつぶやく。

顔をあげたチャーリーは、ワイリックの恍惚《こうこつ》とした表情に、食べることを忘れた。ベッドのなかの彼女が連想される。そして、そんな想像をした自分にまたしてもショックを受けた。ふたりの関係にセクシャルな要素は含まれないはずだ。ワイリックはあくまでビジネスパートナー。いっときの恋愛感情で貴重な人材を失うわけにはいかない。気を取り直してハンバーガーに塩をふり、もうひと口頬張る。

ポテトを平らげ、飲みものも飲みほしたワイリックは、チャーリーが食べ終わるのを待っていた。そのとき目の端に動くものが映った。そちらを見て身を硬くする。

小さな女の子が、大きく目を見開いて近づいてくる。自分の目にしている光景が信じられないとでも言いたげな表情だ。ワイリックが母親から引き離されたときと同じくらいの年頃だろうか。少女はひどく痩せて、髪がなかった。

少女がテーブルの端で立ちどまり、ワイリックの頭を見あげた。

ワイリックは身をかがめてささやいた。「よければ頭にさわってもいいのよ」

少女はうれしそうにほほえみ、なめらかな頭皮に手をあてた。

ワイリックも少女の頭に手をのせて、目を閉じた。

ワイリックのまぶたに、少女の体をむしばんでいる病巣が見えた。血液にも骨にもがん細胞が転移している。脳にも腫瘍がある。折れそうに細い体を機能させるために、心臓が懸命に動いている。

ワイリックは後先を考えず、ただ、少女の悪い箇所に意識を集中して、持てるパワーを注ぎこんだ。少女の体を癒やそうとした。

少女の両親は、よちよち歩きの子どもが散らかしたものを片づけるのにかかりきりになっていて、娘が席を離れたことにしばらく気づかなかった。片づけが一段落して初めて娘がいないことがわかり、パニックを起こしかける。

母親が、レストランの反対側にいる娘を見つけた。同じ境遇と思われる女性と交流する娘を見た母親は、目に涙をため、邪魔をしたくない一心で椅子に腰をおろした。

テーブルの向かいでワイリックと少女の様子を眺めていたチャーリーも、喉に熱いものが込みあげるのを感じた。しゃべろうにも声が出ない。こんなにやさしい表情のワイリックは初めて見た。体の芯を揺さぶられるような深い感動が湧きあがる。

少女の父親が携帯で撮影していることも、ほかの食事客がこちらに注目していることも、チャーリーとワイリックの意識にはなかった。

ふっと少女が手をおろし、ワイリックも少女の頭から手を離した。

「あなたの名前はなんていうの？」

ワイリックはしゃがんで、少女の耳にささやいた。

「ジェイドよ」

「わたしはベシー。あなたって、わたしみたい」

「あら、あなたのほうがずっとかわいいじゃない」

背後から少女の母親が近づいてきて、娘の手をとった。

「お食事の邪魔をしてすみませんでした。この子の弟が料理をこぼして、その片づけをしていたので、娘がこんなところまで来ていたことに気づかなくて」

「むしろ――」ワイリックはベシーに向かって片目をつぶった。「こんなにすてきな出会いをくれた弟さんに感謝しなくちゃ」

ベシーがくすくすと笑う。母親もほほえみ、娘の手を引いて自分たちの席に戻っていった。

われに返ったワイリックは、周囲の視線を忘れていたことに気づいた。決まりの悪さに顔をあげられなくなる。

居心地の悪そうなワイリックを見て、チャーリーは代金を置いて立ちあがった。「さあ、行こう」

レストランを出るワイリックを、あたたかな沈黙が見送った。

車に乗ってハイウェイに乗ったあとも、ワイリックはひと言も発しなかった。ひどい疲労感に襲われると同時に、どこかもの悲しい気分でもあった。座席に深く身を預けて目を閉じる。

チャーリーはワイリックがひとりの時間を必要としていることを察して邪魔しなかった。あの少女の何かが、ワイリックの心を揺り動かしたのはまちがいない。

事務所へ到着するころ、ワイリックはすっかり仕事モードに戻っていて、すぐに机に向かった。

「デターハウスの設計図をさがします」

「見つけたらすべてのデータを送ってくれ。実際の寸法と比較するから。秘密の部屋や通路があるなら、改修時の設計図に載っているはずだ」

ワイリックがキーをたたきはじめる。

チャーリーは所長室へ入った。


罪状が読みあげられているあいだじゅう、バレット・テイラーはいやな予感しかしなかった。事務所に押し入ったときの様子を防犯カメラが捉えていたことや、ジェレマイア・レイヴァーと連絡がつかないことは弁護士から聞いていた。そもそもあのとき自分が失敗しなければこんなことにはならなかったのだ。

つまりこの事態は、自分でまいた種……。

罪状が読みあげられ、テイラーは無罪を主張した。弁護士が保釈を求めて奮闘してくれたが、検察側はテイラーに不利な証拠を並べ、前科があることから逃亡の可能性が高いと主張した。

裁判官はテイラーの保釈を認めなかった。

テイラーは拘置所へ戻され、裁判を待つことになった。

テイラーの期待とはちがう展開だが、レイヴァーの期待ともちがったはずだ。ダラスのマスコミが事件に注目し、さらにワイリックが残りふたりの刺客に賞金をかけたことによって、騒ぎはますます大きくなった。〈正義の教会〉の名前も全国に知れ渡った。もちろん悪い意味で。

レイチェルに去勢されそうになったソニーは、どうにか歩けるところまで回復した。ペニスはいまだ紫色に腫れて、小便をするのも苦痛だ。男性としての機能が完全に回復するかどうかも定かではない。胸のひっかき傷は醜いかさぶたになっていた。

あの女はまったくの期待外れだった。二度と手など出すものか。すべて闇に葬って次へ進むのだ。最後に見たとき相当具合が悪そうだったから、今ごろ死んでいるかもしれない。そうなれば殺す手間が省けるというものだ。

あと一、二日休んで、思いどおり体が動くようになったら、レイチェルの様子を見に行くつもりだった。食べものがなくて餓《う》えているだろうが、満腹だろうが空腹だろうがどうせ死ぬのだ。むしろいい気味だった。

暗闇のなかで、レイチェルは時間の感覚を完全に失っていた。最初は目を覚ましていようと努力したが、高熱のせいで常に意識は朦朧《もうろう》としていた。喉の傷はぱんぱんに腫れあがり、ふれるだけで痛む。心臓が打つリズムに合わせて全身がずきずきと脈打っていた。

夢に母が出てきて、がんばりなさいと耳もとでささやいた。ドアのすぐ外でミリーの声が聞こえた気がすることもあった。だがどんなに叫んでも、姉に声が届くことはない。また別の夢では、ドアが開いてソニーが入ってくる。逃げようともがいても、夢のなかのレイチェルには脚がなく、逃げることができない。

悪夢にうなされて目を覚ましたときは、立ちあがって歩数を数えながら洗面台まで歩いた。食べなくてもしばらくは生きていられるだろうが、脱水症状になったら死ぬ。できるだけ水を飲まなければならない。

ナイフはいつの間にかなくしてしまった。焦って手さぐりでさがしたが、さがしている途中で気を失った。ふたたび目を覚ましたとき、漆黒の闇に、目が見えなくなったのだと思った。悲鳴をあげたあとで、自分で電球を割ったことを思い出す。レイチェルは泣いた。

「神様、もう終わりにして！　助けが来ないなら、今すぐわたしを殺してください」

8

設計図を見つけようと三十分以上キーをたたいたところで、ワイリックはこのまま調べていても埒《らち》が明かないと悟った。改修後の設計図を所蔵している図書館は見つけたが、建築当時の古いものはネットに出ていないようだ。仮にオリジナルの設計図が見つかったとしても、コピーを申請して現物を受けとるまでには数日かかる。

手続きの煩雑さやデータがオンラインになっていない不便さにうんざりしているとき、デターハウスの現オーナーなら設計図を持っているかもしれないと思いついた。さっそく管理人のウェイン・ダイアーにメールをして、オーナーの名前と電話番号を尋ねる。

数分後、アレン・カーソンという名前と携帯の番号が書かれたメールが送られてきた。住人名簿も添付されている。

電話をする前に、アレン・カーソンについて簡単に調べた。交渉相手について情報は多いほうが有利だ。

検索画面に名前を入れると五十代くらいの男性の写真がヒットした。ロバート・デニーロを思わせる雰囲気がある。ネットに掲載された情報によると、一代で財を築いた大金持ちで、二度の離婚経験があり、成人した子どもが三人いる。プライベートでもビジネスでも悪い評判はない。大まかな人物像がつかめたので、本人に電話をかけた。

携帯が鳴ったとき、アレン・カーソンは〈ダラス・カントリー・クラブ〉で取引先とのランチミーティングを終えようとしていた。発信者が〈ドッジ探偵事務所〉と知って眉をひそめる。チャーリー・ドッジと面識はないが、評判は聞いている。

「失礼、この電話には出ないといけないので」アレンは席を立ち、テーブルから離れて通話ボタンを押した。「アレン・カーソンだ」

「ミスター・カーソン、〈ドッジ探偵事務所〉のアシスタントを務めるワイリックと申します。あなたの所有するアパートメントで起きた失踪事件の捜査にお力を貸していただけないかと思い、電話しました」

アレンは深く息を吸った。ドッジのアシスタントということは、電話の相手はあのジェイド・ワイリックだ。

「どうして探偵事務所が……？」

「当惑するのも当然です。最初から説明します。レイチェル・ディーンという名の女性が数日前から行方不明なんですが、彼女がデターハウスに部屋を借りているのです」

「それは管理人から報告を受けている」

「彼女は自分の部屋からいなくなりました。部屋に入るところが防犯カメラに映っているのに、出てくるところは映っていません。目撃者もいません。レイチェルの経歴を調べましたが、他人に恨まれるような過去はありませんでした。警察の捜査が行きづまっているので、レイチェルの姉が当事務所に妹の捜索を依頼したのです。チャーリー・ドッジは警察の許可をもらい、今朝、レイチェルの部屋を調べました。しかし手がかりは見つかりませんでした」

アレンは恐れていたことが現実になりつつあるのを知った。ダラス市警に加えて私立探偵も捜査を始めたのだ。

「なるほど。ご家族も心配でたまらないだろう。それで、私は何をすれば？」

「あの建物は二十年ほど前にあなたが購入してアパートメントに改修したそうですね。そのときに建物の構造を変えましたか？」

「一般の住居をアパートメントにしたので、内壁を壊して、だいたい同じ大きさの個室が並ぶように新たな壁をつくった。だが外壁はさわっていないし、建物の基本的な構造も変えていない。あなたの質問がそういうことなら」

「改修の際に、古い壁と新しい壁のあいだに隙間ができませんでしたか？　人が通れるくらいの？」

アレンは息をのんだ。「まさか！　そんな改修を許可するはずがない。わざわざ部屋を狭くして、賃貸物件として不利になるようなことをするなんて馬鹿げている」

「そうですよね。もうひとつお尋ねしたいのですが、あの屋敷を購入したとき、オリジナルの設計図をごらんになりましたか？」

アレンは鳥肌が立った。ワイリックはあの建物に隠し通路のようなものがあると考えているようだ。

「市でいちばん大きな図書館に設計図が残っていた。そんなものがあったら二度と賃貸物件として貸しだすことはできない。不動産業を始める前、私は建築家だったんだ。それで設計のヒントになるかと、歴史的価値のある建物の設計図を集めた。もちろんデターハウスの設計図も手元にある。改修時の設計図も含めて」

ビンゴ！

「その設計図を一時的にお借りすることはできませんか？　レイチェルが失踪した原因について、たとえ可能性は低くてもあらゆる仮説を検証したいのです」

「もちろん構わない」アレンは腕時計を見た。「ただ、今は出先なので、今日じゅうに配達の手配ができるかどうか――」

ワイリックが遮った。「よろしければ今晩、チャーリーかわたしが直接、ご自宅まで伺います。レイチェルに残された時間は限られていますから」

「わかった。ユニバーシティパークに住んでいるのであとで住所をメールする。午後六時には帰宅するので、玄関の呼び鈴を鳴らしてもらえれば家政婦が設計図を手渡すよう調整する」

「ありがとうございます。設計図の取り扱いには注意しますし、用件がすんだら直ちにお返ししますので」

「連絡をもらえれば誰かにとりに行かせる」

「わかりました。重ねて、ありがとうございます」ワイリックは電話を切ってチャーリーの部屋へ向かった。途中、給湯室でデニッシュをひとつ手にとる。

執務机から顔をあげたチャーリーの目に、チェリーデニッシュを手にしたワイリックが映った。

「ぼくの分か？」

「ちがうわ」ワイリックがそう言ってデニッシュにかぶりつく。「デターハウスの設計図が見つかったの。しかもオリジナルと改修時の両方が」

チャーリーは時計を見た。「仕事が速いな！　で、設計図はどこにあるんだ？　いつ見られる？」

ワイリックはデニッシュを咀嚼《そしやく》してのみこんだ。親指についた砂糖をなめてから答える。

「設計図はアレン・カーソンの自宅にある。アレンは建築家で、デターハウスのオーナーで、すごくお金持ちよ」

「きみと同じくらい?」

ワイリックは肩をすくめた。「オリジナルの設計図はデターハウスの改修時に、市の図書館で見つけたそうよ。カーソンは古い設計図を集める趣味があって、改修時のものと一緒に手元に保管しているんですって。午後六時に彼の家へ行けば、設計図を借りられるよう手配してくれるらしいわ」

「じゃあ、ぼくがとりに行く。住所を教えてくれ」

「ユニバーシティパークよ。詳しい住所はあとでメールする。それと、管理人から住人名簿が届いたから身元調査をするつもりよ」

「半分やるから、ぼくにも名簿の写しをくれ。あとでデータを合体させよう」

ワイリックはうなずき、デニッシュをもうひと口食べながら所長室を出た。

チャーリーは背もたれに体重を預け、部屋を出ていくワイリックの小気味よく揺れるヒップや長い脚を眺めた。彼女の存在そのものが美しい詩だ。それは誰のDNAのおかげなのだろう。

上司がそんなことを考えているとも知らず、席に戻ったワイリックはチャーリーの携帯にアレン・カーソンの住所を送った。それから住人名簿をプリントアウトして、そのうち二枚をチャーリーの部屋に持っていく。

「この二枚をお願いします。それと夕方は帰宅の車で混むから、遅くとも五時には事務所を出たほうがいい」

「四時半過ぎにもう一度、言ってくれないか」

「今、言ったでしょ。アラームでもセットしなさい」ワイリックはそう言ってさっさと所長室を出ていった。

チャーリーは目を瞬《しばた》いた。まったく愛想のないアシスタントだ。携帯にアラームを設定してリストを手にとる。インターネットの検索画面にひとりめの居住者の名前を入力するチャーリーの口もとは、弧を描いていた。

ワイリックも居住者の身元確認にとりかかった。何か手がかりが見つかればいいのだが。数時間後、家のパソコンにファイルを転送しているとき、チャーリーが所長室から出てきた。

「五時になるからアレン・カーソンの家に寄って設計図をもらってくる。家に帰ったら夕食の準備をするよ」

ワイリックは視線をあげた。「じゃあ、わたしも店じまいにする」

チャーリーが心配そうな顔をした。

「ひとりでも帰れるわ。バイパー（クサリヘビ）にもスナイパーにも気をつける。二十四時間、誰かについていてもらうわけにもいかないし」

「わかった」チャーリーは事務所を出ていった。

チャーリーがいなくなったとたん、ワイリックは心細くなった。強がったところで、しょせんはこの程度だ。自分に向かって言いながら、私物をまとめて電気を消し、エレベーターへ急ぐ。

ロビーに到着して、車の鍵を手にエレベーターを出た。駐車場へ続く出口のほうへ向かっていくと、壁に寄りかかっているチャーリーを発見した。

「なんで……」

「車までエスコートするだけだ。またペプシが爆発したら困る」チャーリーが拳銃を抜いてドアを開ける。

ワイリックは唇を噛《か》んだ。ペプシが爆発したときに悲鳴をあげたのは事実なので、否定しても仕方がない。安全確認がすんで、チャーリーが外に出てもいいと合図したところで、彼のあとをついてまっすぐ自分の車へ行き、運転席に乗りこんだ。

「安全運転で。帰りが遅くなる場合は連絡する」チャーリーは車から一歩離れたが、その場を去ろうとはしなかった。

車を発進させたあとも、見送るチャーリーがバックミラーに映っていた。車をとめて彼のもとへ引き返したくなる。

いいえ、だめよ。今はレイチェル・ディーンの救出に集中しなければ。

自宅に着いてガレージに車を入れ、バッグのストラップを肩にかけて玄関へ向かった。早くメイクを落として楽な服に着替えたかった。途中で温室とばら園の横を通る。庭師が来たらしく、芝は刈ったばかりで、生け垣もきれいに整えられていた。刈り立ての芝の香りはすがすがしく、心が和む。今日はハウスクリーニングの業者も来たはずだ。庭師とも清掃業者とも半地下の部屋を借りていたころから顔を合わせている。十二人からなる作業チームを自由に出入りさせているのは、マーリンが彼らを信頼していたからだ。もちろん屋敷の内外に防犯カメラが設置してあるので、おかしな行動をとる者がいればすぐにわかる。

美しく整った部屋とレモンオイルの香りを期待して、ワイリックはドアを開けた。

そのころチャーリーは、カーナビを頼りにユニバーシティパークにあるアレン・カーソンの自宅へ向かっていた。通りには凝った造りの邸宅が並んでいる。感心しつつも、そういう家を所有したいとは思わなかった。人生で本当に大事なものは金では買えない。

目的地に到着したので、車寄せに停車して足早に玄関へ向かった。

呼び鈴を鳴らす。反響がまだ残っているうちにグレーのワンピースを着た中年女性がドアを開けた。

チャーリーは名刺を差しだした。「チャーリー・ドッジです。設計図を貸していただくことになっているんですが」

「はい、旦那様から伺っております。少々、お待ちください」女性がホールの奥へ引き返し、テーブルの上から、ボール紙でできた円筒状のケースをふたつ手にして戻ってきた。

「どうぞ、こちらです」

「ミスター・カーソンによろしくお伝えください。用件が終わったら速やかに返却しますので」チャーリーはそう言ってジープへ戻った。

設計図の入ったケースを後部座席に置いて運転席に座る。ここからワイリックの待つ家まで四十五分はかかるだろう。メールで今から帰ると伝え、車のエンジンをかけた。

ＦＢＩはワイリックから入手した情報を速やかにＡＴＦのルイジアナ支部と共有した。以前から別の容疑でプレストン・デイヴィスをマークしていたＡＴＦの捜査員は沸き立った。

ワイリックの情報を独自の方法で精査したＦＢＩは、資金洗浄の容疑でジェレマイア・レイヴァーの逮捕状をとり、同時に自宅と教会の捜索令状もとった。犯罪が複数の州にまたがっているため、ダラスで発生したジェイド・ワイリックに対する殺人未遂事件もＦＢＩがダラス市警から引き継いだ。

ハンク・レインズ捜査官は、機を失することだけはするまいと心に決めていた。以前、ワイリックから〈フォース・ディメンション〉に関する情報を得たときは、黒幕にたどりつく前に証拠隠滅を許した。おかげでワイリックは、自身の生い立ちを世間にさらして黒幕を暴くはめになったのだ。ハンクはそのことに責任を感じていた。

今回はすでに捜査員がレイヴァーの家へ向かっていて、レイヴァーの身柄を確保したら即座に連絡が入ることになっている。

黒光りするSUVが四台、ジェレマイア・リー・レイヴァー宅の敷地へ入った。捜査員が最初に発見したのはトランクが開いたままの車だった。後部座席にぎっしりと荷物が詰めこまれている。

捜査を指揮するFBIルイジアナ支部のヴァンス捜査官は眉間にしわを寄せた。速やかにレイヴァーを逮捕できればいいのだが……。

捜査員たちがいっせいに銃を抜いて車を降り、玄関に向かう。ところが玄関にたどりつく前に男性の遺体を発見した。頭部の下の地面が黒っぽく変色している。遺体の両側にはスーツケースがあった。

「ちくしょう、レイヴァー本人の可能性が高いな」ヴァンスはそう言ったあと、部下をふり返った。

「三人は建物のなか、あとのふたりは私について家の裏を確認しろ」ヴァンスは自分の隣に立っている部下を見た。「おまえは本部に報告だ」

三十分もしないうちに、木立のあたりを捜査していた捜査員が、レイヴァーを射殺した人物が立っていたと思われる場所を発見した。菓子の包み紙とタバコの吸い殻が落ちている場所に印をつけ、あとで鑑識が採取しやすいようにする。犯人のものと思われる足跡は木立から表の通りまで続いていたが、通りは複数のタイヤ跡があって、犯人の車を特定することはできなかった。あきらめて母屋へ戻る。

ヴァンスたちは室内に誰もいないことを確認したあと、余計な指紋をつけないよう細心の注意を払って各部屋を調べた。最初に目をつけたのは書斎のパソコンだ。

「教会のウェブサイトはすでに削除されていたから、パソコンのなかのファイルも削除されているだろうが、署に持って帰ればデータを復旧できるかもしれない」

「アドレス帳を見つけました」捜査員のひとりが声をあげた。「レイヴァーと姓の同じ人物が何人かいます」

「記録をとっておけ。どちらにしてもレイヴァーの身内に連絡しないといけない」

捜査員はそのページを写真におさめて、アドレス帳をもとあった場所に戻した。

室内の捜査が終わると表へ出て、検視官が到着するまで車のそばで待機する。家の周囲を歩いていたヴァンスは、軒を見あげて足をとめた。

「ラングドン！　エヴァーズと一緒に家に戻って、屋根裏に入る方法をさがしてくれ。軒に防犯カメラが設置してあるようだ。あの角度だとちょうど狙撃犯が立っていた木立のあたりが映っている」

ふたりの捜査員が勢いよく室内へ消える。数分後、エヴァーズが飛びだしてきた。

「おっしゃったとおり、屋根裏に防犯カメラがありました」

ヴァンスは急いで家に入った。

「廊下の天井に引き出し式の階段が収納されていたんです」歩きながらエヴァーズが説明する。

ルイジアナでは至るところで見られるクモだが、ヴァンスはクモが大の苦手だった。しかし今は、真実を知りたい気持ちのほうが勝る。

「屋根裏に照明はあるか？」

「あります。ラングドンが上にいます。頭をぶつけないように気をつけてのぼってください。天井が低いのでまっすぐ立つスペースはありません」

ヴァンスは手すりをつかんではしごをのぼった。垂木《たるき》がめぐらされた空間に頭を入れる。屋根裏の奥にラングドンがしゃがんでいた。

「どうだ？　撮れているか？」

ヴァンスが尋ねると、ラングドンがふりむいてにやりとした。

「ばっちり犯人が映ってますよ。画質は粗いですが、画像処理すれば使えるはずです」

「顔が識別できるといいんだが……。ほかに防犯カメラは?」

「これだけです」

「あの角度に設置してあってラッキーだったな。とりあえず防犯カメラはそのままにしておけ。回収は鑑識に任せよう」

はしごをおりているとき、外から声が聞こえてきた。

「検視官が到着したようだ」

それから一時間もしないうちに鑑識も到着した。鑑識チームが木立に入り、狙撃犯が立っていたあたりを捜査する。写真を撮り、靴跡を調べて、証拠を集める。残りは家のなかへ入って屋根裏の防犯カメラやパソコンを押収した。レイヴァーの車も牽引《けんいん》して、詳しく調べないとならない。

検視官は死亡時刻を十二時間から二十四時間前と推測した。防犯カメラの映像を分析すれば分単位でわかるはずだ。レイヴァーの亡骸《なきがら》が遺体袋に入れられ、車にのせられる。

「戸締まりをして玄関にバリケードテープを張っておけ」

「道路からだと玄関は見えませんが、敷地の入り口にもバリケードテープを張りますか?」エヴァーズが尋ねる。

「頼む。終わったら集合して次は教会だ」

「そうだ、まだ教会が残っていたんだ」ラングドンがぼやいた。

ヴァンスは肩をすくめた。「教会に裏取り引きの証拠を残しているとは考えにくいが、捜査令状が出ていることだし調べる価値はある。レイヴァーの執務机を調べて、必要ならパソコンを差し押さえよう。ラングドン、運転を頼む。私は一本電話をかける」

ラングドンがハンドルを握り、ヴァンスは助手席におさまってハンク・レインズの番号に発信した。

FBIのハンク・レインズは、スエットシャツにジーンズというくつろいだ姿で自宅のパティオにいた。バーベキューグリルでハンバーガーのパテを焼きつつ、妻のバーブと子どもの言い合う声を聞くともなく聞いていると、ふいに家のなかが静かになった。何が起きたかを想像して、ハンクは小さな笑みを浮かべた。自分も含めて、家族の誰もバーブにはかなわないのだ。バーブは小柄ながら非常に芯の強い女性で、ハンクの最愛の妻にして家族の中核だった。

パテをひっくり返そうとグリルのふたを開けると煙が目に染みた。顔を背けて目を瞬いたところで携帯が鳴る。

発信者がビリー・ヴァンスだったのですぐに通話ボタンを押した。

「ビリー？　どうなった？」

「残念ながらレイヴァーは死亡しました。われわれが到着したときにはすでに事切れていたんです。どうも昨日のうちに始末されたようです。防犯カメラに犯人が映っていましたがプロの仕業です。四十五メートルの距離から眉間を撃ち抜かれていますから。おそらく今回の騒ぎで不安になった取り引き相手の仕業でしょう」

「くそ」ハンクは悪態をついてパテをひっくり返した。「その取り引き相手をしょっぴくだけの証拠はあるか？」

「プレストン・デイヴィスですね。はい。そちらはATFに任せてありますが、ワイリックが提供したデータで充分すぎるほどです。まったく、評判には聞いていましたがすごい調査能力だ。うちにも彼女のようなスキルを持った人材がほしいですよ」

ハンクはため息をついた。「ワイリックは優秀だが捜査官には向かない」

「どうしてです？」

「法や規則を屁とも思っていないからさ」

ヴァンスが声をあげて笑った。「なるほど、それは困りますね。われわれは今から教会の捜査をします。情報をありがとうございました。あなたに借りができました」

「おれたちはみなワイリックに借りができたんだ」ハンクは言った。「彼女にだけは借りをつくりたくないんだがね。怒らせたらそこらのマフィアよりよっぽど怖い。おれは一度怒らせたことがあるから身に染みているんだ」

「その話、もっと詳しく聞きたいですね」

「いつかビールでも飲みながら話そう。とにかく連絡してくれてありがとう」

電話を切ったハンクは、パテを皿にとって家へ入った。西から黒い雲が湧いて、大気に雨のにおいがした。

レイヴァーが死んだというのは残念なニュースだ。信者たちは教会との関係を躍起になって否定するだろう。せめてレイヴァーの死によって、一時的にでもワイリックの安全を確保できたらいいのだが。

夕食が終わるとすぐ、ハンクはチャーリーに電話をした。

チャーリーは食堂に置かれたチェリーウッドの長テーブルいっぱいに設計図を広げ、オリジナルと改築時の設計図を見くらべていた。オーブンには冷凍ラザニアが入っていて、焼きあがりのタイミングに携帯アラームもセットしてある。熱心に設計図を見ていると目がしょぼしょぼしてきて、結局、アラームが鳴る前に作業を中断してキッチンへおりた。胃が空腹を訴える。

オーブンを開けると、チーズたっぷりのラザニアがぐつぐつと煮えていた。表面が少し茶色くなっている。ちょうど携帯のタイマーが鳴ったので、チャーリーはラザニアをオーブンから出した。

自分が言いだしたこととはいえ、今週はずっと夕食当番だ。冷蔵庫からカットずみのサラダミックスを出して皿に盛り、ドレッシングをかけてテーブルに運ぶ。それからワイリックにメールをした。

〝奥様、夕食の準備が整いました〟

メールの着信音を聞いて携帯を見たワイリックは、作業中のデータを保存して席を立ち、洗面所で手を洗った。キッチンへ入ると、チャーリーが棚から食器類を出しているところだった。

「いいにおい。すごくお腹が減ったわ」

ワイリックはすっぴんで、〈ダラス・カウボーイズ〉のシャツに黒いレギンスをはいていた。

「どうぞ召しあがれ。それにしてもきみの脚は本当に長いな」ワイリックにフォークを差しだしながら、チャーリーは言った。

「あなただって負けてないでしょう」チャーリーの脚に思わせぶりな視線をはわせたあとで、ワイリックはラザニアの皿のふちについたカリカリのチーズをフォークでこそげとり、口に入れた。

チャーリーは肩をすくめた。グリルのタイマーが鳴ったので、ガーリックブレッドをグリルから出してテーブルへ運ぶ。

席について料理を皿にとりわけているとき、チャーリーの携帯が鳴った。あとでメッセージを確認すればいいとも思ったが、発信者を見て気が変わった。

「ハンクからだ。出たほうがいいな」

「賭けに勝たせてくれてありがとうって伝えてね」ワイリックが言う。

チャーリーは苦笑しながら電話に出た。

「もしもし」

「やあ、チャーリー、ハンクだ。伝えたいことがある。ワイリックはそばにいるのか？」

「ああ、目の前にいるよ。これから食事をするところだ」

「すぐにすむから電話をスピーカーにしてくれ」

「わかった。ちょっと待ってくれ」チャーリーはそう言って携帯を操作し、テーブルの上に置いた。「よしできた」

「ワイリック、ハンクだ。食事の邪魔をしてすまない。だがきみにも関係のある情報なのでスピーカーにしてもらった」

「どうぞ」ワイリックはそう言ってラザニアを頬張った。

「FBIのルイジアナ支部が令状を持ってジェレマイア・レイヴァーの自宅へ行ったところ、庭先で死んでいるレイヴァーを発見した。細部は省略するが、教会がとつぜんマスコミの注目を浴びたことに腹を立てたプレストン・デイヴィスが、自分に火の粉が降りかからないようにレイヴァーを始末したと思われる。きみからもらったデータはATFと共有していて、プレストン・デイヴィスについてはATFが対処する。きみを殺すよう指示された残りふたりの信者については何もわかっていないが、リーダーが死んだことを知ったら、保身に必死できみのところへ行く余裕などないと思う」

「それこそ自業自得ね」ワイリックはそう言ってガーリックブレッドに手をのばした。

「そうだな。今のところ伝えたいのはそれだけだ。少しは安心できたといいんだが。食欲を失わせたとしたらすまない」

「わたしはぜんぜん平気。チャーリー、あなたは?」

「ぼくも平気だ」

「人間、死ぬときは死ぬのよ」ワイリックが言った。「電話をありがとう」

「よかった。ではこれで失礼する」

通話が切れたあと、チャーリーは携帯を脇に押しやって料理を皿にとりわけた。

「大丈夫か?」

ワイリックが視線をあげる。「もちろん。神を冒涜《ぼうとく》したのはわたしじゃなくてレイヴァーのほうだし」

いつもどおりの強気の反応に、チャーリーはほっと肩の力を抜いた。

「設計図を見くらべたが、今のところこれといった手がかりは見つかっていない。きみはどうだ? 住人の経歴で何かひっかかるところはあったか?」

「こっちもまだ収穫なしよ。もう少し調べてみる」

古い屋敷に雷鳴が響いて、チャーリーは顔をしかめた。「今夜は雨になりそうだ」

「晴れの日もあれば雨の日もあるわ」ワイリックは自分で言っておいて目玉をまわした。

「どういうわけか今夜は格言めいたことばっかり思いつく」

「じゃあ、ぼくからもひとつ。サラダなくして明日の美はない」チャーリーはそう言いながらサラダの皿をワイリックのほうへ押した。

ワイリックが視線をあげる。「わたしに眉があったら、今の発言はまさに眉をあげて感心するところなんだけど」

「それほど価値のあることは言ってないさ」

ワイリックが肩をすくめてサラダをとる。

それからふたりは食事に集中した。ときおりフォークが皿にあたる音や、溶けた氷がグラスにぶつかる音がする以外、キッチンは静かだった。

9

ソニーはスエットパンツの前に手をはわせ、股間の具合を確かめた。さわるぐらいなら痛くない。いい加減にレイチェル・ディーンとけりをつけたかった。あの部屋を片づけて、すべて忘れてしまいたい。

今夜のうちに彼女を殺すのは簡単だが、誰にも見られることなく遺体を車へ運べるほど体力が回復したかどうかが疑問だった。迷っていると表で雷鳴が鳴り響く。

くそ。大雨では遺体を埋める穴を掘るのも容易ではない。ここはもう一日待つべきだろう。一日休めば体調も今よりよくなるし、雨でほぐれた土は掘り返しやすい。

ふたたび雷鳴が響き、それが合図のように強い風が吹いて、雨も降りはじめた。それでソニーも腹が決まった。気分を切り替えてキッチンへ行き、冷凍のチキンポットパイを出してオーブンへ入れる。

雨のおかげでおれは好物のチキンポットパイを食べられるし、あの女はもう一日長く生きられるというわけだ。

レイチェルは夜が来たことも、雨が降っていることも知らなかった。だが自分が置かれた状況はわかっていた。高熱にうなされ、悪夢に悩まされて目を覚ます。たまらなく喉が渇いていたので、片方しか靴をはいていないことも忘れ、マットレスから起きあがってまっすぐ洗面台のほうへ歩いた。

靴下越しにガラス片が皮膚を破ったとき、レイチェルはショックと痛みにバランスを崩した。とっさについた両手と膝にもガラスが刺さる。

もはや安全な場所などどこにもない。自分が生んだ闇に閉じこめられてしまった。

絶望したレイチェルは、顔をのけぞらせて絶叫した。

神に祈る気力もなかった。この状況から救ってくださるならあれをします、これをしますとさんざん約束をして、しまいには何を約束したかもわからなくなった。今はただ、この苦しみが一刻も早く終わることを願うばかりだ。ここで死んだら遺体すら発見してもらえないかもしれない。そうなったらこの先ずっと姉を苦しめてしまう。

何より、あの男が戻ってくる前に死にたかった。あの男にとどめを刺されるのだけはいやだ。ナイフを見失わなかったら、自分で片をつけられるのに。

「ねえ、わたしを気にかけてる人はいる？　ひとりでもいいから、さがしてくれてる？」

レイチェルは泣きじゃくり、しまいに息が苦しくなって泣くのをやめた。

そのままじっとして悲しみの発作がおさまるのを待つ。体を包む漆黒の闇は、あの男に対する盾だ。あの男が戻ってこなかったら、ここでひとり死ぬことになるだろう。そうすれば少なくとも、二度とあの男に傷つけられずにすむ。

いずれにしても、ずっとガラス片の上にしゃがんでいるわけにもいかない。これ以上けがをしないように用心しながら周囲のガラス片を払って、どうにか座れるスペースを確保した。そこへ腰をおろして、まずは手に刺さったガラスを抜く。手の次は膝だ。最後にソックスをなでて足の裏のガラスを抜いていく。

ガラス片を抜き終わるとよつんばいになって、手さぐりでマットレスまで戻った。ついに指先がドアにふれる。

自分のいる場所が確認できたので、歩数を数えながら洗面台へ移動して、水で細かなガラス片を流した。洗面台に肘をついて両手に水をすくい、顔やずきずきする首の傷にかけて、最後に口を突きだして流水を直接飲む。

下着をおろしてトイレに座ったとき、膝にガラス片が残っているのがわかったので、そのままの姿勢で抜いた。指にも膝にも血が流れているようだったので、ふたたび洗面台で血を流した。すべて終わるころには疲労で体の震えがとまらなくなっていた。

マットレスに戻り、隅に丸まって壁に寄りかかって膝を抱える。胃が空腹を訴えた。最後に食事をとってから少なくとも二十四時間は経過しているだろう。

餓《う》えるはめになっても、あの男に猛烈な痛みを与えてやったことは後悔していない。あんなやつ、永遠に苦しめばいい！

レイチェルは目を閉じた。

そのうち寒くてたまらなくなって目が覚めた。マットレスの上を手さぐりして毛布をさがす。代わりにナイフが見つかった。

ナイフの柄を握りしめると勇気が湧いた。あの男に一矢報いるのだという決意も戻ってくる。レイチェルは片手にナイフをつかんだまま毛布をさがした。

やわらかな毛布が指先にふれたとき、永遠の命を約束する聖杯を発見したように感じられた。体に毛布を巻きつけてふたたび丸くなる。レイチェルはできるだけ小さく体を丸めて、両手でナイフを握りしめた。

残ったラザニアは冷蔵庫へ、汚れた皿は食洗機へ入れられた。

チャーリーは食堂で設計図を見くらべる作業を再開した。窓をたたく雨と風の音以外、屋敷のなかは静まり返っている。

とつぜん、廊下を足音が近づいてきた。チャーリーが顔をあげるよりも早く、ワイリックが部屋の入り口に立った。

「何を見つけたか教えても、ぜったいに信じないと思う」

チャーリーは目を瞬《しばたた》いた。「いったい何を見つけたんだ？」

「デターハウスで行方不明になったのはレイチェル・ディーンだけじゃなかった。彼女で四人めよ。この十一年間で四人の女性が行方不明になっている」

「まさか！　どうして警察が――」

「誰も、点と点を結びつけて考えなかったんだと思う。最初に失踪した女性には身内がいなかった。続くふたりも似たようなものだったわ。失踪した三人の社会保障番号は、失踪以来、まったく使われていない。つまり就職もしていなければ、通院もしていないってこと」

「失踪届は出されなかったのか？」

ワイリックがうなずいた。「届は出されたんだけど、女性たちから連絡があったらしくて、あとで取り消されたの」

「明日の朝いちばんにフロイド刑事に連絡しよう。設計図から何かわかった？」

「デターハウスも調べ直しましょう。公にしたくなかったから設計図に載せなかったということもありうる」

「いや。だが、とにかく明日、現地へ行って確かめましょう。じゃあ、わたしは髪を洗って寝るわ」ワイリックはそう言うと、来たときと同じくらい唐突に去っていった。

〝髪を洗う〟なんて悪い冗談だ。チャーリーはため息をついた。あれほど癪《しゃく》に障る、ミステリアスで魅力的な女性には会ったことがない。彼女のそばにいると精神的にも肉体的にも消耗する。自分のペースを保てない。

結局のところ、それだけ彼女に惹《ひ》かれているということだ。

プレストン・デイヴィスは久しぶりに穏やかな気分だった。レイヴァーを消すために雇った男がスムーズに仕事をこなしてくれたからだ。ただしレイヴァーが死んですべてが解決したわけではない。武器の売買で得た利益を寝かせておく、新たな場所を見つけなければならない。武器商人といっても商いはささやかなものだ。軍隊で使うような破壊力の大きい武器は扱わないし、大量の取り引きもしない。せいぜい強盗犯に銃を提供するくらいだった。これまで培った人脈を総動員すればレイヴァーの穴くらい埋められるだろう。ともかく当分は目立たないようにしないといけない。

日暮れ近くになって、ウィスキーのダブルと拳銃を手にベランダへ出た。ルイジアナの田舎は最高だ――ただし、湿地さえなければ。デイヴィスが住んでいるのは祖父が残してくれた土地で、ここに移ってそろそろ十年になるが、草むらで攻撃のタイミングを狙っているヘビはいまだに苦手だった。

戦前に建てられた家は屋敷とまではいかないものの、近隣の家より大きく、立派だった。デイヴィスは若いころ株式の仲買人として働き、株式の世界を引退してからこの家にやってきた。ウエストバージニア州のチャールストンは生活するには便利だったが、とくに思い入れがあるわけでもないので、故郷に帰ってきたわけだ。

木製の揺り椅子を西に向け、脇のテーブルに拳銃を置く。揺り椅子に座ってウィスキーを飲みながら、一日の終わりを彩る光のショーを眺める。

オオアオサギが視界を横ぎって飛んでいった。夜に活動する鳥たちの呼び合う声が、四方から響く。ウィスキーをもうひと口飲み、夕食は何にしようかと考えているとき、近づいてくるエンジン音が聞こえた。

デイヴィスは眉をひそめた。友人がなんの連絡もなしにやってくるのはさほどめずらしいことではないが、今は人と話したい気分ではない。ウィスキーを飲みほして立ちあがる。いつもの習慣で拳銃を腰にさし、家の正面へまわった。

家を囲むようにポーチが張りだしているので、わざわざ室内に入らなくても玄関へ行ける。角を曲がって正面へ出たとき、先頭を走る黒いSUVが見えた。色つきガラスのせいで運転手の姿は確認できない。しかし二台め、三台めと黒のSUVが続くのを見て、心臓がとまった。

捜査機関の車にちがいない。

すべてはジェレマイア・レイヴァーのくだらない説教のせいだ。

車列がとまり、捜査員が降りてくる直前、デイヴィスは自分のとれる行動を天秤《てんびん》にかけた。

　走って逃げるか？

　発砲して、先祖の土地で最期を迎えるか？

　それとも裁判で無罪を勝ちとる可能性にかけるか？

　しかし無罪などありえないと、腹の底でわかっていた。

　武装した捜査官たちが車を降りていっせいに近づいてくる。

「ATFだ！　両手をあげろ！」

　デイヴィスは腹を決めた。

　デイヴィスの右手に拳銃が握られているのを見て、捜査官たちはいっせいに発砲した。

　デイヴィスは胸に何発も銃弾を浴び、フロントポーチで息絶えた。南北戦争で、侵略してきた北軍に祖先が殺されたのと同じように。

　ここは伝統を重んじる土地――南部なのだ。


　翌朝早く、ヴァンス捜査官はオフィスに到着してスターバックスのコーヒーを机に置いた。一日に一杯だけ自分に許している贅沢《ぜいたく》だ。椅子に腰をおろして髪をかきあげる。

　昨日の夜、帰宅途中にプレストン・デイヴィスが死んだと連絡を受け、すぐにハンク・レインズ捜査官にメールした。ATFの捜査チームはデイヴィスの自宅を徹底的に捜索し、デイヴィスが取り引きをした強盗犯や窃盗犯を検挙するに充分な証拠を集めた。

デイヴィスの死を肉親に伝えるのは現地へ行った捜査員の務めだ。つまりレイヴァーの身内にはヴァンスが連絡をせねばならない。FBIの仕事のなかでもいちばん気の重い役目だ。レイヴァーの家にあった住所録を調べたところ、Rの欄に記載されたサミュエル・レイヴァーがジェレマイア・レイヴァーの兄だとわかった。コーヒーをひと口飲んでから、ヴァンスはサミュエル・レイヴァーの電話番号に発信した。


サミュエル・レイヴァーはキッチンからただようベーコンのにおいをかぎながら、バスルームでひげを剃《そ》っていた。電話が鳴ったのでいったん水をとめ、手を拭いて寝室へ向かう。ナイトスタンドの電話機を確認すると、ディスプレイにFBIと表示されていた。サミュエルは受話器をとる前にマットレスに腰をおろした。弟に関する電話だということは訊《き》かなくてもわかった。

「もしもし？」

「こちらはFBIのヴァンス捜査官です。ミスター・サミュエル・レイヴァーはご在宅ですか？」

「私がサミュエルです」

「ミスター・レイヴァー、朝早くからお騒がせして申し訳ありません。弟さんのジェレマイア・レイヴァーが亡くなりました」

やっぱり！

サミュエルの心は沈んだ。ショックと同時に罪悪感が胸を渦巻く。もう弟の心配をしなくてもすむという考えが、一瞬だけ頭をよぎったからだ。すぐには言葉が出てこず、何度か咳払《せきばら》いをした。

「そうですか……。つらいですが、いつかこんな日が来るとは思っていました」

「弟さんと最後に話したのはいつですか？」

「二日前だったと思います。急に訪ねてきて、数時間だけうちに滞在しました。弟としては何日か泊まっていきたかったようですが、トラブルに巻きこまれるのはごめんだと私が断ったんです。あの、ＦＢＩがあいつの死を連絡してきたということは、犯罪絡みなんでしょうか？　弟はどんな最期を迎えたんです？」抵抗して射殺されたんですか？」

「いいえ。逮捕状と捜索令状を持って自宅に伺ったところ、
眉間を撃たれていました」

サミュエルはうめいた。「だから物騒なことはやめろと言ったのに。あんな弟でも、実際に死んだと聞くと胸が締めつけられます。犯人の見当はついているんですか？　ひょっとして弟が殺そうとした女性と関係がありますか？」

「まったく無関係とは言えないでしょうが、弟さんの死について、ジェイド・ワイリック

にはなんの責任もありません。彼女を抹殺しようとしたせいで、弟さんは世間の注目を集めました。それを快く思わない人物がいたようです。車に荷物がぎっしり積まれていましたから、どこかへ逃げるつもりだったのでしょう。遺体の両脇にスーツケースも置いてありました」

サミュエルの目に涙が噴きだした。しかし弟の要求どおり、農場に泊めていたら、犯人はここまで来て、自分たち家族を殺したかもしれない。

「どうして弟に逮捕状が出たんですか?」

ヴァンスはためらった。だが隠したところでじきに公になる。

「資金洗浄と脅迫の容疑です」

サミュエルはうめいた。恐れていたとおりの事態だ。

「弟を殺した犯人はわかっていますか?」

「申し訳ないのですが捜査中の事件なので、いくらご家族でもこれ以上はお話しできないのです」

「弟の遺体はいつ引きとることができますか?」

「検視が終わったら連絡しますのでもう少しお待ちください。このたびはお悔やみを申しあげます」ヴァンスが電話を切った。

サミュエルはショック状態だった。弟がどんな犯罪にかかわっていたかはわからない。

だが家族が死んだことはまちがいないのだから、親戚に連絡しなければならないだろう。ベッドから腰をあげてひげの手入れをすませ、妻をさがしに行く。妻はいつも心の支えになってくれる。

キッチンに入ると、妻がふり返ってほほえんだ。夫の顔を見て即座に異変に気づき、ベーコンを火からおろす。

「どうかしたの？」

「実は……」サミュエルは妻にすべてを打ち明けた。

政府のマークが入った黒いＳＵＶの車列や医療関係の印がついたライトバンを目撃したレイヴァーの隣人たちは、さまざまな仮説を立てた。憶測が憶測を呼び、噂《うわさ》が町を駆けめぐる。しかしどんな突飛な噂も、現実にはかなわなかった。

翌朝のニュースを見た町の人々は仰天した。ＦＢＩが到着したとき、教祖はすでに事切れていたというのだから。しかも教祖の頭に銃弾を撃ちこんだのは武器商人の手下というではないか。〈正義の教会〉はもはや崩壊したも同然だった。

ジェサップ・ウォリスの飲み仲間、ジョーディー・グーチは、二十五万ドルの誘惑と闘っていた。ウォリスと酒を飲んだとき、レイヴァーに選ばれて悪魔を倒す大役を授かったと聞いたからだ。あのときは酔っぱらいの世迷言《よまいごと》だと思った。

ところがジェイド・ワイリックのニュースを見て、ウォリスの言う〝悪魔〟が彼女のことだと確信した。飲み仲間を裏切るわけにはいかないとしばらくこらえていたものの、レイヴァーが死んだことで抑えていたものが噴きだした。前々から雪の降る土地へ引っ越したいと思っていた。子どものころに初めて雪を見て以来、ずっと憧れていたのだ。二十五万ドルを手にこの町を出れば、金の出どころなど誰にもわからない。

ワイリックのビデオはSNSで拡散されているので、情報の送り先はすぐにわかった。グーチは携帯をとりだし、酔っぱらって馬鹿笑いしていない写真を一枚選んで、ウォリスの名前とともに送信した。

ファレル・キットは家まであと少しのところにいた。一刻も早く妻と子どもの顔が見たい。何より教祖と話したかった。自宅へ帰る前に教会へ寄ろうとしたところ、教会の敷地の外周に立ち入り禁止を示す黄色いテープが張られていた。

「なんてこった！」ファレルはうめいた。

どうしてそんなものが張られているのかはわからない。とにかくアクセルを踏んで、教会からできるだけ早く遠ざかった。農場へ帰るには、レイヴァーの自宅の前を通過しなければならない。レイヴァーの家へ続く私道がさらにたくさんの黄色いテープで通行止めになっているのを見て、腹の底がざわついた。何かとんでもなくまずいことが起きたのだ。

自分の首にかかった賞金よりもずっと深刻な何かが。農場にも警官が待っているのではないかと不安になり、ひとまず路肩に車を寄せて妻に電話をした。妻の声が聞きたかった。

一度めの呼び出し音でジュディが電話に出た。

「どこにいるの？」

「家から十分のところだ。教会とレイヴァーの家の前を通ったら、警察の黄色いテープがあちこちに張られていた。いったい何が起きたんだ？」

ジュディが泣きだした。「とんでもないことになったのよ。ＦＢＩが資金洗浄の容疑でジェレマイア・レイヴァーを逮捕しに来たら、家の前で撃たれて死んでいるのを発見したの」

ファレルは息をのんだ。「資金洗浄？　そんな――」

「それだけじゃない。ジェサップ・ウォリスのガールフレンドのブリッタを知ってるでしょう。あの子、ジェサップの荷物を家の外に放りだしたんですって。ジェサップが荷物をとりに帰ってくるかどうかわからないけど、みんな刺客のひとりはジェサップだって噂してる」

「ぼくのことは？」

「まだ何も言われてないと思う。今朝、お義兄《にい》さんが背中に牧草をいっぱいつけてやってきたの。トラクターを貸してくれって。あなたはどこへ行ったかと言うから、検査のために町の病院へ行ったって説明しておいたわ。午後には戻るって言った」

「検査？　いったいなんの検査だ？」

「少し前から頭がくらくらするって言うから医者へ行くように説得した、ってことにした。あなたの家族には高血圧の人が多いでしょう。とっさのことでそれしか思いつかなかったのよ」

「いや、うまい言い訳をしてくれて助かった。ああ、ジュディ、面倒をかけて本当にすまない」

「とにかく急いで帰ってきて」

ファレルは車を発進させながら、どうすればもとの暮らしに戻れるかを考えた。しかし過ちを取り消すのは並大抵のことではなさそうだった。


八時少し前にチャーリーはキッチンへおりた。コーヒーを淹《い》れてテーブルにつき、フロイド刑事に電話しようとしたところで携帯が鳴った。ハンク・レインズ捜査官からだ。

「おはよう。早いな」

「ああ、そういう日もあるさ。ひとつ新しい情報がある。ATFがプレストン・デイヴィスに逮捕状を出した。レイヴァーとの取り引きを隠蔽しようと殺し屋を雇った男だ。デイヴィスは抵抗し、武装した捜査官六人を相手に銃撃戦をやらかした。言うまでもなく、やつは死んだ。ATFはデイヴィスの家からやっと取り引きのあった連中をさぐっているはずだ」

「わかった。知らせてくれてありがとう」

「いや。よい一日を」ハンクが電話を切った。

チャーリーはワイリックにもらった資料を引きよせ、フロイド刑事に電話した。三回呼び出し音が鳴ったあと、フロイド刑事が電話に出た。

「ダラス市警のフロイド刑事です」

「チャーリー・ドッジです。少し話せますか？」

「もちろんです。今、車で出勤中です。それでご用件は？」

「夕べ、ワイリックがすごい発見をしたんです。おそらく警察は気づいていないと思うのでお知らせします」

「なんです？」

「デターハウスから女性がいなくなったのはレイチェル・ディーンが最初じゃなく、四人めでした。最初の女性が失踪したのは十一年も前のことです」

フロイド刑事は絶句した。「そんな……そこまで連続していればさすがに警察が――」

「最後まで聞いてください」

チャーリーはワイリックから聞いた話を伝えた。失踪した女性たちの氏名や失踪した日を順に説明する。失踪以来、社会保障番号が一度も使われていないことから、ワイリックは彼女たちが事件に巻きこまれて殺されたと考えていると。

「なんてことだ。被害者が四人もいたとは……」フロイド刑事がつぶやいた。「私は失踪事件担当になって三年めです。その前は殺人事件を担当していました。だからデターハウスで起きた過去の失踪事件については何も知りません。すぐに情報を集めます。どうして失踪届が取り消されたのか、使われていない社会保障番号の件も確認します」

「私たちはもう一度デターハウスへ行ってみます。ワイリックはあのアパートメントに秘密の通路があると考えている。彼女の勘が当たることは、経験上、身に染みているので」

「あの、彼女には本当に超能力があるんですか?」フロイド刑事が尋ねた。「誤解しないでください。べつに疑っているわけじゃないんです。ただ、ああいう人に会ったことがないので」

「ワイリックはこの世にふたりといませんよ」チャーリーは言った。「何か発見があれば連絡します」

チャーリーが電話を切って携帯を置き、朝食の支度にかかろうとしたとき、ワイリックがキッチンに入ってきた。

「今朝は地味なんだな。ピーナツバタージャムサンドでも食べるか?　ぼくの朝食なんだが、きみも食べるなら余分につくってもいい」

シルバーのキャットスーツに赤のニーハイブーツをはいたワイリックは、チャーリーの皮肉を無視した。

「グレープジャムはあるの？」

チャーリーはうなずいた。

「だったら食べる。ひとつでいいわ」

コーヒーを注ぎに行くワイリックに目をやって、チャーリーはにやりとした。

好みをはっきり指定してくるところがいかにもワイリックだ。

「フロイド刑事に電話した。予想どおりショックを受けて、すぐに過去の記録を調べると言っていた。こっちはもう一度デターハウスへ行くと伝えておいた」

ワイリックはうなずきつつ、サンドイッチをつくるチャーリーの手元を見つめた。

「上のパンにグレープジャムをぬって、下のパンにピーナッツバターをぬってね」

「了解」チャーリーが従う。

「そのピーナッツバターはクリーミータイプ？」

チャーリーは手をとめた。「そうだけど？」

「わたしは粒の残っているほうが好きなのに」

チャーリーは大きく息を吸った。「ストックがあるか見てみよう」

ワイリックはうなずき、コーヒーのカップを持ってテーブルについた。ふたたびサンドイッチをつくるチャーリーの手元を見つめる。彼がいらだつのを承知でわざとやっているのだ。

チャーリーはできあがったサンドイッチを皿に盛ってテーブルへ運んでくれた。

「食べやすいようにカットしてくれないの?」

チャーリーは憮然《ぶぜん》としてシンクに向き直り、ナイフ立てから果物ナイフを抜いてワイリックのサンドイッチに突き立てた。

「自分でどうぞ」

ワイリックは笑みを噛《か》み殺し、サンドイッチを四つに切りわけた。

「さっきハンク・レインズが電話してきた。ATFが昨日、プレストン・デイヴィスを逮捕しようと自宅を訪れたところ、デイヴィスが銃を抜いたので撃ち合いになり、デイヴィスは死んだそうだ」

「臆病者はいつだって、いちばん楽な道を選ぶのよ」ワイリックがそう言って、サンドイッチをひと切れ口に押しこんだ。

チャーリーはにやりとした。「まったくお上品だな」もちろん皮肉だ。

ワイリックはサンドイッチを咀嚼《そしゃく》してのみこんだあと、指についたピーナツバターをなめた。もうひと切れ食べようと手をのばしたとき、携帯が鳴った。着信ではなく〝ハレルヤ!〟の合図だ。勢いよく立ちあがる。

チャーリーは驚いて声をあげた。「なんだ？」

「刺客の情報が入ったからメールを確認するの」ワイリックはキッチンを飛びだした。ピンヒールがホールの床を蹴る音が響く。

チャーリーもキッチンを出て書斎に向かった。刺客の正体を知りたい気持ちはワイリックと同じくらい強い。ワイリックの敵は自分の敵でもあるのだから。

書斎へ入ると、ワイリックがパソコン画面を見つめていた。

「こいつか？」

「たぶん……そうだと思う」

「名前は？」

「ジェサップ・ウォリス」ワイリックは〈正義の教会〉に所属するメンバーの名簿を開いて照合した。「信者名簿に名前があるわ」

「こいつが本当に刺客かどうか、どうやって確かめる？」

「資金洗浄の件を調べているときジェレマイア・レイヴァーの携帯をハッキングしたの。発着信履歴のほとんどは、信者か、武器商人のプレストン・デイヴィスだった。バレット・テイラーに襲撃されたあとでもう一度ハッキングしたら、以前はなかった電話番号が履歴に加わっていたの。ひとつはバレット・テイラーのものだった。刺客ナンバーワンね。おそバレット・テイラーが逮捕されたあと、ダラス郡の拘置所から一度、着信があった。おそらくテイラーがレイヴァーに弁護士を要求したんでしょう。残るふたつの番号のうち、ひとつがこのジェサップ・ウォリスの携帯よ」ワイリックはパソコンの画面を指さした。「ウォリスを密告したのはジョーディー・グーチという男で、教会のメンバーじゃないけど、ウォリスと同じポーレットの町に住んでいるわ。もう少し調べてみるけど、おそらくこの情報は信頼できると思う」

「ジェサップ・ウォリスが今、どこにいるのかわかるか?」

「携帯の番号から調べられる」

「そいつがダラスにいるなら、まだ危険は去っていないってことだ」

「ダラスにはいない」

「確実にそう言えるのか?」

「わたしのビデオを見たなら、刺客たちは密告を恐れて隠れ家をさがしているでしょう。面が割れたときにどう釈明するかで頭がいっぱいのはずよ」

「きみはこのままウォリスのリサーチを続けたいんじゃないか? デターハウスはぼくひとりで行こうか?」

「いいえ。今、優先すべきはレイチェル・ディーンだもの。ジョーディー・グーチにメールして、情報の裏どりをするから少し待つよう伝えるわ。すぐキッチンへ戻るから。わたしのサンドイッチはとっておいてね」

「もちろんだ」チャーリーはふたたびジェサップ・ウォリスの写真を眺めて細かな特徴を目に焼きつけた。

ワイリックはアプリを起《た》ちあげてウォリスの携帯番号を入力し、携帯の基地局がその携帯の発する電波を捉えるのを待った。数分して検索結果が示される。ほっと肩の力を抜いてアプリを閉じる。それからキッチンに戻って朝食の続きをとった。

デターハウスのことが話題にのぼったが、どちらもレイチェルの名前は出さなかった。手がかりがないまま時間だけが過ぎていく。レイチェルを見つけると姉のミリーに約束した。なんとしても生きているうちに発見したい。

サンドイッチを食べ終えたワイリックが汚れた皿をシンクに運ぶ。

チャーリーは携帯に手をのばした。「管理人に電話をして、午前中に行くと伝えておく。合鍵を借りられるように」

「お願い」ワイリックは食洗機に皿を入れた。「ノートパソコンをとってくる。すぐに戻るから」

電話をかけるチャーリーを残して、ワイリックはせかせかとキッチンを出た。

10

ウェインが管理人室で配管工に電話をしているとき、ドアが開いた。住人のひとりが入ってきたので、ちょっと待ってほしいと右手をあげ、椅子を指さす。電話が終わったところで、ウェインは住人をふり返ってにっこりした。

「やあ、ソニー。待たせてすみません。今日はどんな用件ですか？」

「今日、アマゾンから荷物が届くはずなんだ。昼間、出かけるんだけど、荷物が来たらメールをくれないかと思って。自分でとりに来るから」

「わかりました。注意しておきます」ウェインはそう言ったあと、ソニーの顔をのぞきこんだ。「具合でも悪いんですか？　顔色がよくないように見えますよ」

「いや……そんなことはないよ。実は先日、転んで腰を打ってしまってね。それ以来、痛みでよく眠れなかったんだ。だいぶよくなったんだけど……。腰ってさ、立っていても座っていても痛いもんなんだな」

ウェインは同情した。「それはたいへんで――」言い終わる前に電話が鳴る。発信者を見たウェインは受話器をつかんだ。「ちょっと待ってください。大事な電話なんです」

ソニーはうなずき、近くにあった雑誌を手にとった。

「デターハウスのウェイン・ダイアーです」

「チャーリー・ドッジです」

「こんにちは。何かご用ですか？」

「もう一度、レイチェルの部屋を見せていただきたいと思って電話しました。ワイリックと一緒に行くので合鍵を貸してもらえますか」

「もちろんです。午前中にいらっしゃいますか？」

「一時間以内に到着します」

「それではお待ちしています」ウェインは電話を切って、ソニーを見た。「失礼しました。チャーリー・ドッジから電話だったんです。レイチェル・ディーンの家族に依頼されて調査しているんですよ。警察と協力して」

ソニーが暗い顔をする。「あれはまったくひどい話だ。レイチェルについて何か手がかりはあったかい？」

「さあ？　そういうことは教えてもらえないので」

ソニーは肘掛けに手をついて身を乗りだした。「ところでチャーリー・ドッジのアシスタントというと、例のワイリックだよね？」

ウェインはうなずいた。「そうです。昨日の朝、ここへ来ましたが、あまり長居はしませんでした。今度はもっとじっくり調べるんじゃないでしょうか」

「ワイリックって、テレビで見るのと同じくらいのいい女かい？」

ウェインは肩をすくめた。「すごく背が高くて人目を引きますね。あんな女性は見たことがない、っていうのが素直な感想です」

「へえ……ぼくも見たい気がするけど、これからちょっと外出するから見られないかもしれないな。忙しいところ申し訳ないけど、荷物のこと、よろしく。メールを待ってるから」

「わかりました」ウェインは管理人室から出ていくソニーに手をふった。それから合鍵を引き出しから出して、チャーリーたちがいつ来てもいいように準備した。

管理人室を出たソニーは焦っていた。有名な探偵コンビがレイチェルの捜索に加わるとは思ってもみなかった。ワイリックが本当に超能力者なら、こちらの顔を見ただけですべてを見透《みとお》すかもしれない。いや、顔を見る必要さえないかもしれない。このままではまずい。

行動を起こす前に、アリバイをつくる必要があった。チャーリーとワイリックがやってきたときには、すでにアパートメントを出たあとのように見せかけるのだ。さっそく買い物の準備をして部屋を出ると、管理人室の前を通ってわざわざウェインに手をふった。そのまま裏口から駐車場へ出て車に乗る。防犯カメラを意識して、正面ゲートをゆっくり通過する。

アパートメントから見えないところまで走ってから大きく迂回《うかい》し、狭い道を通ってアパートメントの裏の、ごみ捨て場の横に車をつける。

そして裏ゲートから敷地に入り、サルスベリの木に身を隠すようにして、デターハウスができた当時からあるレンガ造りの小屋に入った。小屋の奥にある掃除用具入れのドアを開けると、天井のLEDライトがついた。

ソニーは動きをとめ、物音が聞こえないことを確かめてから清掃用具の入った箱をどけた。床に引きあげ式の扉があり、扉の向こうに地下室へ続く階段が現れる。階段のライトも自動で点灯した。ライトがついたところで、ソニーは階段へ続く扉を閉めた。逸《はや》る気持ちを抑えて地下室へおりる。

右手にある大きな鉄製のドアの向こうにレイチェルがいる。様子を見たい誘惑にかられたが、今はその猶予がない。長い通路を小走りで進み、階段をあがって一階の通路に出た。ここも自動で照明がつく。ソニーはいったん自分の部屋へ向かった。これからどうなるのか不安でたまらない。いつものように入念に準備をする時間はないのだ。だが、何かしなければ取り返しのつかないことになる。それだけはわかっていた。

チャーリーは口を固く結んでハンドルを握っていた。

その顔を見て、ワイリックが眉をひそめる。「むくれるくらいなら、わたしのサンドイッチを味見したいって素直に言えばよかったのに」

一般道におりながら、チャーリーが眉間にしわを寄せる。

「いったいなんの話だ?」

「朝食のときはふつうだったのに、なんだかむっつりしてるでしょう。デターハウスに到着したらレイチェルの捜索に意識を集中しないといけないんだから、今のうちにはっきりさせておきましょう。何が気に入らないの?」

チャーリーはため息をついた。「きみのことじゃない。ただ、あの男の顔が頭から離れないんだ」

「男? ひょっとしてジェサップ・ウォリスの顔?」

チャーリーがうなずく。

ワイリックはあきれ顔をした。「どこにでもいそうな顔だったじゃない。わたしはすでに忘れかけているわ」

「きみに危害を加えるかもしれない男だぞ」チャーリーがつぶやく。

「いいえ。今はわたしが危害を加える側で、ウォリスが逃げる側よ。チャーリー、わたしのことは心配しないで」

「どうしてやつが逃げているとわかる？」

「あなたが書斎を出てから、ウォリスの電話番号を位置特定アプリにかけたの。テキサス州どころか、ルイジアナ州にもいなかった。アーカンソー州のまんなかあたりを北上中よ」

「そうなのか？」

「そうなの。今日、家に帰ったら、あの男の顔写真をＳＮＳに投稿するわ。そうすれば全国の人があの男に目を光らせてくれる。どう、満足した？」

チャーリーはうなずいた。「ぴりぴりしてすまない」

「あやまる必要はないけど、今はわたしじゃなくてレイチェルの捜索に集中しないと。いい？」

「わかった」

数分後、デターハウスに到着し、来客用の駐車場に車をとめて、まっすぐ管理人室へ向かった。

ウェインはパソコンで作業をしていた。

「お疲れさまです。これが合鍵です。何か用があったら電話してください」

チャーリーは鍵を受けとった。「ありがとう。帰りにまた寄ります」

チャーリーとワイリックはエレベーターで二階へあがり、北棟の二一〇号室へ向かった。

立ち入り規制のテープがまだ張られている。

「わたしが先に入る」

チャーリーは脇に避けてワイリックを通した。

「何か考えがあるのか？」

「玄関側の壁に秘密の通路があるってことはないと思うの。設計図によれば外壁は建設当初のままだから。でも、何かを見落としている気がしてならない。それがなんなのかわからないけど、この部屋にはどこか違和感がある」

「違和感って、どんな？」

「そうね……かすかに傾斜している床を歩いたことある？」

「たぶん」

「うまく説明できないけど、前にこの部屋に来たとき、それと似た感じがしたの。頭痛のせいで原因まではわからなかった。でも、今こうしてキッチンへ続く廊下に立っていても、ふくらはぎのうしろが張ってる気がする。前に倒れないように踏んばっているみたいに」

「でもこの床は平らだ。見ればわかる」チャーリーは足踏みをした。「きみの感覚は鋭いからわずかな傾斜に反応するのかもしれないな。ともかくぼくはリビングを見るから、きみはキッチンから始めてくれ。あとで合流しよう」

ワイリックはうなずいた。だがキッチンには入らず、見えない力にひっぱられるように廊下のつきあたりにある寝室へ向かった。カーペットが敷いてあるので足音はしなかった。洗面所、そしてリネン類をしまう戸棚の前を通りすぎる。寝室に入ったところで立ちどまり、部屋のなかを見渡した。この部屋の何がひっかかるのだろう？　バスルームをのぞいたあと、もう一度ベッドを見る。そのとき気づいた。主寝室にもバスルームにも窓がひとつもないことに。疑問を検証するためにキッチンへ移動する。窓からアパートメントの裏手の庭やプール、駐車場の端が見えた。

キッチンの内壁はリビングの壁と平行で、内側に余分なスペースがあるとは思えない。床下は一階の住人の部屋なので、やはり余分なスペースはないだろう。

そこでチャーリーがキッチンに入ってきた。

窓を見つめているワイリックに向かって首を傾《かし》げる。「何か気づいたのか？」

ワイリックはふり返った。「古い設計図では家の裏側にいくつ窓がついていたか覚えてる？」

チャーリーは考えこんだ。「窓があったのはまちがいないが、数は数えなかったな」

「寝室を見て」ワイリックは先頭に立って廊下を移動した。「この部屋にはおかしいところがあるでしょう」

チャーリーは寝室の入り口に立って、上品な家具や、壁と天井の境目の帯状装飾、天井にある段差を見た。そこではっとする。

「窓がひとつもない！」

「そう。寝室に窓がないなんて妙じゃない？　オーナーのカーソンは、改修のときに外観は変えなかったと言っていたけど、それって最初から窓がなかったってことかしら？」

「カーソンに電話して確認する」チャーリーはポケットに手を入れた。「あれ、携帯はどこに……ああ、リビングに置き忘れたんだな」急いで寝室を出ていく。

ひとりになったワイリックはウォークインクローゼットに近づいた。奥の壁は棚になっている。ハンガーにつるされた服は色で分けられていた。その下のシューズラックに靴がずらりと並んでいる。不審な点はない。

クローゼットから出ると、廊下からチャーリーの声が聞こえてきた。カーソンと話しているようだ。これで答えがわかるかもしれない。

腰に手をあててチャーリーが戻ってくるのを待っているとき、ふいに身の危険を感じた。ふり返るよりも早く、首のうしろに鋭い痛みが走る。叫ぶ間もなく意識が薄れた。

レイチェル・ディーンもこうやって失踪したのだ、そう思ったのを最後に、ワイリックの意識は闇にのまれた。

ソニーは寝室の壁の裏で、チャーリー・ドッジとワイリックの到着を待っていた。寝室の裏を通る秘密の通路を発見したのはデターハウスに越してきて間もなくのことで、まったくの偶然だった。寝室のクローゼットを整頓しているときに隠し扉の存在に気づいたのだ。好奇心にかられて扉を開けると、暗い通路がのびていた。どこへ通じているのか調べない手はない。秘密の通路が建物の端から端までつながっているとわかったときは驚いたし、興奮した。自分の部屋から通路に入れるということは、ほかの住人の部屋にも隠し扉があるのかもしれない。ソニーは秘密の通路と隠し扉の調査に没頭した。

いくつかのドアは内装を変えたときにふさがれてしまっていた。それでも三つの部屋の隠し扉は使える状態だった。ソニーはドアに小細工をして、三つの部屋の住人を秘密の通路側からのぞけるようにした。十代のときにのぞき見の快感を覚えたソニーにとって、そうした小細工はお手のものだった。

アパートメントの部屋が住人で埋まるにつれ、ソニーの楽しみは増していった。秘密の通路に潜んで、女性の着替えや電話の声を聞きながら、誰にも知られずにマスターベーションをした。住人のごくごくプライベートな場面まで目撃することができた。

そして相手のことを知れば知るほど、彼女たちが自分の恋人のような気がしてきた。最初の被害者を拉致したのはそのころだ。あっけないほど簡単だった。完全犯罪だ。その次も、その次も。

レイチェル・ディーンに仲のよい姉がいたとは知らなかった。調査不足のせいでここまで追いつめられてしまった。ソニーの心は、経験したことのないスリルとすさまじい恐怖のあいだを行ったり来たりしていた。スリルは嫌いではない。ただし今回ばかりは不確定要素が多すぎて、楽しむよりも焦りのほうが大きい。

チャーリー・ドッジとワイリックを同時に相手にするのが無謀だということはわかっていた。だからワイリックがひとりになるのを待った。十秒あれば失神させて秘密の通路に引きずりこむことができる。

問題はチャーリー・ドッジがどう反応するかということ。見るからに屈強で体力がありそうだし、人捜しのプロときている。鼻先でアシスタントをさらわれて黙っているわけがない。

レイチェルの部屋にふたりが入ってきたとき、ソニーの緊張は最高潮に達した。ついにあのジェイド・ワイリックを生で見られる。そしてワイリックが寝室に入ってきた瞬間にソニーは勃起した。きびきびと歩く姿や鋭いまなざしが言葉にできないほどセクシーだった。彼女の頭脳は見たものをどんなふうに分析しているのだろう。通路から飛びだそうとしたとき、ワイリックが部屋を出ていった。次に戻ってきたときはチャーリー・ドッジと一緒だった。

生で見るチャーリー・ドッジも想像以上に迫力があった。なんてごつい野郎だ。自分とは正反対のタイプといっていい。ソニーも体を鍛えてはいるが、身長はのびず、学生のときからそれがコンプレックスだった。チャーリーの体つきがねたましい。

いずれにしてもあんなばけものがそばにいたのでは、ワイリックを拉致するのは無理そうだとあきらめかけたとき、チャーリーだけが部屋を出ていった。

チャンス！

扉に手をかけ、息を殺してタイミングを待つ。

一瞬でいいからあっちを向け！

願いが届いてワイリックがクローゼットに背を向けたので、ポケットから注射器を出し、キャップを外した。

これまで何度もやったように、一瞬で相手の背後に立つ。そして相手がふり返るよりも早く、首に針を突き立てた。

そしてワイリックは床に倒れた。

チャーリーは何も気づかず廊下で電話をしている。ぐずぐずしている暇はない。体の痛みを無視してワイリックをひっぱり起こし、肩に担いだ。ところが彼女は想定外に長身で、腕も脚も長かった。

くそ！　持ちあがらない！

ソニーはパニックを起こしかけた。とっさに後方からワイリックの脇に手を入れてクローゼットへ――秘密の通路へ引きずりこんだ。音をたてないようにドアを閉める。

意識を失ったワイリックを引きずって、ソニーは一歩、一歩、秘密の通路を進んだ。

アレン・カーソンは二度めの呼び出し音で電話に出た。

「ミスター・ドッジ、何か進展は？」

「まだです。ワイリックと一緒にレイチェル・ディーンのアパートメントにいます。寝室に窓がひとつもないことに気づいて、不自然だなと感じました。建物の外観はまったく変えていないと伺っていますが、ひょっとして窓をつぶしませんでしたか？」

「いや、窓はもとから少なかった。改築時はオリジナルの窓の位置を生かして、それぞれの部屋の日照が最適になるように設計した。その結果、寝室に窓のない部屋ができたというわけだ。いずれにせよ、窓はオリジナルの配置と同じだ。寝室に窓のない部屋についても賃貸契約に明記して、納得したうえで選んでもらっている」

「そうですか。わかりました。また何かあったら電話させていただくかもしれません」

「いつでもどうぞ」

チャーリーはリビングから廊下に出た。

「ワイリック！」寝室に向かって呼びかけたが返事がない。とくに危機感も覚えず寝室へ向かった。「ワイリック、窓の位置は変わっていないそうだ」

寝室はもぬけの殻だった。

「ワイリック？　おい、返事をしろ！」

沈黙。

カーペットの上に何かを引きずった跡がついていて、その跡はクローゼットへ消えていた。

「ちくしょう！」すぐに携帯のトラッキングアプリを起《た》ちあげる。

ワイリックを示す光の点はチャーリーがいる地点の数メートル先を、南へ向かって――チャーリーから遠ざかる方向へ動いていた。ワイリックが仕事中に断りもなく姿を消したことなど、これまで一度もない。レイチェルのことが頭から消えた。今は何よりワイリックを見つけることが先決だ。

引きずった跡はクローゼットの棚の前で途切れていた。チャーリーは壁をたたき、棚を押したり引いたりして、壁の向こうへ行く方法をさがした。だが何も起こらない。焦ったチャーリーは棚の中身をすべて引き抜き、棚そのものを蹴ったりひっぱったりして破壊しようとした。

ぐらぐらしはじめた棚を両手でつかんで壁から引きはがす。指の皮が切れ、手が血だらけになってもやめなかった。そうしているあいだにも光の点はどんどん遠ざかっていく。パニックを起こしつつ、棚の裏の壁を何度も蹴っていると、壁に穴が空いた。

穴の向こうから光がもれる。

チャーリーは穴に手をつっこんで石膏《せっこう》ボードを崩し、その下の漆喰《しっくい》や間柱も壊した。手の届くところに取っ手のようなものがついていたので、つかんでひっぱる。すると壁だったところが内側に開いた。薄明かりのなかに、通路が左右にのびていた。

チャーリーはためらわずに通路へ飛びこみ、ワイリックの名前を叫びながら左へ、アプリの光が示す方向へ走った。


ソニーは四苦八苦していた。

気絶しているワイリックは予想よりもずっと重い。

レイチェルの部屋のほうから叫び声や壁をたたく音が聞こえたところで歩く速度をあげる。チャーリー・ドッジが、アシスタントが消えたことに気づいたのだ。

ワイリックの体を担ぎ直そうと足をとめた瞬間、相手の体に力が入るのを感じた。

まさか、嘘だ！

ワイリックが意識をとりもどしかけている。おそらく男性並みの身長があるので薬の量が足りなかったのだろう。

こんなところで目を覚まされたら万事休すだ。

壁が崩れる音に続いて足音が迫ってくる。チャーリーがワイリックの名を呼んでいる。

ソニーはワイリックをその場に放って逃げだした。階段をおり、トンネルを抜け、レイチェルを監禁している部屋の前を通りすぎて裏庭の小屋を飛びだす。そしてサルスベリのあいだを抜けて路地へ出た。心臓が破れそうに打っていたが、そのまま五十メートルほど先にとめた車までいっきに走った。車に飛び乗ってハイウェイに乗り、〈ギャレリア・ダラス〉と呼ばれるショッピングモールへ向かう。お気に入りのモールだが、今日は外出したというアリバイをつくるのが目的で、レシートさえ手に入れば買うものはなんでもよかった。

ワイリックの名前を叫びながら走っていたチャーリーは、前方に倒れているワイリックを見つけた。シルバーのキャットスーツが照明を反射して、土のなかから掘りだしたダイヤモンドのように輝いている。周囲に人はおらず、ワイリックはうつぶせに倒れたまま動かなかった。通路の先から遠ざかる足音が聞こえてくる。犯人を追いかけたい衝動にかられたが、今はワイリックの手当てが最優先だ。

チャーリーは彼女の横に膝をついて息を詰め、脈を確かめた。ゆっくりだがしっかりした脈を感じて、初めて息を吐く。

「神よ、感謝します」そっと言ってからワイリックを起こしにかかる。「ワイリック！　聞こえるか？　起きるんだ。ほら、目を覚ませ！」

ワイリックがうめいた。

「そうだ、目を開けろ。ジェイド、がんばれ、ぼくを見るんだ」

ワイリックがふたたびうめいた。

チャーリーは携帯で救急車を呼んだ。それが終わると管理人に電話をする。

「ウェインです。どうかされましたか？」

「ワイリックがレイチェル・ディーンの寝室で襲われた。救急車は呼んだから、到着したらレイチェル・ディーンの部屋へ連れてきてほしい」

「襲われた？　いったい誰に？」

「レイチェルを誘拐した犯人だろうな」

「なんてことだ！」ウェインが声をあげた。「わかりました。救急車が来たらすぐに上へ連れていきます」

チャーリーは電話を切り、今度はフロイド刑事の番号に発信した。


フロイド刑事とミルズ刑事は、デターハウスで失踪した三人の女性について上司とミーティングを終えたところだった。

古い事件簿を見直したところ、いずれの事件でも失踪後にデターハウスの管理人に対して手紙が届いていた。急に引っ越すことになったので衣類はどこかへ寄附してほしいという内容だ。最初の事件のとき、管理人は手紙の件を警察に知らせ、それで失踪ではなかったと判断されて捜査が打ち切りになった。ふたりめの女性が失踪したときは管理人が交替していて、最初の事件のことを知らなかった。女性から急に引っ越したことを知らせる手紙が届いたとき、前の管理人と同じように警察に報告した。三人めのときも管理人は前の二件の事件を知らず、同じような手紙に騙《だま》された。警察の担当者も三件とも変わっていたので、過去のケースと関連づけることをしなかった。

改めて三通の手紙を並べてみると、明らかに筆跡が似ている。失踪して以降、女性たちの社会保障番号が一度も使われていないことを考え合わせると、恐ろしい真実が浮かびあがった。つまり連続殺人鬼は被害者の身近に潜んでいて、過去十一年間にわたって同じアパートメントの女性住人を誘拐し、おそらく殺害していたのだ。しかも、誰もそのことに気づかなかった。

現在の管理人も三年前に雇われたばかりで、レイチェルも比較的、最近になって部屋を借りた。ふたりともデターハウスで過去に女性が行方不明になったことなどまったく知らなかった。ワイリックがうずもれていた情報を掘り返さなければ、今回も警察は気づかなかっただろう。

レイチェル・ディーンが四人めの被害者だという事実は、失踪事件を担当する刑事たちを震撼《しんかん》させた。署内がショックでざわついているとき、フロイド刑事の携帯が鳴った。発信者を見たフロイド刑事は眉をひそめた。

「チャーリー・ドッジからだ」歩きながら電話に出る。「もしもし？　どうしたんです？」

「デターハウスにいる。ワイリックが襲われ、レイチェルのクローゼットから秘密の通路へ連れこまれた。抵抗した形跡がないところを見ると鎮静剤を打たれたのだろう。救急車は呼んだ。きみらもすぐにデターハウスへ来てくれ。犯人はワイリックの拉致をあきらめ、彼女を置いて逃走した。おそらくワイリックの体を調べれば犯人のＤＮＡが出るはずだ」

「ワイリックは無事なのか？」あまりの事態にフロイド刑事も敬語を忘れた。

「外傷はなさそうだがまだ意識が戻っていない。救急車を待っているところだ」

「すぐに向かう」フロイド刑事は電話を切った。

「どうした？」ミルズ刑事が尋ねる。

「デターハウスでワイリックが襲われ、秘密の通路に引きこまれたそうだ。チャーリーが見つけたときは意識がなく、犯人は逃走した」

「レイチェル・ディーンは？　その秘密の通路とやらでレイチェルも見つかったのか？」

「まだだと思う。レイチェルの名前は出なかった。鑑識チームにも来てもらわなきゃならない。手配してくれ」

11

遠くでチャーリーの声が聞こえる。体がふわりと浮きあがる感じがしたが、チャーリーに抱きあげられたことまではわからなかった。ワイリックの感覚は頭と首の痛みに支配されていた。話そうとしても、口から出てくるのはうめき声ばかりだ。

体にまわされた腕に力がこもり、いっそう強く胸に引きよせられる。

「ぼくがいる。もう大丈夫だ。助けが来るからもう少しがんばってくれ」

ワイリックを抱えたチャーリーは秘密の通路を抜け、壁や棚の残骸が散らばったクローゼットから寝室に戻った。レイチェルのベッドにそっとワイリックを横たえる。

手が血だらけだったので、ワイリックの服にも血がついてしまった。自分の血をジーンズでぬぐってからワイリックの脈を確認する。

ワイリックがまたうめいたので、頬に手の甲を滑らせた。自分の手と声で、少しでも彼女を安心させたかった。

「もう大丈夫だ、ジェイド。ぼくがそばにいる。犯人は逃げた」

ワイリックはふたたびうめいて首のうしろに手をやった。

「どうした？」

「……痛い」

「見せてみろ」チャーリーはワイリックを横向きにさせた。

動脈が通っているあたりに赤い注射あとが残っている。犯人は筋肉ではなく血管に針を刺すことによって、一瞬でワイリックを気絶させたのだ。手慣れていないとできない。

「首に注射されたんだ」チャーリーはそう言ってワイリックを仰向けにした。

「……もういない？」

「犯人は逃げた。だがいずれ捕まえる」

ワイリックはどうにか意識を保とうとしたものの、薬のせいで集中力が保てなかった。引きつづきチャーリーの声が聞こえたが、何を言っているのかまでは理解できない。わかるのは彼がそばにいることと、自分が安全だということ。ワイリックの意識はふたたび闇に吸いこまれた。

ワイリックの手足から力が抜け、チャーリーは彼女が意識を失ったことを知った。今はそのほうがいい。意識がなければ痛みを感じることもないのだから。

数分して遠くからサイレンが聞こえてきた。複数の足音が建物内に入ってくる。

「ここだ！」チャーリーは叫んだ。

救命救急士がレイチェルの部屋に駆けこんできた。ワイリックを見て処置を開始しながらチャーリーに質問を浴びせる。

「何があったんです？　どこから出血しているんですか？」

「その血は私のものです」チャーリーはそう言って救命救急士に両手を見せた。

救命救急士が眉間にしわを寄せ、応急処置セットに手をのばす。「ずいぶん深く切れてますね。すぐに――」

「それより彼女をお願いします。私は大丈夫です。ワイリックは何者かに襲われたんです」チャーリーは言った。「おそらく鎮静剤を打たれたと思います。首のうしろに注射針のあとが残っていますから。犯人は頸動脈《けいどうみゃく》を狙ったようです。そのまま壁の向こうの通路へ引きずりこまれて、二十メートルくらい先に倒れていました。ワイリックの衣服に犯人のＤＮＡがついている可能性があるので、警察があとで調べたいそうです」

救命救急士は情報をメモして、ワイリックの状態を調べはじめた。血圧や心拍数を確認し、まぶたを開けて瞳孔の様子から頭に衝撃を受けていないかを確かめる。そのあと搬送の準備を始めた。ワイリックがベッドから担架へ移されるのを、チャーリーはなすすべもなく眺めた。

「どの病院へ運ぶんですか？」

「ガストン・アベニューにあるベイラー大学医療センターです」

救命救急士が言ったとき、フロイド刑事たちが到着した。

フロイド刑事はワイリックの担架をとめた。

「容態は？」

「安定しています。首に注射あとがある以外、目立った外傷はありません。ベイラー大学医療センターに搬送します」

脇へ避けた刑事たちは担架のすぐうしろにいるチャーリーに気づいた。両手と服が血だらけだ。

「その血はいったいどうしたんだ？」フロイドが尋ねた。

「心配ない」チャーリーはそう言って寝室の奥を指さした。「クローゼットを調べてくれ。隠し扉があって、秘密の通路に通じている」

「どうやってそんなものを見つけた？」相棒のミルズが言う。

「ワイリックと寝室にいるとき、カーソンに電話をかけようとして、リビングに携帯を置きっぱなしにしたことに気づいた。リビングで電話をして戻ってきたらワイリックの姿が消えていて、クローゼットに向かって絨毯《じゅうたん》に何かを引きずったような跡が残っていた。ぼくの携帯には彼女の携帯の電波を探知できるアプリが入っているんだが、彼女の位置情報が壁の向こう側を移動していたので壁を蹴り破った。穴から光がさして、手の届くところに扉を見つけたから、開けてみたら通路が現れたんだ。ワイリックの名前を呼びながら通路を走ったせいで犯人が驚いたんだろう。通路の先から遠ざかる足音が聞こえた。ワイリックの意識がなかったので救助を優先するしかなかった。これから彼女と病院へ向かう。さらに詳しい話を聞きたければワイリックがいるところをさがしてくれ」

チャーリーが担架を追って走りだし、刑事たちはその場に残された。寝室のクローゼットを確認し、チャーリーが壁に空けた穴を見てぎょっとする。

「おいおい、冗談だろ？　これを素手でやったのか？　そりゃあ血だらけにもなる」ミルズ刑事がめちゃくちゃに破壊された棚を指さして言う。そのうしろに秘密の通路が口を開けていた。

「これでレイチェル・ディーンが消えた謎がわかった。問題は、彼女がどこへ連れていかれたか、ということだ」フロイド刑事は言った。

「なかを確認しよう」ミルズが促した。

「そうしたいのはやまやまだが、鑑識が到着するまで待ったほうがいい。過去何年にもわたって犯行を繰り返してきたなら、通路内には指紋やDNAが残っているはずだ」

「たしかに。これまで行方不明になった三人の女性たちがどうなったのかも突きとめないとな」ミルズ刑事は両手を握りこぶしにした。

レイチェルが閉じこめられている部屋は防音対策が施してあったので、部屋の外で何が起きているか、彼女には知りようもなかった。今では気を失っている時間のほうが長くなり、たまに意識が戻っても、衰弱しきって起きあがる力もなかった。

もはや恐怖は感じなかった。ひとりで死ぬことさえどうでもいい。夢のなかでは亡くなった母がずっとそばにいて、耳もとで繰り返しささやいていた。〝あきらめちゃだめよ、レイチェル。がんばって〟と。

それがあるからレイチェルはかろうじてこの世界に踏みとどまっている。

毛布を顎までかけて、ナイフを握りしめて。

心臓が打つたびに母の言葉を自分自身に言い聞かせる。

〝あきらめちゃだめ〟

デターハウス内は警官でいっぱいだった。その日、たまたま部屋にいた住人はもれなく容疑者だ。

住人たちにとっては、レイチェルやワイリックを拉致した犯人にされるのも恐ろしいが、何よりアパートメントの壁の裏に秘密の通路があったという事実が怖かった。次の犠牲者は自分だったかもしれない。これまでに四人の住人が管理人室に電話をして、賃貸契約を打ち切りにしたいと要求した。もちろんウェインの一存ではどうにもできない。

ばたばたしているとき、管理人室にソニー宛ての宅配便が届いた。ウェインは半狂乱の住人たちに対応しながら警察の捜査に協力するので手いっぱいだったので、荷物の到着をソニーに知らせたのはしばらく経《た》ってからだった。

ソニーが親指を立てた絵文字で返信してくる。それでウェインは、宅配便の件は片づいたものとして頭から追いだし、すぐにオーナーのアレン・カーソンに電話をした。

カーソンがなかなか電話に出ないので、このまま留守番電話に切り替わるのではないかと気をもんだ。今の自分に必要なのはオーナーの指示だ。指示なしには何もできない。ついにカーソンが電話に出た。

「もしもし?」

「ミスター・カーソン、ウェイン・ダイアーです。デターハウスの管理人です」

「ああ、ウェイン、お疲れさん、なんの用だ?」

「困ったことになったんです。また人がさらわれそうになりました。レイチェルの部屋を調べていた探偵のアシスタントが——ジェイド・ワイリックが寝室で姿を消したんです。チャーリー・ドッジがクローゼットのなかに隠し扉と秘密の通路を発見しました。犯人は逃走して、ワイリックは病院に運ばれました。今や建物内は警官でいっぱいです。住人たちはアリバイの有無を尋ねられていますし、何より自分の部屋の壁の裏に秘密の通路が張りめぐらされていたと知って、賃貸契約を打ち切りたいと言ってきています」

「最悪の展開だ」カーソンがつぶやいた。「本当に秘密の通路があったんだな?」

「そのようです。私はどうすればいいでしょう？」

「一時間以内にそちらへ行く。私が直接、警察や住人と話をするからそれまで耐えてくれ」

「わかりました。お待ちしています」

オーナーとの電話を終えたウェインは、背もたれに体重を預けて深呼吸した。少なくともひとつ、救いがあった。ワイリックがさらわれたとき、自分は管理人室にいた。証人はチャーリー・ドッジだ。チャーリーが救急車を呼んでくれと電話をしてきたときに、ここで電話をとったのだから。これで警察も容疑者扱いはできないだろう。合鍵を持っているからといって、人は同時にふたつの場所に存在することはできない。


二階では鑑識チームが秘密の通路をくまなく調べあげていた。あちこちで指紋をとり、毛髪を回収する。古い釘《くぎ》や壁板のささくれに絡んでいた髪の毛もあった。床から衣類のものだと思われる繊維も採取された。

犯人を捕らえ損ねたのは残念だが、できるかぎりの証拠は集めた。鑑識チームはふたたびアパートメントをあとにした。

ソニーが帰ってきたとき、アパートメントはまだ警官でごった返していた。駐車場に車を入れ、モールにある店のロゴが入った買い物袋をいくつかと、念のため、帰りがけに寄ったファーストフード店で買った冷たい飲みものの容器をこれみよがしに持つ。

敷地に点在している警官たちの集中砲火を受けるのではないかとびくびくしながら、ソニーは裏口へ向かった。裏口を入ろうとしたとき、ひとりの警官に呼びとめられた。

「何かあったんですか？」

「誘拐未遂です。あなたはなんの用でここへ？」

「誘拐未遂？」ソニーは驚いたふりをしたあと、荷物を持ち直した。「ぼくはここの住人です。部屋に入っても大丈夫ですか？　管理人から荷物が届いているとさっきメールがあったんですけど」

「お名前は？」

「ソニー・バーチです。一一五号室に住んでいます。一階の」

「管理人室までご一緒します」警官が言って歩きはじめた。

ソニーたちは忙しく動きまわる警官たちの横を通り、ロビーを横ぎってまっすぐ管理人室へ向かった。

ソニーの胸は驚きと不安でいっぱいだったが、それを隠す必要もなかった。事態は彼の思惑とまったくちがう方向へ進んでしまった。唯一の救いは、ワイリックに顔を見られなかったことだ。逮捕歴はないのでＤＮＡや指紋から足がつくこともない。

レイチェルには顔を見られたのでなるべく早く始末しなければならないが、今、動くのは危険すぎる。どうやっても今夜じゅうにレイチェルをこの建物から出すのは不可能だ。

とんでもないへまをしてしまった。

管理人室に到着して、ノックもせずにドアを開ける。「荷物をとりに来たんだけど、なんだかたいへんなことになってるね」

ウェインが顔をあげた。「まったく最悪です。悪夢ですよ。ドッジのアシスタントが意識不明で運ばれて、そこらじゅうに警官がいます」

ソニーは息をのんだ。「誰かが誘拐されそうになったって警官から聞いたけど、ひょっとして被害者はあのジェイド・ワイリック？」

ウェインがうなずく。

「彼女、大丈夫なのかな？」

「どうでしょう」ウェインの携帯が鳴ったので、携帯をとりながら部屋の隅に置かれた箱を指さす。「あれがアマゾンから届いた荷物です。失礼ですが電話に出ないといけないので」

ソニーは荷物をとって、ドアのところで警官に声をかけた。「じゃあぼくは部屋に帰ります」

ソニーが本当に住人だと確認した警官はうなずいた。ソニーはそそくさと自分の部屋へ向かった。

チャーリーは記録的なスピードで車を飛ばし、病院のロビーに駆けこんだ。受付係が血だらけのチャーリーを見て目を見開く。

「ついさっき、ジェイド・ワイリックが救急車で運びこまれたでしょう。彼女はどこにいるんですか?」

受付係は面食らったままチャーリーを見つめた。「その手は……」

チャーリーの忍耐は限界だった。アパートメントから運びだされたとき、ワイリックには意識がなかった。レイチェルを拉致した犯人のほかにも、ワイリックの命を狙う輩《やから》がいるというのに。

「手なんてどうでもいい! ジェイド・ワイリックはどこにいる?」

受付係は怯《おび》えた表情をしたあと、パソコンにジェイド・ワイリックと入力し、情報が表示されるのを待った。

「検査室六にいますが面会は――」

「ワイリックが誘拐されかけてまだ一時間も経っていない。私はアパートメントの壁をぶち抜いて彼女を助けたんだ。必要とあらばここの壁だって破壊する」

「わ、わかりましたから興奮しないでください。あのドアを入ってまっすぐ進むと左に検査室があります」受付係は言った。「あなたも手当てを受けてくださいね」

「ありがとう」チャーリーは小走りでロビーを横ぎり、肩でドアを押し開けて通路を進んだ。とにかく一秒でも早くワイリックの顔が見たかった。

だがその願いが叶《かな》う前に、彼女の不機嫌そうな声が聞こえてきた。例の皮肉っぽいもの言いを聞いて、これほどうれしくなったこともない。医者や看護師を手こずらせるほど回復したということだからだ。


ワイリックは夢とうつつのあいだを行き来していた。自分がこれ以上ないほど無防備な状態に置かれていることはなんとなくわかっていて、それが不満だった。誰かが服を切り裂く。ひんやりした空気が素肌をなでた。ドラゴンのタトゥーについて周囲の人たちが好き勝手なことを言う。

このドラゴンは誰彼構わず見せていいものではない。世間にはドラゴンを恐れる人がいて、その人たちはドラゴンの息の根をとめようとする。実際、このドラゴンは幾度となく殺されそうになった。殺そうとしたのが誰だったか、今は思い出せないけれど……。

ふいに自分が病院の診察台の上にいることに気づいて、ワイリックは猛烈な怒りを覚えた。こちらへ身を乗りだしている男を思いきりにらみつける。

「ああ、ジェイド、意識が戻ったんだね。私はドクター・ジュリアン。ここは緊急救命室だ。何があったか覚えているかい？」

ワイリックの返事を待っていたジュリアンは、遅ればせながら黒々とした目に浮かぶ憎しみに気づいた。その目つきにふさわしい声で、ワイリックが言う。

「わたしの服は、どこ？」

「申し訳ないが検査のためにはさみを入れた」

ワイリックが皮肉たっぷりの声で続ける。「ファスナーがついているのに？」

ドクター・ジュリアンは笑った。「それはそうだが、服は血だらけだったし、急いで傷を調べなければならなかった」

ワイリックはどきりとした。「頭痛はするけど体に痛みは感じない。どこから出血しているの？」

「調べたところ、きみの体に傷はなかった。つまり、服についた血はきみのものではなかったんだ。これから――」

いい、いい、わたしの血ではない？

最後に聞いたのはチャーリーの声だ。

「チャーリーはどこ？　今すぐ彼に会わせて。けがをしているんじゃないの？」ワイリックは大声をあげ、点滴を引き抜いて体を起こそうとした。

看護師がその手をつかみ、もうひとりの看護師がワイリックを診察台に押しもどそうとする。

「ジェイド、横になって。そんなことをしたら体に障ります。チャーリーが誰か教えていただければ、こちらで居場所を確認しますから」

「わたしが血だらけで運ばれてきて、その血がわたしのものでないなら、チャーリーのものよ。今すぐチャーリーの居場所を突きとめて。さもないと――」

「落ち着け、ワイリック。ぼくはここにいる。今は治療に専念するんだ」

チャーリーの姿を見たワイリックはいきなり泣きだした。

「チャーリー！　その血はいったいどうしたの？」

医師や看護師もようやくふたりの正体に気づいた。チャーリーというのはあのチャーリー・ドッジだ。つまりここに横たわっているのはただの女性ではなく、ワイリックということになる。チャーリー・ドッジの右腕の、ジェイド・ワイリックだ。

チャーリーの手を見たドクター・ジュリアンはベッド脇のスツールを指さした。「そこに座ってもらえますか。みなさん、いったん落ち着きましょう。彼女は何が起こったのか覚えていないようです。あなたから経緯を説明してもらえますか？」

チャーリーはスツールに座る前に、ワイリックのドラゴンをシーツで隠した。「泣かないで。もう心配ない。こんなのはかすり傷だ」

ワイリックは涙を流しながら彼に向き直り、チャーリーの両手をつかんでてのひらを上に向けさせた。

「いったい何をしたの？」

「きみが部屋から消えたから、壁に穴を空けたんだ」

「頭がどうかしたんじゃないの？」

「助けないわけにはいかなかった。事務所のパソコンのパスワードはきみしか知らないからね」

　ワイリックはため息をついた。「何が起こったのかわからない。首に痛みが走ったあと、すべてが暗転した。途中であなたの声を聞いた気がする」

　チャーリーは医師へ視線をやった。

「首の赤い点は針のあとです。彼女は鎮静剤を注射されたんだと思います。われわれは行方不明の女性をさがしていました。女性をさらった犯人が追いつめられて、ワイリックを狙ったのでしょう。彼女が最大の脅威だと判断して」

　ドクター・ジュリアンはチャーリーを見てほほえんだ。「最大の脅威はあなただと思いますが？」

　チャーリーはワイリックに視線を戻した。「私は図体《ずうたい》が大きいだけです。それに引きかえ、彼女は天才ですから」

「犯人は逃げたの？」

チャーリーはうなずいた。「必ず見つける。とにかく今はきみのことが第一だ」

「わたしは頭痛がするだけ。血を流しているのはわたしじゃなくてあなたよ」ワイリックはそう言って目を閉じた。

チャーリーは手を離そうとしたが、ワイリックは彼の手をしっかりと握って離さなかった。

「手を離してくれないと治療が――」ドクター・ジュリアンが言う。

「静かにして」ワイリックはすでにチャーリーの意識に入って、彼の痛みを自分のことのように感じはじめていた。傷口から流れるあたたかな血や、炎症を起こしている末端神経の一本一本に意識を集中させる。

この人はわたしを助けるためにけがをした。

一方のチャーリーは、指先がじんわりとあたたかくなり、痛みが引いていくのを、不思議な思いで受けとめていた。ワイリックにそういう能力があるのは知っていたが、みずからそれを体験することになるとは夢にも思っていなかった。

ぽたぽたと血が垂れていたチャーリーの手が、もはや出血していないことに看護師が気づき、医師の腕をたたく。検査室は静寂に包まれた。医師もふたりの看護師も病棟勤務員も目を丸くして、奇跡としか言いようのない現象を目撃していた。

チャーリーは、ワイリックの持つ不思議な力が体のなかに流れこむのを感じ、感動に胸を震わせた。こんな体験をしたら、二度ともとの自分に戻れない。出会った日からワイリックには何度も腹立たしい思いをさせられてきた。だがこの瞬間、彼女のいない人生などありえないことを悟った。これまでに起こったさまざまな出来事を通して、ふたりの魂は信頼と悲しみを分かち合い、深く結ばれたのだ。

チャーリーはワイリックの顔を見つめ、突飛なメイクのうしろに隠された彼女本来の美しさを目に焼きつけた。首筋に薄い青の血管が走っていることに初めて気づく。

ふいにワイリックの目からひと粒の涙がこぼれ、頬を伝ってシーツに落ちた。その瞬間、チャーリーは恋に落ちていた。自分でもどうしようもなかった。

ワイリックが手を離し、ゆっくりまぶたを開けてまっすぐにこちらを見つめる。

チャーリーは彼女の視線を受けとめた。目をそらすことができなかった。

「まだ痛む？」

ずっと彼女を見つめていたたい気持ちをねじふせて、自分の手に視線を落とす。出血がとまっただけでなく、傷もきれいに消えていた。

チャーリーは首を横にふった。彼女の顔がぼやける。知らないうちに涙があふれた。

そのとき初めて、ワイリックも自分のしたことに気づいた。目を見開いて検査室を見渡す。「お願いだからこのことは秘密に……」

彼女の声が上ずっていることに気づいて、チャーリーも口を開いた。

「みなさんもニュースを見たでしょう。彼女は目下、カルト集団に目をつけられ、刺客に襲われたばかりだ。その理由がこれです。ワイリックはわれわれの知らないことを知っているし、ふつうの人間にできないことができる。だからふつうの生活を送れなくなってしまった。どうかみなさんお願いします。これ以上、彼女の人生を複雑にしないでください」

ドクター・ジュリアンが顎をあげた。

「ここで見たことを説明しろと言われても、言葉ではとうてい説明できない。だいたい言葉にしたところで誰にも信じてもらえないでしょう」ドクター・ジュリアンは看護師と病棟勤務員を見渡した。「今、見たことを上司に報告する必要があるだろうか？」

三人が首を横にふる。「いいえ、ドクター」

彼らの反応を信じていいのかどうか、ワイリックには判断がつかなかった。だが、今、大事なのはそこではない。

「戻りましょう」

「戻るってどこへ？」

「デターハウスよ」

チャーリーが眉をひそめた。「冗談はよせ。きみは家に帰って休まなきゃ――」

ワイリックが片手をあげて制した。「点滴を抜いて」医師に言う。「抜いてくれないなら自分で抜きます」

ドクター・ジュリアンが看護師に向かってうなずく。看護師はすぐに点滴を外した。

「おいおい、無茶はよせ、ワイリック」チャーリーが反対する。

「レイチェルには時間がない。彼女がまだ生きているなら、今ごろ犯人は躍起になって彼女を始末しようとしているはず。犯人の顔を知っているのはレイチェルだけなんだから」

「警察が指紋やＤＮＡを採取してる」

「鑑識の結果なんて待っていたら手遅れになる。レイチェル・ディーンの命は風前の灯《ともし》火《び》だって、直感が言ってるの。ベッドで休むのはレイチェルを助けたあとでもできるわ。いつもどおりには動けないかもしれないけど、頭はすっきりしてるし、大丈夫」

「ちくしょう！」

「その台詞《せりふ》をあなたじゃなくて犯人に言わせるのよ。着るものを用意して。この人たちがわたしの服をはさみで切ってしまった。携帯はどこ？」

看護師が椅子の上の袋を指さした。「あれがあなたの私物です。服もありますけど、警察がＤＮＡ鑑定のために回収するそうです。携帯は袋に入っています」

「見せて」

看護師が袋のなかから携帯をとりだした。

「チャーリーに渡して。この格好じゃあポケットに入れるわけにもいかないから」

チャーリーが電話を受けとってジャケットの内ポケットに入れた。

「これで安全だ」

ワイリックはうなずいた。「ここを出る前に手についた血を洗ったほうがいいわ」

「了解」チャーリーは洗面台へ向かった。

ドクター・ジュリアンは病棟勤務員に指示した。「ガウンを二枚持ってきてくれ。なるべく丈が長いやつがいい」仕事ができた病棟勤務員が、勇んで検査室を飛びだしていく。

手を乾かしていたチャーリーは、木片が刺さっているのに気づいて、ワイリックのほうへ手の甲をかざした。

「抜き忘れだ」

ワイリックが鋭い目つきをする。「今晩、夕食のあとにでも自分で抜きなさい」

チャーリーはにやりとした。皮肉が言えるほど元気なら安心だ。

ドクター・ジュリアンは看護師をさがらせてワイリックを見た。「さっきの出来事で、私の職業観は大きく変わった。きみは、私たち医療に携わる者がどれだけ努力しても追いつけない力を――人を癒やす能力を持っている。そのことに関して、私はきみを心から尊敬する」

医師は小さく頭をさげ、検査室を出ていった。

ワイリックは医師の言葉に胸が熱くなってまぶたを閉じた。

チャーリーが彼女の腕に手を添える。

しばらくして、病棟勤務員が二枚のガウンと車椅子を運んできた。ワイリックは二枚のガウンを使って体の前後をおおった。チャーリーは彼女が乗った車椅子をジープまで押して、彼女を助手席に座らせた。

エンジンをかけ、車を駐車場から出したあと、チャーリーは改めてワイリックを見た。ワイリックはシートを倒して目を閉じていた。体力を回復させようとしているのだろう。休息の邪魔はしたくないが、行き先を伝えておかないとあとで文句を言われるのもわかっている。

「その格好でデターハウスに戻るのはいやだろうから、まずは家に帰ってまともな格好に着替えよう」

「わかった。途中でペプシを買って。あと携帯を貸して」

「かしこまりました、奥様」チャーリーはおどけた返事をして、上着のポケットから携帯を出した。それからファーストフード店をさがしはじめる。

屋敷に着くころ、ペプシとともにフライドポテトを平らげたワイリックは、おおむねいつもの調子をとりもどしていた。

「すぐに着替えるから待ってて」屋敷に入りながら言う。

「部屋までエスコートしたいと言ったらヒステリーを起こすか？」

ワイリックがため息をついた。「ヒステリーなんて起こしたことないわ。ひとりで大丈夫だけど、あなたが心配する気持ちもわかるから、ドアの前までついてくることを許可します」

チャーリーはにこりとした。余計なことは言わず、彼女の顔つきや足どりを注意深く観察する。一度でもつまずいたりふらついたりしたら、無理やりにでもベッドに入れて休ませようと決めていた。

無事に部屋の前まで来るとワイリックは立ちどまり、チャーリーの腕にふれた。

「また命を助けてもらったわね。あなたにはお礼の言いようもないわ」

「礼などいらない。きみはただ、ちゃんと息をしていてくれればいい」

ワイリックが目を伏せた。「すぐに着替えるからフロイド刑事たちに電話して。あの人たちにも立ち会ってもらったほうがいいでしょう」

ワイリックを抱きしめそうになったチャーリーは、手を握りこぶしにした。

「わかった」短く返事をすると、踵《きびす》を返して自分の部屋へ向かう。

チャーリーの声に、これまでになかった感情が混じるのを感じたワイリックは視線をあげた。その目にチャーリーのうしろ姿が映る。

手の傷を治したとき、自分がチャーリーの人生に決定的な変化を与えたことを、彼女はまるで自覚していなかった。

12

自室のベッドに腰をおろしたチャーリーは、両手をしげしげと見つめて首を横にふった。深呼吸をしてから携帯をとりだす。呼び出し音が二度鳴って、相手が出た。

「ミリーです。いい知らせだと言ってください」

「レイチェルの居場所はまだわかっていませんが、どのようにさらわれたかはわかりました」

電話の向こうでミリーがうめいた。「やっぱりあの子はさらわれたんですね。聞くのが恐ろしいですが真実を知らないといけません。教えてください。あの子がどうやって姿を消したのか」

「三時間ほど前、ワイリックが同じ手口でさらわれました。レイチェルの部屋を調べているとき、寝室にいたワイリックが急に姿を消したんです。ウォークインクローゼットに向かって、カーペットに何かを引きずった跡がついていました。さすがの私もパニックになりましたが、棚のうしろに隠し扉を見つけました。扉を開けると通路が現れました。あのアパートメントの裏側を自由に行き来できる通路があったんです。私がワイリックの名前を呼ぶのが聞こえたんでしょう。犯人は通路にワイリックを置きざりにして逃げました。犯人は彼女を拉致するのに鎮静剤を使いました。背後から近づいて鎮静剤を首の動脈に注射し、気絶させた。被害者たちはみな同じ方法で拉致されたのでしょう」

「え？　今、被害者たちっておっしゃいました？　それはレイチェルとワイリックのことですか？」

「ほかに三人います。今は時間がないので詳しく説明できませんが、調査は確実に進んでいます。また新たな情報があればお知らせします。ワイリックは病院で手当てを受けたばかりですが、すぐにデターハウスに戻ると言っています」

「さらわれたばかりなのに、動いて大丈夫なんですか？」

チャーリーはため息をついた。「休むのはレイチェルを助けたあとでいいそうです。とにかくまた連絡します」

チャーリーは電話を切ってすぐ、フロイド刑事の番号へ発信した。

フロイド刑事はまだデターハウスにいた。チャーリーからの電話だとわかって、ワイリックに何かあったのではないかと不安になる。

「もしもし？　ひょっとしてワイリックが……？」

「彼女は無事だから心配ない。病院で検査するとき服をはさみで切られてしまったので、着替えをするためにいったん帰宅した。ワイリックは今すぐデターハウスへ戻りたいと言っている。きみらにも立ち会ってほしいと」

「え？　体は大丈夫なのか？」

「ふつうは大丈夫じゃないんだが、ワイリックだからね」

「わかった。われわれはまだ現場にいるので、到着したら電話してくれ。管理人室で落ち合おう」

「了解」チャーリーはそう言って電話を切った。手の甲に刺さったままの小さな木片と、傷があったはずの指先を眺める。

ベッドから立ちあがった。もうどこも痛くないのに、ひどく動揺している自分がいた。ワイリックの不思議な力を体験したせいかもしれないし、彼女を失いかけた恐怖が抜けないせいかもしれない。どちらにしても、とんでもない一日だった。そしてまだ、今日という日は終わっていない。

着替えが必要なのはワイリックだけではなかった。チャーリーの服は血だらけだ。ふたたびあの気味の悪い館の内部へ潜入するのだから、それなりの格好をしないといけない。今度こそ殺人犯を追いつめ、行方不明の女性を助けるのだ。

部屋に入ったワイリックは、ドアを閉めるとバスルームに直行した。着替える前にシャワーを浴びなくては気がすまなかった。複数の知らない人間が体にふれた。しかもそのあいだ、自分は意識を失っていたのだ。

体を洗い、何度も洗濯してくたくたになったジーンズと長袖Tシャツを着ると、ようやくひと息つくことができた。秘密の通路は寒いだろうからジャケットもはおる。素顔で人前に出るのは気が進まないが、一刻を争う状況で、きちんとメイクしている時間はない。黒のアイシャドウを出してさっとアイラインを引き、赤いフェイスペイントを綿棒につけて目尻から頬へ四粒の涙を描いた。さらわれた四人のための涙だ。口紅はぬらなかった。ある程度、素顔を隠せたことに満足してジョギングシューズに足を入れる。尻ポケットに携帯を押しこみ、部屋を出た。

チャーリーは廊下の壁に寄りかかって携帯画面を見つめていた。物音に気づいて顔をあげる。

「何か食べものを持っていこう。帰りが何時になるかわからないから」

「そんなことを言って、食事の支度をするのがいやなんでしょう?」ワイリックは眉をあげた。「でも、備えあればなんとやらって言うものね」

チャーリーはにやりとした。

階段をおり、長い廊下をキッチンへ向かう。

「ペプシはいる?」チャーリーが冷蔵庫を開けた。

　ワイリックがうなずく。そしてチョコレートバーを入れた引き出しをのぞきながらチャーリーに問いかけた。

「スニッカーズとハーシーズはどっちがいい？」

「スニッカーズだな」チャーリーはそう言って、ワイリックに冷えたペプシのボトルを渡した。

　ワイリックはスニッカーズをチャーリーに投げたあと、アーモンド入りのハーシーズチョコレートバーを自分用にとって、引き出しを閉めた。

「わたしの車で行く？」キッチンを出ながら尋ねる。

「いや」

　ワイリックが唇をとがらせる。「あっちのほうがスピードが出るのに」

「だめだ」チャーリーはジープの助手席のドアを開け、ワイリックを乗せてドアを閉めた。

　ワイリックはシートベルトを締め、ペプシのキャップを少しゆるめて、ハーシーズの包み紙をむいた。チャーリーがジープを発進させる。

「フロイド刑事に電話したんでしょう？」

「ああ。レイチェルのお姉さんにも秘密の通路のことを教えた」

「そうだ、ミリー・クリスを忘れちゃいけないわね」

「ぼくだってたまには気が利くんだ」

ワイリックは笑いそうになった。チョコレートバーを口に入れると、生きていることのすばらしさが味覚を通じて伝わってくる。チャーリーはわたしのために不可能を可能にした。素手で壁を突き破ったのだ。だから今は好きなだけ得意がらせてあげよう。

ソニーは自分の部屋に閉じこもっていた。テレビをつけ、シチューをあたため直して、日常をとりもどそうとする。

苦労してつくったアリバイを台なしにするつもりはなかった。アリバイのおかげで、少なくとも今夜は警察に目をつけられる心配がない。だいいち、そこらじゅうに警官がいるなか、目立つ行動はできない。

ただし部屋に閉じこもっていたソニーは、チャーリーとワイリックがリベンジする気満々でデターハウスに戻ってきたことに気づけなかった。

チャーリーたちは何事もなかったかのようにデターハウスに戻ってきた。ふたりが近づいてきたとき、フロイド刑事はわが目を疑った。

ほんの数時間前には意識を失い、ストレッチャーで運びだされたワイリックが、涼しい顔で歩いていたからだ。

「まったく、きみは不死鳥みたいな人だ。何はともあれ無事でよかった」

「ご心配どうも」

ミルズ刑事はチャーリーの手に視線を落として目を丸くした。包帯が巻いてあるどころか、傷あとすらない。

「……その手は？　いったいどうして？」

チャーリーは肩をすくめた。「見た目ほどひどくなかったんだ。病院で消毒してもらったから心配ない。もともと傷の治りはいいほうだし。さっそくあの通路を調べよう」

「すでに鑑識チームが指紋や毛髪を採取した」フロイド刑事が言った。

「ワイリックはレイチェルがこの建物内にいると確信している。だからどこを調べるかは彼女の勘に従おうと思う」

「了解」

ワイリックとチャーリーは刑事たちとエレベーターに乗り、レイチェルの部屋へ向かった。寝室に入ったところでチャーリーが先頭に立つ。「ぼくがいちばんに通路に入る」

ワイリックは素直にうなずいた。ところがチャーリーのあとからウォークインクローゼットに入ったとたん、壁の穴を見て凍りついた。

「足もとに注意して」木片やモルタルの散乱した床を指さして、チャーリーが言う。

ワイリックはその場に立ちつくして壁の穴を凝視していた。

「チャーリー？」

「なんだい？」チャーリーはふり返った。

「そこに扉があるのに、どうして壁を壊したの？」

「最初はそのクソ扉が見つからなかったんだ。きみはどんどん離れていくし」

ワイリックが視線をあげる。

「今〝クソ扉〟って言った？」

ワイリックの切り返しが男の子を叱る母親のようだったので、うしろにいたフロイド刑事が噴きだした。それでもワイリックはチャーリーの顔から目を離さなかった。

「ほしいものを手に入れるためには手段を選ばない主義なんでね」

ワイリックは息をのんだ。今の発言はどういう意味だろう？　刑事たちの前で、それも捜査中に、そんな思わせぶりなことを言うなんて……。

「そう」ワイリックはつぶやき、クローゼットの床に落ちていた青いペイズリー柄のスカーフを拾って右手に巻きつけた。「いいわ。先に行くならさっさとそのクソ扉をくぐってちょうだい」

チャーリーはにやりとしたあと、刑事たちをふり返った。「彼女が転ばないように注意してやってほしい。いちおう病みあがりなんだ」

「任せておけ」ミルズ刑事がワイリックのうしろにつく。

チャーリーは隠し扉をくぐった。ワイリックと刑事たちもあとに続く。通路は照明がついていた。

「それで、わたしはどこに倒れていたの？」

チャーリーは前方を指さした。「あっち側へ二十メートルほど進んだところだ。ぼくが先頭を歩くけど、とまってほしいときはそう言ってくれ。何も言われなければ歩きつづける」

ワイリックはうなずいた。通路を見まわして眉間にしわを寄せる。

「何か感じるのか？」

「犯人……犯人の気配がそこらじゅうに残ってる」

「顔は見えるか？」

「いいえ。ここに引きずりこまれた被害者が誰ひとり犯人の顔を見ていないせいだと思う。四人とも意識を失っていた」

ワイリックの淡々とした口調がかえって犯行の残虐さを彷彿《ほうふつ》とさせた。こんな場所に引きずりこまれて二度ともとの生活に戻れなかった被害者たちの絶望が伝わってくる。

「先へ進むぞ」

ワイリックは深く息を吸って、ゆっくりと吐いた。犯人の気配に神経を集中させる。犯人が残したエネルギーはどこまでも暗く、救いがなかった。この先、どんなおぞましい光景が待っているかわからない。

「行きましょう」

チャーリーは歩きはじめた。ワイリックも歩きながら、頭に浮かんだイメージをしゃべりつづけた。

「レイチェルの部屋と同じように隠し扉がある部屋が、あと三部屋ある。それがどこかまではわからない」

ソニーがワイリックを放置して逃げた場所を通ったとき、ワイリックはふり返った。刑事たちの立っているところを指さす。

「わたしはそこに倒れていたんでしょう?」

「そうだ。よくわかったな」

ワイリックは肩をすくめた。「なんとなく、重いものをおろしたような感覚がある。犯人がひとりになった感じがするの。わたしの言ってる意味がわかるかしら?」

フロイド刑事がうなずいた。「どうしてそんなことを感じとれるのかさっぱりわからないけれど、あなたの言うことは信じる。私が信じるかどうかなど、意味はないかもしれないが」

ワイリックは小さく首をふった。表情こそ変えなかったものの、フロイド刑事の信頼に胸が熱くなる。

さらに五、六メートル進んだところで、ワイリックは壁のほうを向いた。「たぶんここに隠し扉があると思う」

チャーリーが足をとめた。

「どうしてわかる?」

「犯人が壁に向かってマスをかいている」

フロイド刑事とミルズ刑事が壁を調べはじめる。取っ手を倒すと隠し扉が現れた。ドアにのぞき穴がついている。ドアを開けて反対側から確認すると、穴は装飾プレートと巧みに同化していて、よほど注意して見ないとわからなかった。

「犯人は被害者のプライベートをのぞいたあと、実力行使に出たわけか」

ワイリックは壁に手をあて、しばらくしてチャーリーを見た。

「犯人は、拉致した女たちが自分を愛していると思いこんでいた」

「最低の妄想野郎だ」

ひとしきり確認が終わってから隠し扉を閉め、先へ進む。ワイリックはさっき拾ったスカーフをなでて、レイチェルの気配を感じようとした。だが、感じるのは犯人とはちがう気配がひとつだけだ。

通路の端まで来て、ワイリックは立ちどまった。「ここにも隠し扉がある。暗いエネルギーがたまってる。犯人はさっきと同じことをしているわ」

要領を得た刑事たちは、さっきよりもスムーズに取っ手を見つけた。

部屋の住人が、寝室から声がすることに気づいて駆けこんできた。

すかさずフロイド刑事が警察バッジを見せる。

「怖がらせてすみません。私たちはダラス市警の警官で、秘密の通路やドアを調べています。このことはアパートメントの所有者にも連絡しています」

フロイド刑事の話をそっちのけで、妻が夫に向き直ってわめいた。「寝室にこんなものがあるなんて最低！　信じられない！　こんなアパートメントは今すぐに引っ越しましょう。二度と安心して家にいられないわ！」

ワイリックも隠し扉をくぐって寝室に入った。

ワイリックを見た夫婦が目を見開いて黙りこむ。妻がワイリックのほうへ足を踏みだした。

「あなた……さっきストレッチャーで運ばれませんでした？　ぐったりして……」

「もう大丈夫です。おふたりも落ち着いてください。秘密は暴かれたら秘密ではないし、危険でもありません。今回の事件はもうすぐ解決します。こんなことをした犯人は必ず捕まえてみせます」

通路のなかからチャーリーの声がした。「おい、こっちだ！　ちょっと見てくれ」

ワイリックと刑事たちは通路に戻って隠し扉を閉めた。チャーリーのところへ駆け寄って膝をつく。チャーリーは壁に向かって懐中電灯を照らし、ポケットナイフを壁板の割れ目に突き立てていた。

「何？」

「何か光るものが挟まっている。ひょっとすると……」光るものがぽろりと落ちる。チャーリーがそれを拾った。「イヤリングだ」

チャーリーがイヤリングをワイリックのてのひらに落とす。

プラチナの台座についた真珠を見つめるワイリックの脳裏に、通路を歩く男の姿が浮かんだ。男はほっそりとしたブロンドの女性を肩に担いで通路を遠ざかっていく。ワイリックの頬を涙が伝った。

「どこか痛いのか？」ミルズ刑事が慌てる。

「おそらくワイリックには、イヤリングの持ち主が見えているんだ」チャーリーが答える。

ワイリックは深い悲しみに包まれていた。ずっとむかしに誰かが残した悲しみだ。ふり返ってフロイド刑事にイヤリングを渡す。

「最初の被害者となったリンダという女性のものです。もうこの世にはいません。わたしにわかるのはそれだけ……」

フロイド刑事はイヤリングを見つめ、それからワイリックの頬を流れる涙を見た。厳かな手つきでイヤリングを証拠品袋に入れる。

チャーリーが立ちあがり、ポケットからハンカチを出してワイリックに差しだした。

「何？」ワイリックは首を傾《かし》げた。

「涙を拭け」

ワイリックは指摘されて初めて自分が泣いていることに気づき、ため息をついてハンカチを受けとった。涙を拭いてハンカチを返す。

「そろそろ通路の端だ」

「レイチェルの部屋で感じたのと同じように、床が斜めになっているような違和感がある。通路はここで終わりじゃない。きっと階段があるのよ。階段室のドアがあるはず」

チャーリーは通路のつきあたりまで進むと、右の壁を懐中電灯でくまなく照らした。これまで隠し扉はすべて右、つまり部屋のある側にあったからだ。

「反対側よ」

ワイリックに言われて向きを変え、懐中電灯で左を照らしながら壁に手をはわせる。するとそれらしき取っ手が見つかった。取っ手を引くとドアが開き、暗闇へ続く階段が現れた。

「階段の先はどうなってるの？」

「懐中電灯の光が届かないからわからない。ぼくが確かめるから、合図するまでおりてくるな」

ワイリックはスカーフを両手で握りしめた。一刻も早く下へおりたいという衝動が腹の底から突きあげてくる。

「急いでチャーリー、階段にも照明があるはずよ」

スカーフを握りしめて言うワイリックを見て、チャーリーはこれまでの事件で行方不明者の居場所を発見したときの彼女を思い出した。おそらく階段をおりた先に、レイチェルがいるにちがいない。

懐中電灯で階段を照らしながら暗闇へ足を踏みだす。半分ほどおりたところで照明が点灯し、デターハウスの新たな秘密があらわになった。

「階段の下にも通路がある」チャーリーはそう言って上をふり返った。「おりてきても大丈夫だ」

一段おりたところで、ワイリックがよろめいた。ミルズ刑事がうしろから手をのばす。だがその手が届くよりも早く、チャーリーが階段を駆けあがって彼女を抱き留めた。

「気分が悪いのか？」

ワイリックは首を横にふった。「レイチェルの部屋で感じたときと同じで、ふつうに立っているのに前に倒れそうになるの」

「ぼくの肩につかまって階段をおりろ。そうすれば転ばないから」チャーリーが言った。

ワイリックは両手をチャーリーの肩に置いて階段をおりた。いちばん下まで来て、目の前にのびる通路を見つめる。

ふいにワイリックがチャーリーを押しのけて通路を進みはじめた。大股で、せかせかと歩く。

チャーリーも無言であとに従った。

十メートルほど進んだところでワイリックは立ちどまり、叫んだ。「急いで、こっちよ！」

チャーリーと刑事が駆けつけると、ワイリックは携帯を出して何かを検索しはじめた。

「ずいぶん頑丈そうな鉄のドアだな」フロイド刑事が懐中電灯でドア全体を照らした。ドアノブはなく、右側にセキュリティーパネルがついていた。つまり鍵ではなく暗証番号で開閉するのだ。

「工具がなきゃ開かないぞ」

「待って。わたしが開けるから」

チャーリーはワイリックの肩越しに携帯をのぞきこんだ。彼女はネットで同じ型のセキュリティーパネルを検索していた。

「暗証番号がわからないとどうしようもないじゃないか」フロイド刑事が言う。

ワイリックは彼の意見を無視した。「チャーリー、セキュリティーパネルのカバーを外せる？」

「壊してもいいのか？」

「割と簡単に外れるはずよ」ワイリックは携帯に何か打ちこみながら言った。それから手をとめ、ぶつぶつと独り言を言う。

チャーリーはナイフを隙間に差しこんでフロントカバーを外した。色つきのワイヤが現れる。「次は？」

「刑事さんたち、これは見なかったことにしてね」ワイリックはそう言って携帯アプリを起《た》ちあげた。チャーリーも見たことがないアプリだ。「さがって。ちょっとだけ火花が飛ぶかも」

携帯のカメラレンズ部分から光が出て、パネルを照らした。破裂音とともに火花が散る。煙が消えると、ワイヤが焦げていた。

「今のは……いったいなんなんだ？」フロイド刑事の声が裏返る。

「まあ……レーザービームみたいなものね」ワイリックはアプリを閉じて携帯をポケットに入れた。

チャーリーがドアを押すとドアが内側に開いた。なかは真っ暗だ。懐中電灯でドアの右側を照らす。

「マットレスがあるぞ」部屋に足を踏み入れて床を照らしたチャーリーの背筋に冷たいものが走った。

「見つけた！　レイチェルだ！　これを持っていてくれ」懐中電灯をワイリックに渡す。

ワイリックが懐中電灯で照らすと、毛布をかぶって丸まっている小さな人影が暗闇に浮きあがった。

「レイチェルか？」フロイド刑事が尋ねる。

「まちがいない」チャーリーが言う。

「生きているのか？」

チャーリーは女性のそばにしゃがんで脈を調べた。

「かろうじて。ひどい熱だ」

「署に連絡！」フロイド刑事がミルズ刑事に指示した。

「ここは携帯の電波がないから来た道を戻って――」ミルズ刑事が後方をふり返る。

「このまま通路を進むと階段がある。階段をのぼると外に出られるわ」

「行け！　行け！」フロイド刑事が大声で言う。「救急車と鑑識も呼べ」

ミルズ刑事が駆けだした。

チャーリーはレイチェルの毛布をひっぱった。彼女は両手でナイフを握りしめていた。

「このナイフも証拠品袋に入れたほうがいいな」

ワイリックは懐中電灯をナイフにあてた。そのときレイチェルの喉の切り傷に気づく。

「チャーリー、首！　腕にも切り傷がある」

「自分でやったんだろうか？」

「いいえ、犯人がやったのよ。レイチェルがどうにかして犯人からナイフを奪ったんだわ」

「電球が壊れている」フロイド刑事が天井を照らした。それから床を照らす。「ガラス片がそこらじゅうに散らばってるぞ」

「レイチェルは片方しか靴をはいていないな」チャーリーはそう言って、慎重にレイチェルを抱きあげた。

「行きましょう」

「私はここに残って部屋を捜査する」フロイド刑事が言った。

ワイリックは懐中電灯で床を照らし、天井の割れた電球を照らした。「レイチェルが靴を使って割ったんだわ。電球めがけて靴を投げたのよ」

「どうしてわざわざ暗闇に?」フロイド刑事が眉をひそめる。

ワイリックは部屋を見まわした。この部屋に充満している恐怖はとても言葉に変換できない。レイチェルが何度も何度も靴を投げるところが脳裏に浮かんだ。

「犯人が戻ってきたとき、少しでも自分に有利になるようにしたかったんだわ。彼女はドアのすぐ横に、ナイフを抱えて横たわっていた。犯人を刺して逃げるつもりだったのよ」

「ところが犯人は戻ってこなかった。どうしてだろう?」

「わたしたちがデターハウスに来たからよ」ワイリックはそう言って部屋を出た。通路の先へ急ぎ、ふり返って懐中電灯でチャーリーの足もとを照らす。

チャーリーはレイチェルを抱えて階段をのぼり、地上に出た。

太陽の下で改めてレイチェルを観察すると、見える部分だけでも無数の傷があり、首の傷はひどく膿《う》んでいた。

「レイチェル、ぼくの声が聞こえるか？　もう安全だ。ぼくらはお姉さんのミリーに依頼されて助けに来た。次に目を開けたときはお姉さんの顔が見えるから、がんばるんだ」

チャーリーはレイチェルをしっかりと抱え、ワイリックとともに建物の正面に向かって歩きはじめた。

13

チャーリーとワイリックが裏口から入ってきたとき、オーナーのアレン・カーソンは管理人室前にいた。チャーリーが行方不明の女性を腕に抱えているのを見て、アパートメント内にいた警官たちがいっせいに集まってくる。警官たちはチャーリーの周囲を取り囲み、救急車が到着するとゲートへ誘導した。

管理人室の前で一部始終を見ていたカーソンは、救助された女性の衰弱しきった姿に激しいショックを受けた。

「その人は、い、生きているのか？」警官たちのうしろから声をかける。

「かろうじて」チャーリーはそれだけ言って救急車へ急いだ。

カーソンはチャーリーのうしろ姿を凝視したまま携帯をとりだし、電話をかけた。

「〈ザ・リッツ・カールトン〉でございます」

「アレン・カーソンだ。支配人につないでくれ」

「少々お待ちください」電話が転送される。

支配人と電話を終えるころには、〈ザ・リッツ・カールトン〉にデターハウスの住人全員を宿泊させる調整がついていた。アパートメントの改修工事が終わるまで、宿泊費や食費はすべてカーソンが支払う。カーソンは管理人室に入った。

「最新の住人名簿を〈ザ・リッツ・カールトン〉ホテルへ送ってくれ。この男が支配人だ。調整はすんでいる」

ウェインは支配人の名前を書き留めた。「わかりました。でも、どうしてですか?」

「住人は一時的にホテルに滞在してもらう」

「〈ザ・リッツ・カールトン〉にですか?」

カーソンはうなずいた。「名簿を送付したら住人に連絡して、このアパートメントの改築工事が終わるまでホテルに滞在してもらうので、身のまわりのものをまとめてほしいと伝えるんだ。宿泊費等はすべて私が出す。もちろんきみの分も含めてな」

「でも警察が――」

「警察とは私が話をつける」カーソンが言った。「自分の管理するアパートメントでこんなことが起こるなんて、屈辱以外の何ものでもない。これ以上、ひとりの犠牲者も出したくない」

「すぐに住人に伝えます」

ウェインからの電話で、一時間以内に住人たちのパニックはおさまった。オーナーのカーソンが速やかに秘密の通路を撤去し、通路に続くドアもつぶすことがわかったからだ。しかも工事のあいだ、自分たちは高級ホテルに宿泊できる。そういうことなら引っ越し先をさがさなくても安全な暮らしが保証される。

住人たちは安堵《あんど》していた。ソニー以外は。

ソニーはパニック状態だった。自分の部屋が監獄に思えてくる。犯人だとばれるのは時間の問題だ。

秘密の通路が発見され、レイチェルが救助された。意識はないものの生きているらしい。お愉《たの》しみ部屋も見つかった。あちこちについた指紋やDNAが採取されている。じきにアパートメントの住人全員がDNAの提供を求められるだろう。

〈ザ・リッツ・カールトン〉もソニーにとっては監獄に変わりなかった。ホテルに滞在しないならしないで、もっともらしい言い訳をひねりださないといけない。逃亡する時間を稼ぐために。

ソニーは衣類をスーツケースに詰めた。一秒も無駄にできない。荷造りが終わったところで管理人室に電話をかける。

「デターハウスです」ウェインの声がした。

「ソニーです。ホテルの件なんだけど、ぼくの場合は市内に家族が住んでいるから、アパートメントの改修がすむまでそっちへ行くよ。職場にも近いし、ホテルよりくつろげるから。携帯電話の番号は知っているだろう。何かあったら携帯を鳴らしてくれたらいい」

「わかりました」ウェインが言った。「市内に家族がいれば私もそうしたいですよ。それでは気をつけて」

「そっちも」ソニーは電話を切るとすぐ、車に飛び乗って東をめざした。


チャーリーとワイリックは歩道に立って、救急車に運びこまれるレイチェルを見送った。レイチェルは予断を許さない状態だ。それでも生きているし、病院で治療を受けることができる。ミリーとの約束は果たしたのだ。


ワイリックは消耗しきっていた。

「ジープに乗れ」チャーリーはそう言って電子キーを車に向けた。ワイリックが倒れる前に家に連れて帰らないといけない。

「でも――」

「あとは警察と医者に任せるんだ。車まで歩かないなら担いでいくぞ」

ジープに向かって足を踏みだしたワイリックがよろめいたので、結局、チャーリーは彼女を抱きあげた。

「みっともないからやめて」ワイリックが甲高い声を出す。

「よろけたのはきみだ」チャーリーは彼女をジープまで運び、車の横に立たせた。

助手席に乗ったワイリックは、ぐったりと背もたれに寄りかかった。もはやチャーリーに言い返す気力もない。薬の影響が残っているせいもあるだろう。

運転席に乗ったチャーリーは、ワイリックのほうへ身を乗りだしてシートベルトを締めてやった。

「きみはよくやった。本当に見事な働きぶりだった。少し眠りなさい。次に目を覚ましたら家だ」

「先に、ミリーに電話しなきゃ」ワイリックがささやく。

「了解。スピーカーで電話する」

チャーリーはエンジンをかけて駐車場から車を出し、ミリーの番号に発信した。

チャーリーから電話があって以来、ミリーはホテルの部屋を行ったり来たりしていた。夫がダラス行きの飛行機に乗ったとメールしてきたので、返信する。到着は夜中になるだろう。

メールがすんだところでこらえきれなくなり、椅子に座ってさめざめと泣いた。レイチエルが失踪したとわかって以来、ひとり重圧と闘いつづけて、そろそろ心が折れそうだった。眠ろうとしてもほとんど眠れず、レイチェルのことを考えると食事もろくに喉を通らない。精神的にも肉体的にも限界だ。

じっとしていることに耐えられなくなって、ふたたび立ちあがり、窓辺へ行く。見おろす通りには、ふだんと変わらない生活を送る人々が行き来していた。地球上で自分の人生だけが、一時停止ボタンを押されたみたいだ。

携帯が鳴ったので急いでとりに戻る。

「もしもし？」

「チャーリーです。レイチェルを発見しました。意識はなく、ひどく衰弱していますが生きています。〈ベイラー・スコット&ホワイト病院〉へ運ばれました」

ミリーは近くの椅子に崩れ落ち、がたがたと震えだした。

「ありがとうございます！　ありがとうございます！　妹はどこにいたんですか？　犯人は捕まりましたか？」

「アパートメントの地下の部屋に閉じこめられていました。残念ながら犯人はまだ捕まっていません。あとは警察が捜査します。われわれの目的はレイチェルを見つけることでしたから」

「そうですよね。ああ、心から感謝します。なんとお礼を言えばいいか――」

ワイリックの声がした。「ワイリックです。犯人逮捕に向けてわたしたちにもできることがあると思うので、今後も警察の捜査を手伝います。犯人を捕まえるまでぜったいにあきらめませんから」

「ありがとうございます。わたしにとってあなたたちふたりは、地上に遣わされた神の遣いです。本当にどう感謝したらいいかわかりません」

「病院まで気をつけて運転してください。ダラスの交通事情はとても悪いですから」

「やっと妹の顔が見られるんですもの。どんな渋滞だってわたしをとめられません。ありがとう！」

ミリーが電話を切った。

チャーリーはワイリックを横目で見た。彼女のまぶたは閉じられていた。

「つまり、この件はまだ終わりじゃないんだな？」

「ここで手を引くわけにはいかないでしょう」ワイリックが言った。チャーリーがイヤリングを見つけてくれたとき、頭に浮かんだイメージを思い出す。犯人に担がれたブロンドの小柄な女性の姿を。

「行方不明になっていたほかの女性も見つけてあげないと」

チャーリーは息を吐いた。「そうだね」

フロイド刑事はレイチェル・ディーンの緊急連絡先に電話をした。すでにチャーリー・ドッジから連絡がいっている可能性が高いが、警察の担当者として、管轄する地域でさらわれた女性が見つかったなら、家族に連絡するのがフロイド刑事の仕事だ。

呼び出し音に耳を澄ます。

ミリーは病院に向かって車を走らせているところだった。携帯はハンズフリーモードに設定してあったので、通話ボタンをタップする。

「もしもし？」

「ダラス市警、失踪事件担当のフロイド刑事ですが、ミリー・クリスの携帯電話で合っているでしょうか」

「はい」

「チャーリー・ドッジとアシスタントのワイリックの協力を得て、先ほどレイチェルを発見しました」

「ありがとうございます。チャーリーが電話をくれたので、病院へ向かっているところです。私立探偵を雇いたいという願いを聞き入れてくれただけでなく、協力して捜査にあたってくださったこと、本当に感謝しています。妹が生きて戻ってきて、これ以上の喜びはありません」

「よかったです。レイチェルの意識が戻ったら教えていただけますか？　犯人の話を聞きたいのです。誰が彼女をさらったのか、まだ捜査中なので」

「わかりました。犯人を捕まえたい気持ちはわたしだって同じです。妹の容態に変化があったらすぐにお知らせします」

「よろしくお願いします」フロイドは電話を切って、騒然としているアパートメントのロビーを見渡した。住人たちは大きな荷物を手に車と部屋を往復している。アパートメントのオーナーが警察に相談もなく容疑者である住人たちを移動させようとしていることを、フロイドは忌ま忌ましく思った。秘密の通路があるとわかった以上、住人たちがこの建物を離れたがるのは当然だが、それにしても……。

フロイド刑事は近づいてきたアレン・カーソンを軽くにらんだ。

「住人を大移動させるなら、せめて事前に相談してほしかったですね」

カーソンは非難されたことに対してあからさまな不快感を示した。「あなただって、彼らがこの建物で安眠できるとは思ってないだろう。賃貸契約を打ち切られる前に避難所を与えるのはオーナーとして当然の危機管理だ。それでも退去を希望する住人はいるがね。一刻も早く、あの忌まわしい通路をつぶして、隠し扉をふさがないとならん。そのあいだ、住人を一箇所にまとめて滞在させるんだから、警察には感謝されてもいいくらいだ」

「たしかにその点では捜査がやりやすいです」

カーソンが肩をすくめた。「レイチェル・ディーンが一日も早く意識を回復して、あんな恐ろしいことをしたモンスターの名前を教えてくれることを願うよ。それと、捜査に必要なものは今のうちに持っていってもらいたい。二日後には秘密の通路など、巨大竜巻のあとみたいにあとかたもなくなるのでね。この建物を購入したときに秘密の通路の存在を何も知らされなかったことが腹立たしくてならない。改築時にも見つからなかったなんて信じ難いことだ。事前にわかっていたら、かわいそうな女性たちが頭のおかしな男の餌食にならずにすんだ。そうは思わないか？」

フロイドはうなずいた。「まったくです。では二日以内に証拠を集めます」

カーソンは満足げにうなずいた。通路の存在が発覚しなかった理由は、カーソンも独自に調べるつもりだった。疑問を解決してくれそうな人物をふたり思いつく。ひとりはダラスの歴史を研究している歴史家で、もうひとりはデターハウスの元持ち主の親族だ。かなりの高齢ではあるものの、唯一の生き残りが州内にいる。もちろん面識はない。言葉を交わす必要などなかったからだ。これまでは。

ジープが屋敷のゲートをくぐったとき、ワイリックは眠っていた。屋敷の裏に車をまわし、かつてワイリックが住んでいた半地下の部屋の前に車をつける。

「着いたぞ」

チャーリーの声にワイリックは目を開け、上体を起こした。

チャーリーが素早く運転席を降りて助手席側にまわる。

窓越しにチャーリーを見て、ワイリックは中指を立てた。「自分で歩ける」

チャーリーは何も言わなかった。

ワイリックはくるりと目玉をまわしてドアを開けた。ゆっくり地面に足をつき、ふらつかないように踏んばる。ちょっとでもよろけたら、チャーリーに抱きあげられることは予想がついた。

テラスへ続く数段の階段を、手すりにしがみついてあがる。見かねたチャーリーが反対側の腕を支えてくれた。

ワイリックは倒れないでいるのがやっとの状態だったので、チャーリーの手をふりはらうことができなかった。化学療法を受けていたときを思い出す。体のなかが空洞になったみたいで手足に力が入らない。痛みや吐き気がないだけで、あのときと同じだ。

室内に入ったところで、ついにチャーリーに抱きあげられた。

「誰も見ていないんだからいいだろう。ひとりでは階段をあがるどころかエレベーターまで歩くのも無理だ」

ワイリックは黙ってチャーリーの肩に顔を預け、目をつぶった。

チャーリーは眉間にしわを寄せ、ワイリックを守るように抱えて階段をあがり、廊下を進んだ。彼女をベッドに寝かせて靴をぬがせる。

ワイリックが寝返りを打ち、シーツの上でボールのように丸くなったとき、チャーリーの脳裏には監禁されていたレイチェルの姿が浮かんでいた。涙が込みあげる。

「あとで様子を見に来るから、ゆっくり休みなさい」ワイリックの体にそっと毛布をかける。部屋を出て、ドアを静かに閉めた。

バレット・テイラーのもとに面会者がやってきた。会いに来るのは弁護士くらいのものだろうが、用件がわからない。拘置所の灰色の日々に変化をもたらすものなら、なんでも歓迎だが……。

看守に連れられ、面会室へ通される。机の向こうに座っていたのは予想どおり、弁護士のマーシュ・フィールディングだった。

テイラーも椅子に座る。

看守がテイラーの手錠をテーブルにつなぎ、弁護士に声をかけた。「私はドアのすぐ外にいます。帰るときはベルを鳴らしてください」

フィールディングはうなずいた。

看守が部屋を出たと同時に、テイラーはテーブルに身を乗りだした。「いったいなんの用だ？」

「ジェレマイア・レイヴァーが死にました。資金洗浄を依頼した武器商人に殺されたんです。ＦＢＩとＡＴＦが関係者を一斉検挙しようと捜査しています」

テイラーはショックを受けたが、すぐに立ち直った。「それが、おれにどう関係する？」

「法的にはなんの関係もありません。ただ今回の件で陪審員に与える印象はいっそう悪くなった。レイヴァーの不法行為についてあなたが何も知らなかったとしても、悪党の一味と思われるのは確実です」

テイラーは目を細めた。「そこをなんとかするのがあんたの仕事だろう」

フィールディングが肩をすくめる。「それがもうひとつのお知らせです。あなたの弁護を依頼したレイヴァーは死にました。ちなみに報酬はもらっていません。それでもまだ裁判を希望しますか？　それとも無罪の主張をとりさげますか？」

テイラーは頭がいいほうではないが、裁判の経験は豊富だ。自分がどうしようもなくまずい状況に置かれたことは察しがついた。

「あんたはどうするのがいいと思う？」

「罪を認めて陪審員裁判を避けることです。裁判官に量刑を決めてもらいなさい」

テイラーはため息をついた。「それならあんたが立ち会ってくれるか？」

「はい。前金をもらわなかったのは自分の落ち度なので、そのくらいは」

「すまない」

フィールディングはため息をついた。「これが私の仕事ですから」そう言って一瞬、ためらってから、テイラーの目を見つめた。「ひとつ忠告してもいいですか？」

「ああ」

「どちらにせよ、あなたはかなり長い時間を刑務所で過ごすことになるでしょう。そのあいだに、出所後の残りわずかな自由時間を、人を騙《だま》したり傷つけたりせずに生きる方法を考えたほうがいい。では、裁判官裁判の日程が決まったらお知らせします。とにかく問題を起こさないように」

フィールディングが面会室を出ていった。

看守に連れられて部屋に戻されたテイラーは、弁護士の助言について考えはじめた。

ファレル・キットは豚舎《とんしゃ》で作業をしていた。妻のジュディはキッチンで夕食をつくっている。庭から、子どもたちのはしゃぎ声や笑い声が聞こえてきた。もう少しでそれらすべてを失うところだったと思うとぞっとする。ジェレマイア・レイヴァーの世迷言《よまいごと》を信じた自分が愚かだった。ジェイド・ワイリックを——地獄を生き抜いた女性を、ふたたび地獄へ突き落とせなどと神が命じるはずもないのに。

ワイリックのような人間がこの世に存在するべきでないと思う気持ちはいまだにある。それでも彼女を敵にまわす危険は冒せなかった。家族にこれ以上の迷惑はかけられない。自分が刺客のひとりであることを妻以外に知られなくて幸いだった。

一日の作業を終えて、夕食のメニューに思いをめぐらせながら母屋へ帰る。妻はまだ不機嫌だが、そのうち怒りを静めてくれるだろう。

納屋の前を通りすぎたとき、一台の車が私道をやってきた。妻が二歳になる子どもを抱えて表へ出てくる。庭にいた子どもたちも遊ぶのをやめて車を見た。

運転しているのは長男の担任のミルドレッド・ピートだった。

ファレルは足を速めた。息子のジュニアが学校で何か問題を起こしたのかもしれない。

ジュニアは素直な子だが、ときどき聞き分けが悪い。

ジュディが先に車へ近づき、担任に声をかける。ファレルも遅れてそばへ行った。

「こんばんは、ミス・ピート」

担任はおかしな目つきでこちらを見た。

「何かあったんですか？」ファレルは不安になった。

「むしろ何があったのかを伺いに来たのです」ミルドレッド・ピートがファレルに向かって言った。「今日、息子さんが学校で妙なことを言いふらしていました。あなたが神のために仕事をして賞金を得たと。賞金をもらったら学校のみんなにお菓子を買って配るとも言っていました」

「なんてこと」ジュディが鋭い目で夫をにらむ。その目には純粋な恐怖も宿っていた。

ファレルは言葉を失っていた。担任の唇はまだ動いていたが、何を言っているか理解できなかった。まさかわが子が秘密を暴露するとは。そんな展開は予想もしていなかった。

子どもには何も話していないのに、どうして知っていたのだろう。

「どういうことなのか説明してください」ミルドレッドが声を大きくする。

ファレルは首を横にふることしかできなかった。ふいにジュニアがそばに来た。

「先生、今日はうちでご飯を食べるんですか?」

ミルドレッドが首を横にふった。「誘ってくれてありがとう。でも、先生は家に帰って食べるから大丈夫よ」

「うちのお父さんなら気にしないよ。お金持ちになるんだから、先生のご飯を用意するくらいなんでもないもん。そうだよね?」息子が同意を求めるように父親を見あげ、にっこりする。

ファレルは絶望的な気分で首を横にふりつづけた。「お金なんて持ってない。さあ、弟と妹を家に入れて、みんな手を洗うんだ。じきに夕食だからな」

ジュニアは担任を見てけげんそうな顔をした。

「でも、お父さんに二十五万ドルの賞金が出たってお母さんと話しているのを聞いたんだよ」

ジュディは息子の腕をつかみ、引きずるように玄関へ連れていった。ファレルと担任がその場に残される。

「やっぱりそうなのね! ジュニアの話を聞いてそうじゃないかと思ったのよ! あなたがもうひとりの刺客なんだわ!」ミルドレッドが叫んだ。「ジェサップ・ウォリスとあなたはジェレマイア・レイヴァーの戯言《たわごと》を信じた。レイヴァーなんて物騒な説教ばっかりする詐欺師なのに。神の名を口にしながら、裏では犯罪に手を染めていたのに。あの男の末路をごらんなさい！　犯罪者に殺されたのよ！　そしてあなたは自分と家族の名前に泥をぬったんだわ」

ファレルは首をふりつづけた。「ちがう、そんなことは――」

ミルドレッドがファレルの胸を指で突いた。「たいした理由もなく見知らぬ女性を殺そうとしたんでしょう！　今度は無邪気な息子を嘘つき呼ばわりするつもり？　自分を守るために息子を悪者にするの？　あなた、それでも父親？　とにかく、学校じゅうの子どもが家に帰ってジュニアから聞いた話を親に伝えるでしょうよ。だから覚悟しておいたほうがいい。あなたの薄汚い行為は白日のもとにさらされたのよ。今回のことで息子をたたいたりしたら児童保護サービスに通報しますからね。あなたの子どもはみんな保護されたほうがいい。あなたには親になる資格なんてないんだから」

「妻は何も知らなかったんだ」そう言った瞬間、ファレルは相手の言ったことを認めたも同然だと気づいた。

「やっぱり事実なのね」

ミルドレッドは携帯をとりだしてファレルの顔写真を撮ると、車に駆け戻ってドアを閉め、ロックをかけた。

ファレルは茫然《ぼうぜん》としていた。

どうして写真なんて……まさか、情報提供して賞金を得るつもりか？　そんなことをされたら全世界に自分の名前と顔が知れ渡ってしまう。正しいことをしようとしたつもりだったなどと言っても、誰にも信じてもらえまい。世間は自分を人殺しと見なすはずだ。ファレルは踵《きびす》を返して家に駆けこんだ。

ミルドレッドの車が私道を遠ざかっていく。

妻のジュディは寝室で、いちばん下の子どもを抱いてすすり泣いていた。

ファレルは妻の隣に座り、体に腕をまわそうとしたが、手を払いのけられてしまった。

「すまなかった。本当にすまなかった。担任が児童保護サービスに通報するとか言っていた。急いでここを出ないといけない。きみや子どもと離れるなんてできない」

ジュディは首を横にふった。「わたしはどこへも行かないわ。あの教会に通っていたのはわたしじゃないもの。あなたが家を出ていけばすべて解決するのよ。ここはわたしの父が残してくれた家だし、こうなったのはぜんぶあなたのせいなんだから」

「そんな、ジュディ！　本気じゃないだろう？」ファレルは叫んだ。

ジュディが立ちあがる。いちばん下の子は大人たちの怒鳴り声に驚いて大きな目をうるませ、親指を無心にしゃぶっていた。ジュディが子どもを抱く手に力をこめる。

「本気に決まってるでしょう！　さあ、荷物をまとめて出ていって」

「きみひとりで農場をやるのは無理だ！」

「なんとかするわ！　あなたのせいで町の人たちからうしろ指をさされるのはまっぴら！　子どもたちにも肩身の狭い思いはさせられない！」

「おれの子どもでもあるんだぞ！」

ジュディは一歩さがった。「あの女性を殺しに行くとき、わたしや子どもたちのことを考えた？　考えもしなかったでしょう。出ていって！　さあ、早く！　もう一秒だってあなたの存在には耐えられない！」

ファレルは頭が混乱したまま、服をバッグに放りこんだ。いちばん上に電気カミソリと聖書を入れる。

玄関まで来てうしろをふり返った。妻の目に憎しみの色が浮かんでいるのを初めて見た。もう、関係を修復することなどできそうもない。

「せめて子どもたちにお別れを言わせてくれ」

ジュディは夫の訴えに対して、出ていけと手をふった。

「だめよ。子どもたちにはわたしから話します。みんな大きくなったら真実を知るでしょう。父親が何をしたかを。さっさと出ていって。行き先を教えてもらう必要はないわ」

「離婚するつもりか？」

「すぐにね。姓も変える」

あまりの言いようにかっとなったファレルは足音も荒く家を出て、荷物を車に放りこみ、エンジンをかけた。

バックミラーをのぞくと、いちばん下の娘がポーチで手をふっていた。ファレルは前方に視線を戻し、アクセルを踏みこんだ。

14

ワイリックの寝室を出たチャーリーは、自分の部屋へ行き、レイチェルの容態に変化があったら知らせてほしいとミリーにメールを送った。服をぬいでバスルームへ向かう。レイチェル・ディーンが閉じこめられていた部屋に充満していたどす黒い気配が、服にも髪にもこびりついている気がした。肌がひりひりするまでこすってから、ようやくシャワーを出る。

残念ながらレイチェルの記憶は、湯でも石鹸《せっけん》でも洗い流すことはできない。だからこそ、どんな手を使っても犯人を捕まえなければならないのだ。レイチェルが立ち直るために。二度と同じ経験をする女性をつくらないために。

卑劣な犯人を野放しにしておくわけにはいかない。

キッチンにおりて夕食の支度を始めてもまだ、チャーリーはレイチェルのことを考えていた。あの部屋で彼女はどれほどの虐待を受けたのだろう。レイチェルは見事に生き抜いた。小柄な女性が、犯人からナイフを奪い、少しでも有利に戦うために電球を割ったのだ。

彼女の勇気は尊敬に値する。

ジャガイモの皮をむいてオーブンに入れる。今夜のメニューはステーキだ。ステーキ用の肉をたれに漬け、テラスに置かれたバーベキューグリルに火を入れたあと、ワイリックの様子を見に二階へあがった。まだ眠っているだろうと思っていたのに、ベッドは空で、バスルームから水音がした。急いでキッチンへ戻り、ステーキをバーベキューグリルに入れる。それからワイリックにメールを送った。

〝ステーキが焼けるぞ〟

五分もしないうちに厚手のソックスをはいたワイリックがキッチンに現れた。だぼだぼのスエットシャツにレギンスというくつろいだ格好だ。目の下の影はメイクではなく本物のくまだった。

チャーリーはギザギザスライスのポテトチップスとフレンチオニオンディップソースを指さした。「オードブルだ」

「まあ、コース料理なのね」ワイリックは笑いを含んだ声で言いながらテーブルにつき、ポテトチップスをディップソースにつけて口に入れた。「とってもいいお味」

チャーリーは肩の力を抜いた。皮肉を言う気力があるなら本調子に戻りつつあるということだ。

「ベイクドポテトとリブアイステーキを用意した。サラダはどうする？」

「マーリンのトマトが食べたい」ワイリックが靴下をぬいでボウルをつかむ。

「一緒に行くから待て」

「ひとりで平気よ。まだ明るいし、温室ならテラスから見えるでしょう」

「体は大丈夫なのか？」

ワイリックはうなずき、ポテトチップスをもう一枚ディップソースにつけて口に放りこむと、裸足《はだし》で庭へ出ていった。

チャーリーも皿とトングをつかんでテラスに出た。

ワイリックはすでにテラスをおりて温室へ向かっていた。

素早く庭を見まわして異状がないことを確かめる。それからバーベキューグリルのふたを開けてステーキの焼き具合を確かめた。あと数分は焼かないとだめだ。チャーリーはトングを持ったままワイリックを見守った。

温室に明かりが灯《とも》り、トマトの植わった区画へ向かうワイリックの影がガラス越しにぼんやりと浮かびあがる。満足そうな笑みを浮かべている彼女を想像して、チャーリーの口もとがゆるんだ。ワイリックはマーリンのトマトが大好きだ。もちろんチョコレートにはかなわないだろうが……。

ステーキの焼け具合を確認してひっくり返す。視線をあげるとワイリックがボウルを抱え、トマトをつまみながらこちらに戻ってくるところだった。

「ぼくの分も残しておいてくれよ」階段をあがってくるワイリックに声をかける。

「四つくらいでいい？」

チャーリーはにやりとした。「ずいぶんケチだな」

「食べものに関してはね。ステーキはあとどのくらいで焼ける？」

「四分くらいでいい？」

チャーリーが口調を真似《まね》て言い返すと、ワイリックもにやりとした。「四分以上は待たないから。お腹が減って死にそうなの」

チャーリーはワイリックの足もとに視線を落とした。「体が冷えないうちに部屋に入れ。ステーキが焼けたらぼくも行くから」

ワイリックは素直にキッチンへ入って、トマトを洗った。チャーリーが、香ばしい肉の香りとともに戻ってくる。

「席について」チャーリーが言った。「今日はなんにもしなくていい。きみはそれだけの活躍をしたんだから」

ワイリックは誇らしげな表情で席についた。皿に料理をとって黙々と食べはじめる。空腹が和らいできたところで、彼女はフォークを持つ手をとめた。

「ねえ、チャーリー」

チャーリーが口のなかのものをのみこんでから言った。「なんだ？」

「レイチェルの容態について連絡はあった？」

「いや。だがミリーには、変化があったら知らせてほしいとメールしておいた」

「よかった」ワイリックはベイクドポテトを頬張った。しばらく咀嚼《そしやく》したあと、ふたたび口を開く。「明日は家にいられる？」

「もちろん。最初からそのつもりだ。きみは体を休めなきゃならない」

「ありがとう。目覚ましをかけないで好きなだけ眠りたいわ。何も考えずに。ここは静かで安心できる」

チャーリーはステーキを食べるワイリックを観察した。これほどの人物が――苛酷な運命に打ち勝った女性が、心から欲しているのは〝静かで安心できる場所〟なのだと思うと切なかった。できることなら一生、その欲求を満たしてやりたい。


ミリーが病院に到着したとき、レイチェルの手術は始まっていた。手術室のあるフロアで待つよう指示される。

急いでエレベーターへ向かう。ドアの前に五、六人の人たちが待っていた。ついに妹と対面できると思うと膝ががくがくする。

ドアが開くと同時にエレベーターに乗りこみ、手術室のある階のボタンを押したあと、倒れないように背後の手すりにしがみついた。

横に立った女性がミリーの腕に手を添える。「震えているようですけど、大丈夫ですか?」

声を発したら泣きそうで、うなずくのが精一杯だった。

手術室のある階にエレベーターがとまり、ミリーのほかにふたりが降りた。それぞれ別の方向へ散っていく。ミリーはナースステーションへ直行した。

ミリーに気づいた看護師が顔をあげる。「ご用件は?」

「ミリー・クリスといいます。レイチェル・ディーンの姉です。妹は手術中なので、この階で待つように言われたんですが……」

看護師がうなずきながらメモをとる。「廊下をまっすぐ行って左に待合室があります」

「どうも」ミリーは言われた方向へ歩きだした。頭のなかを子ども時代の記憶が次々とめぐる。

レイチェルが六歳のとき、木登りをしておりられなくなったことがあった。両親は出かけていて、家にはミリーとレイチェルしかおらず、ミリーはどうやって妹を助ければいいのか途方に暮れた。

木の下でパニックを起こしている姉を見て、幼いレイチェルは意を決したように木をおりはじめ、結局、自力で下までおりてきた。

十五歳のときは、初めてのデートをすっぽかされたのに、落ちこんだり恥ずかしがったりするどころか、ろくでもない男にひっかかったと笑い飛ばした。

両親が事故で亡くなったときも、妹がいたから乗り越えられた。レイチェルは小柄だが心が強い。今回も全力で犯人と戦ったにちがいない。だから生きて帰ってくることができたのだ。

待合室に入って窓際の席に腰をおろす。病院にいること、レイチェルが手術中であることを夫にメールした。

もうすぐ夫が来てくれると思うとうれしかった。夫の顔を見たいし、あたたかな胸に抱きよせられたい。チャーリー・ドッジの電話がつないでくれた希望の光を、夫とふたりで守るのだ。

午後八時をまわり、待合室にはミリーしかいなくなった。

時間が経《た》てば経つほど不安が増す。足音が近づいてきたので顔をあげると、手術着を着た若い男性が待合室の入り口に立っていた。

「レイチェル・ディーンのご家族ですか？」

ミリーは勢いよく立ちあがった。「はい！　妹の容態は？」

「どうぞ、座ってください」医師が言い、自分もミリーの隣に腰をおろした。「執刀医のハワードです。レイチェルは手術を乗り越えました。まだ油断できない状態ですが」

ミリーは泣きはじめた。安堵《あんど》と不安の入りまじった涙だった。「ひとまず生きていてよかったです。容態を教えてください。事実をありのままに知りたいです」

ドクター・ハワードはうなずいた。「まちがった期待を抱かせたくないので正直に言います。妹さんは今も危険な状態です。搬送されてきたときから重い感染症にかかっていて、かなりの高熱があるので、投薬治療をしています。ほかにもあばらが折れ、脾臓《ひぞう》が破裂しかかっていました。これについては脾臓を摘出し、あばら骨を正しい位置に固定しました。脾臓が破裂していたら、発見される前に出血多量で死亡していたでしょう。助かったのは奇跡です。それから申しあげにくいのですが、妹さんは性的暴行を受けていました。おそらく一度ではありません。性器の裂傷は縫合しました。てのひらと膝、そして足の裏にガラス片が刺さっていまして、すべて抜いて消毒するのに時間がかかりました。片方の眼球に傷がありましたが、ごく浅い傷なので視力は問題ないと思います。あとは肺炎に注意が必要です」

「い、意識は?」

「まだ一度も戻っていません」

「わ、わたし、警察が犯人を捕まえられなかったら、一生かかっても見つけだして復讐《ふくしゅう》します!」

ドクター・ハワードの目に同情の色が浮かんだ。「そう思われるのも当然だと思います。

しかし妹さんは負けなかった。だから今、ここにいるのです」

「むかしから強い子なんです」ミリーはうなずいた。「あの、体はもとどおりになるんでしょうか？　回復の可能性は……？」

「正直に伝えてくれと言われましたので事実を言いますね。これから二十四時間、いや三十六時間が山場でしょう。そこを乗りきれば回復の可能性がぐっと高くなります」

ミリーはうなずいた。「ありがとうございます。あの子を救ってくださって、本当にありがとうございました」

「感謝なら彼女を発見した人たちにするべきだ。妹さんは今、リカバリー室にいますが、いずれは集中治療室へ移されます。そうすれば面会できます。ただし時間制限がありま す」

ミリーはうなずいた。「わかりました。先生方も含め、妹を助けてくれたすべての人に感謝します。ありがとうございました」

「それでは私はこれで」ドクター・ハワードは待合室を出ていった。

立ちあがったところでミリーはよろめいた。何時間も待合室にいて、口にしたのはコーヒーだけだ。これから長丁場になるだろうし、今のうちに食べておかなければ体がもたない。とはいえ、もう病院のカフェテリアは閉まっている。

ほかに選択肢がないので、待合室の隅に置かれた自動販売機で何か買うことにした。ピメントチーズサンドイッチ（ピメントとチーズとマヨネーズを使った南部料理。ピメントは辛くない唐辛子）とポテトチップスと冷たい飲みものを買い、機械的に口に運ぶ。

食べ終わったあと手を洗ってナースステーションへ行き、集中治療室の場所を確認した。ミリーはふたたびエレベーターに乗った。レイチェルが生きているとわかっているので、今度はまっすぐに立っていられた。集中治療室の待合室に入り、小さなソファーに腰をおろして夫にメールを送る。続いてチャーリー・ドッジにもレイチェルの容態を知らせた。

チャーリーはベッドに戻ってテレビを観《み》ていた。着信音が鳴ったので携帯を見る。ミリーからだとわかってすぐにメールを開いた。内容を読んだチャーリーは、一瞬ためらったあとでワイリックにメールを転送した。眠っていて気づかなかったとしても、明日の朝、目を覚ましてすぐに読んでほしいと思ったからだ。

ワイリックはまだ起きていたので、着信と同時にメールを読んだ。複雑な感情に襲われる。

レイチェルはまだ生きている。かろうじて。処置の内容を読んで、改めて彼女がどれほどの暴行を受けたかを知った。凄惨なレイプに耐えたのだ。必ず犯人を捕まえて、罰を受けさせなければならない。

ミリーのメールをもう一度読んでから、ワイリックはチャーリーに返信した。

〝警察と協力してなんとしても犯人を捕まえましょう。このまま終わらせたら自分を許せない〟

携帯を充電器にセットしてベッドに横たわったものの、眠りは訪れなかった。眠ろうとすればするほど目が冴《さ》える。ついに上掛けをはいでウールのソックスをはき、書斎へおりた。

レイチェルが失踪しているあいだ、ずっとあのアパートメントに閉じこめられていたのだとしたら、犯人は同じアパートメントの住人である可能性が高い。彼女をすぐそばに置いて、都合のいいときにもてあそんでいたのだ。試しに最初の被害者が行方不明になったときにデターハウスに住んでいた人をリストアップして、二番めの被害者が行方不明になったときと比べてみた。そのうち、今でもデターハウスに住んでいるのはふたりしかいない。

J・J・バーチはデターハウスに住んで十四年めで、リース会社を経営している。もうひとりは株式仲買人のルー・ヌーニスで、十二年前からデターハウスに住んでいた。

モニターに示された名前をじっと見つめ、ひらめきを待つ。どちらかが自分の体にふれたというのに、何も覚えていないことが悔しかった。鎮静剤で意識が鈍っていたせいだ。ともかくふたりの名前をチャーリー経由でフロイド刑事に伝えることにする。警察はすでに知っているかもしれないが、万が一ということもある。この情報があれば捜査時間が大幅に短縮されるはずだ。

午前二時に書斎を出てキッチンへ向かうとチャーリーがいた。視線の先には溶けかけたアイスクリームの入った皿がある。

ワイリックは向かいの席に座って皿を指さした。

「食べないの?」

チャーリーが皿をワイリックのほうへ押した。「どうぞ」

遠慮なくアイスクリームを口へ運びながら、ワイリックは質問した。「何してるの?」

「きみが起きて、書斎へおりたのがわかったから、ベッドに戻るまでここで時間つぶしをしていたんだ」

ワイリックは動きをとめ、チャーリーを見た。

「わたしが起きたから、あなたも起きてきたというの?」

チャーリーは無言だった。「さっさとアイスクリームを食べろ」

「そもそもあなたのアイスクリームだけどね」ワイリックはそう言ってスプーンを口に運んだ。舌の上でアイスを溶かしながら尋ねる。「ところでこれって何味?」

「バニラだ」

ワイリックはアイスクリームをのみこんでからチャーリーの顔の前でスプーンをふった。

「質問の仕方を変えるわ。バニラ味のアイスクリームに何をかけたらこんな味になるの？」

「ピーナツバターと砕いたコーンフレーク、それにグレープジャムをひとすくい入れた」

ワイリックはうなずいた。「グレープジャム！　なるほどね」そう言ってもうひと口食べる。

「好きか？」

「くせになりそう」

チャーリーはワイリックをまじまじと見た。ワイリックもそのアイスクリームと同じだ。予想外の要素が組み合わさって絶妙な魅力を放っている。くせになる。

「ペプシは？」

ワイリックがうなずく。

チャーリーは立ちあがり、ビールとペプシを持ってきた。アイスクリームの皿はもう空だ。ワイリックが例の表情を浮かべている。

「きみは、ぼくの知らない何かを知っているな？」ペプシを渡しながら尋ねる。

「ええ。レイチェルがアパートメントの敷地内にいたということは、ほかの被害者もあの部屋に閉じこめられていたと考えるのが自然だと思うの。つまり最初の犠牲者が出たときからデターハウスに住みつづけている人がいちばん怪しいということになる」

「なるほど」

「調べたらずっと住んでいる男がふたりいたの。あそこに住んで十四年めと十二年めの住人が。警察も同じことを考えているとは思うけど、念のために名前を伝えたほうがいいと思って」

チャーリーがうなずいた。「容疑者を絞りこめる」

「ええ。もちろん、デターハウスとまったく関係ない第三者の犯行という可能性も消えたわけじゃないけど……」

「住人以外の犯行ならあんなところにレイチェルを監禁するはずがない。ぼくはきみの推理が正しいと思う」

「ええ」ワイリックはペプシをひと口飲んだ。「レイチェルの意識が戻って犯人の名前を教えてくれたら楽なのに」

「そうだな。そういえばきみの賞金レースはどうなった？」

ワイリックは肩をすくめた。「まだ情報の真偽を確認していないの。明日やるわ」

「じゃあ、今日はもう寝るかい？」

「起きて待っていてくれなくてよかったのに。あなたはわたしの子守りじゃないんだから」

「たしかに子守りじゃない。仕事のときは上司だし、仕事以外のときはボディーガードだ。どちらのときも友人だし」

ワイリックはペプシをもうひと口飲んだ。「だったらどうして起きてきたの？」

「腹が減ったからさ。結局、アイスクリームはきみにとられたけどね」チャーリーがとぼける。

チャーリーの思いやりがうれしかったので、ワイリックはそれ以上、追及しないことにした。

「とにかく、わたしはベッドへ戻るわ」そう言ってペプシを手にとる。

「持ったまま走っちゃだめだぞ」チャーリーがボトルを指さす。

ワイリックはつんと顎をあげてキッチンを出た。

残されたチャーリーは食器の片づけを始めた。階段のほうから、ワイリックの笑い声が聞こえたような気がした。洗い物を終えてキッチンの電気を消す。二階へあがり、彼女の部屋の前で足をとめた。そしてドアの下からもれる明かりが消えるまで、そこに立っていた。

自分の部屋に入ってベッドに横たわり、目をつぶる。今日のようにワイリックが弱みを見せることはめったにない。だからこそ手をふれずにいるのが難しかった。油断すると抱きしめてしまいそうだった。

自分にとって彼女はぜったいに失うことができない存在だ。だからこそ軽率な行動には出られない。だったらどうすればいいのか、答えのない問いについて考えているうち、眠りに落ちていた。

レイ・クリスの乗った旅客機がダラスフォートワース空港に着陸したのは、真夜中を過ぎたころだった。荷物を受けとって病院に移動するのに四十五分かかり、夜間出入り口をさがすのにさらに十五分かかった。集中治療室の待合室で寝ているミリーを発見したのは午前一時過ぎだ。

レイはスーツケースをソファーの横に置き、妻の頭に手を置いて、やわらかな茶色のカールをもてあそんだ。

「ミリー?」

ミリーが目を瞬《しばたた》き、さっと起きあがる。

「ああ、あなた! 来てくれたのね。疲れたでしょう?」

レイは妻の横に座って、きゃしゃな肩に腕をまわした。

「もっと早く来なきゃいけなかった。ひとりにしてごめんよ。レイチェルの容態は? 何か変化はあったかい?」

「最後にメールしたときから容態は変わっていないわ。一時間前にやっと顔を見ることができたんだけど……」ミリーは嗚咽《おえつ》をこらえるように手で口をふさぎ、何度か大きく深呼吸をした。「本当にひどい様子だった。全身……傷だらけで」

「かわいそうに」レイは妻を抱きよせて、なだめるようにやさしく揺すった。

ミリーが堰《せき》を切ったように泣きだす。

「レイチェルは本当によくがんばった。昨日の今ごろは生死すらわからなかったことを思えば、すぐそこにあの子がいるなんてまさに奇跡だ。チャーリー・ドッジを雇って正解だった」

「わたしもそう思う」ミリーはそう言って夫の肩に頭をつけた。「あなたが提案してくれたおかげよ。わたしね、あなたと結婚してよかったと心から思う。レイチェルのこともわが子のように面倒を見てくれた」

レイがほほえんだ。「面倒を見たといっても、おむつを替えたわけでもないし、反抗期に手を焼いたわけでもない。レイチェルが初めてうちに来たときはもう大学生だったからね」

ミリーは小さく笑い声をあげた。肩にのしかかっていた不安が少しだけ軽くなる。

「子どものころだって、ぜんぜん手がかからなかったのよ。自分のほしいものがわかっていて、それに向かってこつこつ努力する子だった」

「そうだね。だからこそ今回も生きのびることができたんだ。生きると決めて犯人と戦った。今だって、また一緒に暮らせるように治療をがんばってくれている。退院したら、今度はぼくらがレイチェルを支えなきゃいけない。以前のレイチェルと同じようにはいかないかもしれないけれど、ありのままを受け入れよう。前よりも強い女性になったのはまちがいないんだから」

ミリーは時計を見た。「一時の面会は寝過ごしてしまったけれど、二時の面会には行けるわね」

「ぼくも顔が見られるのかい？」

ミリーがうなずく。

「ふたりまで入れるの。ほかの患者さんの迷惑にならないように注意しないといけないけど。集中治療室に入っている人はみんな症状が重いから」

レイがうなずいた。「レイチェルの顔を見て、ぼくらがついてるってことを伝えられれば充分だ。意識がなくても声は届くかもしれない」

「そうね。最初に面会したときはショックすぎて名前を呼ぶのが精一杯だった。あなたが来てくれたから、今度はもっと落ち着いてあの子に声をかけられると思う。お腹が空《す》いているなら自動販売機で軽食を売ってるわよ。そんなに悪くなかった。カフェテリアは六時半にならないと営業しないの」

「今は、きみを抱きしめていられれば充分だ」

レイとミリーは時計を見つめ、レイチェルに会えるときを今か今かと待った。

レイチェルは闇のなかにいた。救出されたことも、手術のことも、姉と義理の兄がすぐそばにいることも知らなかった。清潔なシーツややわらかな上掛けがもたらす安らぎも感じていなかった。衰弱しきった肉体はかろうじてこの世に踏みとどまり、点滴から投与された抗生剤が高熱と闘っていた。

レイチェルは、自分が安全な場所にいることを知らなかった。

救助されないなら今すぐ死にたいと願いつづけていた。

彼女が絶望の淵《ふち》からはいあがるにはまず、目を覚まさなければならない。目を覚まして、救助されたことを認識すれば、死にたいとは思わなくなるはずだ。

看護師が入れ替わり立ち替わり様子を見に来ても、面会時間に姉たちがベッドの脇に立っても、明け方に執刀医が容態を確認に来ても、レイチェルの意識は戻らなかった。

レイチェルがいるのは無音の世界だった。

無音の闇だ。

彼女は何もわからないまま、ただ呼吸をしていた。

人生がふたたび動きだすのを、じっと待っていた。

小学校教諭のミルドレッド・ピートは不安に押しつぶされそうだった。夜、電気の消えた家のなかを歩きまわって、ファレル・キットが自分の口を封じに来るのではないかとびくついていた。

自分にあんなことをする度胸があったとはいまだに信じられない。ファレルの息子、ジュニアを憐《あわ》れむ気持ちもあった。ジュニアは素直ないい子だが、あの父親の息子だという十字架を死ぬまで背負わなければならない。

ジュディ・キットにも同情していた。彼女は夫のしようとしていたことを何も知らなかったにちがいない。この町の人なら誰でも、ジュディが子どもを連れてバプテスト教会に通っているのを知っている。ジェレマイア・レイヴァーのカルト集団にはまっていたのは夫のファレルだけだ。

そう、レイヴァーの教会は町の人から〝カルト集団〟と呼ばれていた。今回のことでそれが事実だと証明された。

ファレルを密告することについて、迷わなかったといえば嘘になる。だが、自分がやらなくても誰かがやった。ミルドレッドは六十歳を迎え、教鞭《きょうべん》をとるのも今年が最後になる。二十五万ドルの賞金があれば退職後も安心して暮らせると思った。

ただ、密告者だと町の人に知られるのはいやだった。小さな町なので噂《うわさ》はすぐに広まる。ひとまず賞金は、どこか別の町の銀行に預けなければならない。

太陽が昇るころ、ミルドレッドはキッチンで朝食をとっていた。大量の洗濯物を洗濯機に放りこんだあと、口座を開設するためにバトン・ルージュへ出かける。引き出しの靴下のなかにクリスマス用のお金を貯《た》めていたのが五百ドルほどになっていたので、ひとまずそれを入金することにした。

今日は土曜だ。つまり学校は休みだが銀行も昼までしか営業していない。バトン・ルージュまで車で一時間かかるので、到着したときには銀行はすでに開いていた。無事に口座を開設して帰路につく。これで賞金の振り込み先ができた。

ワイリックにはすでにメールを送った。あとは返事を待つだけだ。

ワイリックが目を覚ましたのは朝の八時過ぎだった。寝返りを打って時間を確認し、のびをする。なんの約束もないのんびりした朝の時間を堪能してから、起きてシャワーを浴びた。

着替えをすませ、ミリーにレイチェルの容態を尋ねるメールを送ってからキッチンにおりる。

コーヒーをつくり、冷蔵庫とパントリーをのぞいた。

パンケーキとベーコンが食べたい気分なのだが、そもそもパンケーキの作り方がわからない。ベーコンを焼くときに、跳ねた油で火傷《やけど》をするのもいやだ。

料理は危険をともなう。

結局、シリアルですますことにした。トッピングの果物は何にしようか考えていたとき、チェリートマトの入ったボウルが目に入った。しばらく考えたが朝からそこまで味の冒険をする勇気もないので、冷蔵庫からブラックベリーを出した。

ブラックベリーをつまみながらシリアルを皿に出していると、チャーリーが入ってきた。

スプーンをふりながらブラックベリーを咀嚼する。

チャーリーがにっこりした。「それは〝おはよう〟って意味だな」

チャーリーがコーヒーを注《つ》ぎ、トーストをつくって冷蔵庫からバターとジャムを出した。

「フロイド刑事に電話した？」ワイリックはシリアルを口に運びながら言った。

チャーリーが首を横にふる。「きみもいるところで電話したほうがいいと思ったんだ。質問されたときに都合がいい」

ワイリックはうなずいた。ふと、携帯にメールが届いた。ミリーからだ。

「ミリーが、レイチェルの容態は安定しているって。熱が少しさがったそうよ。医者はいい兆候だと言ってるって。ミリーのだんなさんも昨日の夜、病院に着いたんですって」

「それはよかった」

ワイリックはうなずいた。シリアルを食べ終えて流しへ皿を運び、テーブルに戻って携帯でその日のニュースをチェックする。

本当はニュースにたいした興味はなかった。ただキッチンに残って、食事をするチャーリーを見ていたかっただけだ。彼は何をしていてもセクシーだ。親指についたバターをなめとるしぐさまで。

チャーリーも食べ終わって皿をさげ、コーヒーのお代わりを注いでテーブルに戻ってきた。

「じゃあ、警察に電話するかい?」

「ええ」ワイリックは携帯を置いた。

チャーリーはフロイド刑事の番号に発信し、携帯をスピーカーにしてテーブルに置いた。呼び出し音が鳴りつづけたので、ワイリックは眉をひそめた。「今日は土曜だから休みなのかも?」

「殺人鬼が野放しなのに休むはずがないさ」チャーリーはそう言いつつも、このままだと留守番電話になる確率が高いと思った。ちょうどそのとき、相手が電話に出た。

「チャーリー、待たせてすまない。母のところに息子を預けに行ったんだ。どうかしたのか?」

「ワイリックが昨日の夜、新たな事実を発見した。きみらも気づいているかもしれないが、念のために知らせておこうと思ってね。携帯をスピーカーにしているから本人から説明してもらうよ」

「レイチェル・ディーンの意識が回復しないから捜査が手詰まり状態だった。どんな情報でも助かる」フロイド刑事が言った。「おはよう、ワイリック。どうぞ聞かせてくれ」

ワイリックが口を開いた。「レイチェル・ディーンがアパートメントの敷地内に監禁されていたということは、誘拐犯も同じ建物に住んでいる可能性が高いと思う。そうすれば好きなときにレイチェルのところへ行けるでしょう？ それで、以前に女性たちが消えたときにもデターハウスに住んでいた人を調べたら、最初の被害者からレイチェルの事件まで継続して住みつづけている人はふたりしかいなかった。どちらも男性よ。ひとりめはJ・J・バーチで、十四年前からあそこに住んでる。もうひとりはルー・ヌーニスで十二年前から」

「よくそんな古い情報にたどりついたね。こっちはまだそこまで調べられていなかった」

「言っておくが、調査方法は詳しく追及しないほうがいい」チャーリーがつけ加える。

一瞬の沈黙のあと、フロイド刑事が笑った。「了解！ ワイリック、ありがとう。でもきみも襲われたばかりなんだから体を休めなきゃだめだぞ」

「時間がないのよ」ワイリックが言った。「犯人は必ず逃亡する。早くそのふたりを捕まえて話を聞いたほうがいい」

「それが、もうあのアパートメントには誰もいないんだ。アレン・カーソンが、経費は自分持ちで住人を〈ザ・リッツ・カールトン〉へ移してしまった。住人のほとんどが賃貸契約を解除しようとしていたんだから、オーナーとしてやむを得ない判断といえばそのとおりなんだが……。あの建物も二日後には改築工事が始まって秘密の通路やドアはつぶされるから、それまでに捜査を終えるよう言われたよ」

　ワイリックは顔をしかめた。「よくない展開だわ。おそらく犯人はすでに逃走しているでしょうね。そいつが捕まらないと、過去に行方不明になった三人の女性たちを見つけることができない。さすがに三人がまだ生きているとは思わないけど、せめて遺体を見つけてあげたい。行方不明のままで終わるなんてあんまりだもの。ふつうの人には心配してくれる家族や愛する人がいる。でも世の中にはひとりぼっちの人も大勢いる。いなくなったことさえ誰も気づいてくれないなんて本当につらいことよ。わたしにはわかるの」

　フロイドはしばらく沈黙したあと、咳払《せきばら》いをした。「わかった。午前中にはホテルへ行って事情聴取をする」

「何かつかんだらこちらにも教えてほしい。ワイリックは事件をこのままにするつもりがないんだ。警察が逮捕できないなら、ぼくらがさがしだす」

「わかった。事情聴取のあとで電話する。情報をありがとう、ワイリック」

「もうひとつ。もしふたりのうちのどちらかと連絡がとれないときは、すぐにそいつの部屋の捜索令状をとって。わたしが調べるから。部屋のなかに手がかりがあるなら、必ず見つけだす自信があるの」

　フロイドがためらった。「それは――」

チャーリーが口を挟む。「警察の邪魔をする意図はまったくないし、手柄にも興味はない。ぼくらを部屋に入れることを上司へ報告する必要さえないんだ。部屋で見つけたものはすべてきみらに渡すから」

「わかった。なんとか調整をつけるよ。じゃあ、あとで」

15

ソニー・バーチは実家の裏のポーチに立って、オレンジやピンクの光を放ちながら昇る朝日を見ていた。あと何回、こうして日の出を眺めることができるだろう。

こんな結末を迎えるはずではなかった。とはいえ先のことを考えて行動するのは苦手だ。子どものころから、どちらかといえば〝今を生きる〟タイプだった。いよいよそのツケがまわってきたのだ。

昨日の夜、ベッドに入る前に服をぬいで、鏡に映る自分を見た。胸には醜いかき傷があるし、青紫のグラデーションを見せるペニスが股のあいだに力なくぶらさがっている。

会社には電話で、しばらくダラスを離れる旨を伝え、マネージャーに社長代理を頼んだ。社員はやるべきことがわかっているので、会社の経営は心配していない。問題は自分自身の身の振り方だ。

太陽がある程度の高さに達して、朝焼けのショーが終わった。

家の裏手に目をやって、かつて農場を駆けていた馬や、牧草をはんでいた牛のことを考える。

ため息が出た。

何もかも変わってしまった。

永遠に残るものなどひとつもない。記憶以外は。

裏庭の境のフェンス沿いに生える三本の木が目に留まる。木の下にはベンチがあった。ソニーはポーチの階段をおりた。女たちにあいさつするときが来たのだ。三人のうちのどの女に対しても特別な思いがある。最終的に関係がうまくいかなかったとしても。


フロイド刑事とミルズ刑事が〈ザ・リッツ・カールトン〉に到着したのは午前十時前だった。まっすぐフロントへ行き、警察バッジを見せる。

「ダラス市警のフロイド刑事とミルズ刑事です。デターハウスから来た宿泊客のうち、ふたりの部屋番号を知りたいのですが」

「確認しますのでお名前をどうぞ」

「J・J・バーチとルー・ヌーニスです」

フロント係がぱちぱちとキーボードをたたく。「ミスター・ヌーニスは四六六号室にお泊まりですが、J・J・バーチという名前でご宿泊のお客様はいません」

フロイドはミルズを見て眉をひそめた。「ウェイン・ダイアーの携帯番号を知っているか？」

「いや」ミルズ刑事が首をふる。

「ウェイン・ダイアーの部屋番号も教えてもらえますか」フロイド刑事はフロント係に尋ねた。

キーボードをたたく音がして、フロント係が応えた。「四〇二号室です」それから近くのテーブルに置かれた電話を指さす。「あちらの電話で部屋番号を押せば、内線がかけられます」

「ありがとう」フロイド刑事はさっそくウェインに内線をした。

ウェインはベッドに寝転がってテレビを観《み》ていた。電話が鳴ったのでテレビを消音にして電話をとる。「もしもし？」

「ミスター・ダイアー、フロイド刑事です」

「ああ、フロイド刑事。何かご用ですか？」

「ホテルに宿泊していない住人と話したいのですが。名前はJ・J・バーチです。彼がどこに滞在しているか知っていますか？」

「J・J・バーチ？　そんな人は……いや、そうか、ソニーのことですね。ソニー・バーチです。ソニーはホテルにいません。昨日、管理人室に電話をしてきて、ダラス市内に家族が住んでいるからそちらへ行くと言っていました。職場にも近いし、そのほうが落ち着くからと」

「ああ、なるほど。ソニーの携帯番号はわかりますか?」

「たしか住人名簿を持ってきたはずです。ちょっと待ってくださいね」ウェインは電話を置いて書類を調べた。名簿が見つかったので受話器をとる。「わかりました。メモの用意はいいですか?」

「教えてください」フロイド刑事は番号を書き留めた。

「職場の番号もありますからお知らせします」ウェインは番号を読みあげた。

「助かりました。ついでなのでルー・ヌーニスの番号も教えてもらえますか? ホテルの部屋にいないかもしれないので」

「もちろんです」ウェインがヌーニスの番号を読みあげる。「彼は株式仲買人なんですが、土曜も出勤しているかもしれません。あの、レイチェル・ディーンの容態を知っていたら教えてもらえませんか。住人のみなさんも心配していますから」

「手術は無事に終わったそうです。今は集中治療室にいて、意識は回復していないとのことでした。われわれもそれ以上はわかりません」

ウェインはため息をついた。「そうですか。回復を祈ります。本当にむごたらしい事件です。必ず犯人を捕まえてください。あんなことをするやつは人間の皮をかぶったばけものだ」

「全力を尽くします。ご協力ありがとうございました」フロイド刑事はそう言って電話を切った。すぐにルー・ヌーニスの部屋番号を押す。相手は電話に出なかった。

「ホテルへ来たのは無駄足だったな」ロビーを出て車へ向かいながら、ミルズ刑事が言う。

「そういえば管理人との電話で言っていたソニーっていうのは誰のことだ？」

「J・J・バーチはソニーと名乗っていたらしい」フロイド刑事は車に乗り、メモをとりだしてまずヌーニスに電話をした。


ルー・ヌーニスはオフィスでクライアントと会っていた。携帯が鳴ったので発信者を確認する。

「失礼、大事な電話なので少々、席を外します」

クライアントがうなずく。

ヌーニスは立ちあがって廊下に出た。「もしもし？」

「ミスター・ヌーニス、こちらはダラス市警のフロイド刑事です。いくつか質問したいのですが、今、お時間はよろしいですか？」

「ひょっとしてレイチェルが誘拐された件についてですか？　もしそうなら私にできることはなんでもします。彼女は大事な仲間ですから。仕事、仕事で、アパートメントのイベントにはあまり参加しませんでしたが、一緒にいて楽しい人でした。それで、何を知りたいんですか？」

フロイド刑事はヌーニスの協力的な姿勢を評価した。だが、大嘘つきの可能性もある。

「あなたはデターハウスに住んでどのくらいになりますか？」

「さて、どのくらいになるでしょう。十一年？　いや、今年で十二年めですね。テキサス州内に身内はいないんですが、デターハウスはとても雰囲気がよくて、おかげで寂しく感じたことはありません」

「ご結婚は？」

「今はしていません。離婚してデターハウスに来たので。それがどうか──」

「あそこに住みはじめてから、レイチェル以外で住人の女性が行方不明になったことはありませんか？」

「ありませんよ。レイチェルがいなくなってこれほどの騒ぎになっているんですから、ほかに行方不明の女性がいたら気づかないはずがない」

「昨日の朝はどちらに？」

「職場にいました。同僚に訊《き》いてもらえばわかります。ワイリックという女性が拉致されたのも、レイチェルが発見されたのも、管理人から電話をもらうまで知りませんでした。住人は全員、一時的にホテルへ移ることになったと、管理人のウェインが知らせてくれたんです」

「わかりました。今のところ、質問はそれだけです。ありがとうございました」

「あの、レイチェルの容態を尋ねてもいいですか?」

「もちろんです。手術を終えて集中治療室にいます。まだ意識は戻っていないと思います」

「かわいそうに。彼女の回復を心から祈ります。容態を教えてくれてありがとうございました」

「こちらこそ」フロイド刑事は電話を切った。

「ヌーニスにうしろ暗いところはなさそうだ」ミルズ刑事が言った。

フロイドはうなずいた。「よし、次はソニー・バーチを調べよう」ソニーの番号に発信する。呼び出し音が何度かしたあと、留守番電話に切り替わった。

「ミスター・バーチ。ダラス市警のフロイド刑事です。都合がつき次第、折り返し電話をいただけると助かります」そう言って電話を切る。

「留守番電話か?」

フロイドはうなずいた。「すぐに切り替わったところからして、携帯の電源を切っている可能性が高いな。職場に電話してみよう」

教えられた番号に電話すると、はきはきした女性が電話に出た。

「お電話ありがとうございます。〈ミッド・テキサス・リーシング〉のチェルシーです」

「おはようございます。ダラス市警のフロイド刑事です。ソニー・バーチと話したいのですが」

「申し訳ありません。社長はただいま不在です。マネージャーのダリルならおりますが」

「それではマネージャーをお願いします」フロイドはそう言って電話口で待った。しばらくして男性が電話に出る。

「お電話を代わりました。ダリルです」

「ダラス市警のフロイド刑事です。あなたの上司と連絡をとりたいんですが」

「社長は昨日、会社に電話をしてきて、しばらくダラスを離れると言っていました。携帯番号ならわかりますが、お教えしましょうか？」

「旅行か何かですか？」

「いえ、急だったので。でも社長にはもともとそういうところがあるんです。携帯番号は必要ですか？」

「お願いします」念のため同じ番号であることを確認する。

「ほかにご用件は？」

「社長から連絡があったらダラス市警に電話するよう伝えてください。失踪事件担当のフロイド刑事を呼びだしてください」

「承知しました」

電話を切ったあと、フロイド刑事は相棒を見た。

ミルズ刑事が肩をすくめる。「逃亡した可能性が高いな」

「そのようだ。署へ戻ってソニー・バーチの住んでいた部屋の捜索令状をとろう。ワイリックが調べたがっていた。彼女なら、何か見つけてくれるかもしれない」


今日はステイホームの日と決めている。チャーリーはワイリックの邪魔をしないように自分の部屋にいた。それでも静まり返った屋敷で数時間を過ごすと、ワイリックが何をしているのかが気になりはじめた。

ワイリックのいる書斎をのぞいたチャーリーは、キーボードの上を飛ぶように走る細い指に見とれた。その指を動かしている脳はさらに高速で回転しているにちがいない。

「人のことをじろじろ見ない」ワイリックがこちらをふり返りもせずに言った。

「ふつうに見ているだけさ。そろそろ腹が減ったんじゃないかと思って」

「まだ平気」ワイリックの指はとまらなかった。

チャーリーは書斎の入り口に立ったまま、ポケットに両手をつっこんだ。

「ぼくは腹が減った」

「わたしは料理しないわ」パソコンに新たな画面が現れ、ワイリックが何やら入力する。

チャーリーは声をあげて笑った。

「あなたが料理するの？」

「いや、デリバリーを頼もうと思って。ゲートで受けとるならいいだろう」

「それならわたしも食べたいかも。何を注文する？」

「中華料理にしようかな」

ようやくワイリックの手がとまり、視線があがった。

「いいわね。春巻きと鶏肉《とりにく》の甘酢炒《いた》めと餃子《ギョーザ》が食べたい。豚ひき肉の餃子が好きなの」

「わかった。届いたら呼ぶよ」

「ダックソースとホットマスタードを忘れないで」

「了解。それだけでいいのか？」

「チャーハンも食べる。あなたは何にするの？」

チャーリーは片眉をあげた。「それだけの量をひとりで食べるつもりか？」

ワイリックが目を細める。「残ったら明日食べるの。それが楽しみなんだから。だいたいあなたはモンゴリアンなんとか（モンゴリアンビーフ、細切れにした牛肉と青ネギを炒めてとろみのあるソースを絡めたアメリカの中華料理）とエビチャーハンを大盛りで頼むんでしょう。ところで三人めの刺客の名前がわかったの。詳しいことは昼食のときに話すわ」

チャーリーが何か言う前に、ワイリックはパソコン画面に視線を戻した。後頭部から首の優美なラインにどきりとする。

こちらは出前で何を頼むかまで見透かされているのに、彼女に関してはわからないことだらけだ。チャーリーはやれやれと首をふりながら書斎のドアを閉めた。

チャーリーが書斎から出ていったあと、ワイリックはミルドレッド・ピートから届いたメールをもう一度読んだ。ミルドレッドはルイジアナ州ポーレットで小学校教諭をしている。彼女によれば、ジュニア・キットという名前の児童が友だちと遊んでいるとき、父親が刺客のひとりだと無邪気に話したらしい。放課後、家に行って問いただしたところ、父親のファレル・キットも事実を認めたという。

ワイリックは満足げにうなずいた。ファレル・キットを三人めの刺客と断定してよさそうだ。ファレルの電話番号は、レイヴァーの携帯の発信記録に残っていた番号のひとつと一致した。ファレルがまだ自分をつけ狙っていないかを確認するために、トラッキングアプリを起《た》ちあげて電話番号を入力する。そしてどこかの基地局が電波を拾うのを待った。数分後に番号がヒットした。ファレルの携帯がオハイオ州のハイウェイを北に向かっていることがわかって、ほっと息をつく。

ついでにジェサップ・ウォリスの居場所も確認したところ、ノースダコタ州を移動していた。どこであろうとダラスから遠ければ遠いほど安心だ。

刺客の身元がわかったので、ハンク・レインズ捜査官に情報を送る。ＦＢＩにも目を光らせてもらうためだ。それから預金を預けている銀行のひとつに電話をした。

頭取とビデオ通話をして本人証明をする。

「これからふたつの口座に大金を送金します」

「承知しました。ミス・ワイリック。ひょっとして先日のニュースで流れていた賞金の件でしょうか？」頭取が尋ねる。

「ええ。どちらの口座も違法なものでないことを確認しました。受取人の名前がもれることはないですね？」

「もちろんです。当行からお取り引きの情報がもれることは断じてありません」

「信頼しています」

「では送金担当者につなぎますのでこのままお待ちください」

それから十五分以内に送金手続きが終わった。

ワイリックはマスコミ用に作成した原稿ファイルを開き、残るふたりの刺客の写真を載せた。ためらいはなかった。どういう理由であれ、このふたりは他人の命を奪おうとしたのだから、相応の報いは受けてもらう。顔写真と名前を公表すれば、一生、世間の監視下に置かれるが、刑務所にぶちこまれないだけ感謝してもらいたいものだ。

送信をクリックする。前回と同様、マスコミ各社に情報が送られた。

暴力に屈するつもりはないし、逃げも隠れもしない。そう世間に印象づけるだけでも似たような輩《やから》に対する抑止になる。

これでよし。パソコンを閉じて手を洗い、チャーリーをさがしに部屋を出た。階段をおりて玄関の前を通りすぎようとしたとき、表に人影を見つけた。チャーリーだ。軽快な足どりで正面ゲートへ向かっている。ワイリックは足をとめてその背中に見入った。ゲートのすぐ外に配達の車がとまっている。昼食が届いたのだ。

キッチンへ入ってアイスティーをグラスに注《つ》いだとき、チャーリーが戻ってきた。

「それで、賞金は送ったのか？」チャーリーが袋から料理を出しながら言う。

ワイリックは割り箸をつかんで席につき、箱を開けた。餃子をひとつつまんで口に入れ、おいしさに目を見開く。

チャーリーがにやりとした。「うまいか？」

ワイリックはイエスの代わりに割り箸をふり、餃子をのみこんでアイスティーを飲んだ。

「無事に送金したわ。三人めはファレル・キットという男だった。ジェレマイア・レイヴァーの携帯から発信された番号と携帯番号が一致したからまちがいない。で、情報をもらしたのは誰だと思う？　小学生の息子よ。自分が父親を追いつめることになるとは思いもしなかったんでしょうね」

「悲惨だな」

ワイリックはうなずいた。「ファレルの息子が友だちに話しているのを聞いた小学校教諭がぴんときて、ファレル本人を問いつめたら、自分だと認めたんですって。小学校教諭はファレルの写真を撮って一目散に逃げたそうよ。いい度胸だわ」

「刺客のふたりが今、どこにいるのかわかっているのか?」

「ジェサップ・ウォリスはノースダコタ州にいて、ファレル・キットはオハイオ州を北上してる」

「ふん。ふたりとも一生カナダにいればいいんだ」チャーリーはつぶやいた。モンゴリアンビーフの箱を見つけてフォークを手にとる。箸は食べにくいからだ。

それからふたりは、レイチェル・ディーンの事件について話し合いながら中華料理を食べた。そろそろ食べ終わるころ、フロイド刑事から電話があった。

チャーリーが電話に出る。「ワイリックもいるからスピーカーにする。用件をどうぞ」

「捜査の進展状況を連絡する約束だから電話した。ヌーニスについてはアリバイがあった。ワイリックがさらわれたときは職場にいて、これは同僚に確認をとったからまちがいない。管理人から電話をもらって初めてレイチェルが発見されたことと、残りの住人がホテルに移動することを知り、帰宅して荷造りをしたそうだ」

「J・J・バーチは?」

「J・J・バーチもしくはソニー・バーチは、ホテルにはチェックインしていない。昨日、管理人に電話をして、ダラス市内にいる家族のところへ行くと言ったそうだ。ソニーは自分の会社にも電話をして、しばらくダラスを離れるから社長代理をするようマネージャーに指示をした。そのあと携帯の電源を切っている。電話してもすぐに留守番電話につながる状態だ」

「逃げたな」

「逃走しているのか、潜伏しているのか、いずれにせよバーチの部屋を捜索する許可を申請しているところだ」

「ひとつ質問なんだけど、バーチの家族と連絡はとれた？」

「これまで調べたところによると、テキサス州内にバーチの身内はいない。両親も祖父母もすでに亡くなっている。いとこがふたりいるようだが、ひとりはカリフォルニア州で、もうひとりはモンタナ州に住んでいる」フロイド刑事が答えた。

「わたしもそのあたりをもう少しさぐってみるわ」

「ソニー・バーチの部屋の捜査令状がとれたらメールをくれ」チャーリーが言った。

「今、裁判所へ向かっているからそう時間はかからないと思う。じゃあ、あとで」フロイド刑事が言い、電話を切った。

チャーリーは携帯をポケットにしまってチャーハンの残りを平らげた。

「まだ春巻きが残っているけど、食べる？」

「いいのか？」

「のろのろしてると気が変わるかも」ワイリックは春巻きの入った容器をチャーリーのほうへ寄せた。

チャーリーがにっこりする。「いただくよ」

「召しあがれ」

「からしも使っていいか?」アイスティーの横に置いてある小袋を指さす。

「もちろん。でもチャーハンの残りはあげませんからね」

「了解」

「お昼をごちそうさま。外出に備えて着替えるから、フロイド刑事からメールが来たら教えて」

「そのスエットシャツとレギンス姿でいいじゃないか」

「冗談はやめてよ。あなたの前以外でこんな格好をするつもりはないわ」ワイリックは空の容器をごみ箱に捨て、女王のような身のこなしでキッチンを出ていった。

チャーリーはワイリックが最後に言った言葉を反芻《はんすう》しながら春巻きを食べ、後片づけをした。

ワイリックはすでに戦闘モードに入っていた。レイチェルをあんな目に遭わせた犯人を逃しはしない。部屋に戻って赤いVネックのシャツと黒のレザーパンツに着替える。シャツのボタンはウエストのなかほどにひとつしかないので、ドラゴンのタトゥーがよく見える。

着替えが終わると書斎へ行き、ソニー・バーチの両親と祖父母について調べた。テキサス州内にバーチ家が所有する土地家屋が残っていれば、やつはおそらくそこにいるだろう。

16

ソニー・バーチの不動産記録を調べるのにそれほど時間はかからなかった。所有者の死亡にともなう名義変更の情報をたどっていくと、ダラス市内で、かつてソニーの母方の祖父母が所有していた建物を見つけた。ただし、すでに所有権は第三者に移っている。

もうひとつ、ダラス郊外に父方の祖父母が所有している農場があって、現在の持ち主は孫のジョセフ・ジョナサン・バーチになっていた。J・J・バーチはソニー・バーチと社会保障番号が一致する。しっぽをつかんだ。あとはソニー・バーチが農場にいるかどうかを確かめるだけだ。

別のパソコンでサテライトサーチを起動する。GPS情報を入力すると農場付近の衛星画像が映った。農場の部分を拡大する。

ソニー・バーチはリース会社を経営しているので農場を人に貸している可能性もあるが、ともかく今、敷地内に人がいるかどうかを確認したい。縮尺を大きくしていくと納屋やフェンスが視認できるようになり、二階建ての母屋も判別できるようになった。

荒れた様子からして誰も住んでいないようだ。庭の草はのび放題で、収穫を待つ牧草のように頭を垂れている。電気が通じているかどうかも怪しい。

ところが納屋を拡大すると、入り口付近に割と新しいモデルの車がとめてあった。さらに拡大して車種を特定し、ナンバープレート部分を拡大する。

ナンバープレートが読めたところで車両管理局のシステムにハッキングして、車両ナンバーを入力した。

ヒット！

「ここにチャーリーがいたら〝きみは最高だ〟って言ってくれるのに」ワイリックはつぶやいた。

ソニー・バーチの車でまちがいない。衛星画像と車両ナンバー情報をフロイド刑事に送る。そのあとふたたび衛星画像を見た。母屋のドアが開いて、フロントポーチに男が出てきた。

首のうしろがひやりとした。この男がソニー・バーチだ。車両管理局の証明写真を見たからわかる。衛星画像を保存して顔の部分を拡大する。

平凡な顔立ちの男だった。四十半ばという年齢相応で、鼻筋がかすかに曲がっていた。鼻の骨を折ったことがあるのだろう。細い顎、色素の薄い目、髪はブロンドがかったグレーだ。

この男に拉致されかかったのだと思うとぞっとした。この男の手が、自分の体のあちこちにふれたのだ。それなのに通りですれちがっても気づかなかったかもしれない。

この男がレイチェルやほかの犠牲者を誘拐し、性的に虐待した。チャーリーが助けてくれなければ、わたしは五人めの犠牲者だったかもしれない。喉の奥に苦いものが込みあげる。スクリーンに顔を近づけて男の顔をにらみつけた。

「もうすぐ捕まえてやるから覚悟しなさい。報酬なんていらない。あんただけはぜったいに逃がさない」

廊下から足音が聞こえた。おそらくフロイド刑事から捜査令状の件で連絡があったのだ。ソニー・バーチの写真や不動産関係の書類をひとつのフォルダにまとめ、フロイド刑事にメールで送信したとき、チャーリーが書斎に入ってきた。

「出かけるぞ」

「フロイド刑事に電話して」

「でもこれから現地で――」

「今すぐ電話して」

チャーリーが携帯をとりだしてフロイド刑事の番号に発信する。

フロイド刑事が電話に出た。

「捜査令状のメールは届いたか？」

「さっき見た。ワイリックから何か連絡があるようだ。スピーカーにする」

「やあ、ワイリック。今度はどんな魔法を見せてくれるんだい？」

「ソニー・バーチはダラス郊外にある父方の祖父母の農場を相続した。ハイウェイ80の北側で、エルモとエッジウッドの中間よ。あいつは今、その農場にいる」

「どうしてそんなことがわかる？」

「納屋の前にバーチの車がとめてあるのを衛星画像で確認したの。車の型式とナンバープレートから、それがバーチのものだということは確認ずみよ。ポーチに立っている本人の写真もある。ぜんぶメールに添付してあなたのアドレスに送ったわ」

「……どうやって衛星画像を入手したかは訊《き》かないでおく。すぐに現地の保安官事務所に連絡してソニー・バーチの事情聴取を依頼する。ぼくらはすでにデターハウスへ向かっているんだが、きみらも来るかい？」

「もちろん」

「だったら現地で会おう。それからワイリック、またしてもきみに助けられたよ。チャーリーのところを辞めるなんてことがあればぜひうちに――」

「彼女はぼくのものだ。横どりは許さない」

チャーリーの言葉にフロイドが声をあげて笑う。チャーリーはまだ相手が笑っているのも構わず電話を切った。

ワイリックは立ちあがった。座っているワイリックを見おろしていたチャーリーの視線と、タトゥーのドラゴンの視線がぶつかる。

チャーリーは顔をあげ、胸のドラゴンを指さした。「にらまれているんだけど、ぼくは味方だって言い聞かせておいてもらえるかな」

「わざわざ言わなくてもドラゴンは知ってる。あなたの準備がよければ、わたしはいつでもオーケーよ」

チャーリーは足もとの地面が傾いたような衝撃を受けた。

「準備って、つまりそれは……？」

「出かける準備よ。わたしに運転してほしいの？」

現実に頭をはたかれて、チャーリーは小さく首をふった。

「いや、ぼくが運転する。さあ、行こう」


チャーリーたちがデターハウスへ向かっているころ、フロイド刑事は郡保安官に連絡して、レイチェル・ディーンとジェイド・ワイリックを拉致した容疑でJ・J・バーチを事情聴取するよう依頼した。保安官は直ちにふたりの部下を農場へ派遣した。

数時間後には保安官事務所へ連れていかれるとも知らず、ソニーは農場でのんびりした朝を過ごしていた。心のどこかで逮捕されるのは時間の問題だと知っていたが、それを夢の出来事のように感じてもいるのだった。

昨日の夜は埃《ほこり》の積もったマットレスにシーツもかけずに寝た。そういうマットレスに女たちを寝かせてきた報いが来たことを、暗示していたのかもしれない。日が昇ってから、三人の女が眠る場所を訪れる。

時間が経《た》つにつれて風が強くなってきた。ポーチへ戻って空模様を確認する。北の空に黒い雲が広がりはじめている。テレビの天気予報によればオクラホマ州のほうから嵐が南下しているらしい。テキサスもなんらかの影響は受けるだろう。アパートメントから多少の食糧を持ってきたが、永遠にここにいるわけにもいかない。農場へ寄ったのは女たちに別れを告げるためだ。果たしてそれは正しい判断だったのかどうか、今となっては自信がなかった。

長く空き家だった農場はあらゆるものが埃をかぶっていた。家具もベッドが一台と、キッチンに古ぼけたテーブル、そして二脚の椅子があるだけだ。不衛生な場所は嫌いだが、今回ばかりはそんなことも言っていられない。

胸のかさぶたをかきむしりたい気持ちをぐっとこらえる。胃が空腹を訴えていた。バッグからツナ缶とクラッカーを出し、テーブルにつく。

かつてこのキッチンは明るく照らされ、コンロの上の鍋から、いつもうまそうなにおいがただよっていた。家のなかには祖母と母の笑い声やおしゃべりが響き、窓から、農作業をする祖父と父の姿が見えた。すべてソニーの妄想が始まる前のことだ。

女性を傷つけたいという衝動を初めて感じたのはいつのことだったろう。十代も後半になると衝動はどんどん強くなった。大人になってから娼婦《しょうふ》で欲望を発散し、性病をうつされたことでますます女性に対して暴力的になった。

やがて娼婦では物足りなくなり、ふつうの女性を求めるようになった。きちんとした家庭で育てられた聡明《そうめい》な女たち。そして拒絶された。

拒絶に慣れていなかったソニーはどうしていいかわからず、ますます不安定になった。それが今につながっている。警察から逃げて、廃屋でツナ缶とクラッカーを食べている。缶のなかに残ったツナをクラッカーですくいとったとき、外からエンジン音が聞こえたような気がした。クラッカーを平らげて立ちあがる。近づいてくるのがダラス郡保安官事務所の車だとわかっていっきに緊張する。

ふたりの保安官が車を降り、拳銃に軽く手を置いた状態で玄関へ歩いてきた。ソニーは古い家を最後に見まわしてから、ごみをまとめてバッグに入れた。

ノックの音が響く。

ソニーは目を閉じ、古い家に満ちた静寂が自分を守ってくれるところを想像した。その静寂を、保安官の声が破る。

「J・J・バーチ！　ダラス郡保安官事務所から来た。ドアを開けなさい！」

ついにソニーは白旗をあげた。自殺するほどの度胸はない。刑務所がどんなところか知らないが、いずれわかるのだろう。チャーリー・ドッジとワイリックさえいなければ、永遠にゲームを楽しむことができたのに。

ふたたびノックの音が響いた。

ソニーはキッチンの窓をちらりと見てから、玄関へ行き、ドアを開けた。

「J・J・バーチか？」

ソニーはうなずいた。「何事ですか？」

「ダラス市警より逮捕状が出ている」

「なんの容疑ですか？」

「レイチェル・ディーンに対する誘拐および暴行と、ジェイド・ワイリック誘拐未遂容疑だ。両手を背中にまわせ」

ソニーは素直に従った。弁護士を要求することも、逮捕状を確認することもしなかった。

レイチェル・ディーンに逆襲され、ワイリックにとどめを刺された。

手錠が、ソニーの両手をきつく締めあげた。保安官たちがソニーの体を服の上からたたいて武器の有無を確認する。その手が胸をたたいたとき、ソニーは思わず声をあげた。下腹部をたたかれたときも同じだった。

「傷があるんだからそっとやってくれ」

保安官がシャツをめくってひっかき傷を確認する。

「友だちの猫にやられたんだ」

「五本指の猫か」

「玄関のドアに鍵をかけてくれないか。獣や浮浪者に家を荒らされたくない」

保安官のひとりが鍵をかけ、もうひとりがソニーを車へ連れていった。

フロイド刑事はアレン・カーソンに電話をした。部屋を調べるのにバーチ本人を立ち会わせることができないので、アパートメントのオーナーであるカーソンに捜査令状の件を伝える。

カーソンは衝撃を受けた。「デターハウスの住人が誘拐したのか？」

「有力な容疑者です」

「なんてことだ。私も立ち会ったほうがいいかね？」

「いえ、われわれがソニー・バーチの部屋を調べることを承知しておいていただきたいだけです」

「わかった。好きに調べてくれ。犯人が逮捕されれば、ほかの住人も安心して部屋に戻れるというものだ。それからデターハウスの歴史について、私もちょっと調べてみた。歴史協会はたいした情報を持っていなかったが、元所有者の親戚が通路の謎を解いてくれた。

デターハウスの初代オーナーが亡くなったとき、屋敷を相続した男がジェントルマンズクラブにするために大規模な改築をした。秘密の通路は会員が人目につかずに出入りできるように設置されたそうだ。あの隠し扉はかつてふつうのドアで、ドアの向こうに高級娼婦が待っていた。ジェントルマンズクラブの所有者が亡くなったあと、ボストンに住んでいた親戚が経緯を知らずに屋敷を相続し、そこからさらに所有者が変わってリフォームされ、やがて通路や扉のことは忘れ去られてしまったということだった」

「なるほど、それならすべて説明がつきますね。とにかく、全面的に改築することになってよかったです」

「まさしく。あんなおぞましいものはさっさとなくなったほうがいい」

「はい。情報をありがとうございました」フロイド刑事は電話を切った。

玄関ホールで待っているとチャーリーとワイリックが到着した。

フロイド刑事は車から降りて玄関へ歩いてくるチャーリーのたくましさに感心し、その直後、ワイリックに目を奪われる。スキンヘッドで胸もないのに、ワイリックにはなんともいえない色気があった。

同僚のミルズ刑事も同じことを思ったようだ。

「まったく、チャーリー・ドッジはラッキーな野郎だ」

「あのふたりはそういう関係じゃないと思うけど。チャーリーは若年性アルツハイマーで長患いをしていた奥さんを亡くしたばかりだし、ワイリックはもう何年もチャーリーのアシスタントをしているし。もちろん仕事のパートナーとして、あれ以上の組み合わせはないだろうが」

チャーリーとワイリックが入ってきたので、刑事たちは口をつぐんだ。

「秘密の通路ができた経緯がわかったぞ」フロイド刑事は言った。「アレン・カーソンが調べてくれたんだ」先ほど仕入れた話を繰り返す。

チャーリーは目を丸くした。「つまり、裕福な男たちが人目を気にせず女遊びをするためにつくられたってことか」

「秘密も嘘も、いつかは露呈するってことね」ワイリックが言う。

「そのとおり。では、ソニー・バーチの部屋を調べるか」

チャーリーがうなずいた。「早く行こう」

刑事たちを先頭に、四人は一階のいちばん南にある一一五号室へ向かった。

「この部屋だ」フロイド刑事が鍵を開けて室内に入り、照明のスイッチを押した。

ワイリックはまず部屋から部屋へ移動して、間取りや家具をチェックした。左手のリビングにはガス式の暖炉があり、それを囲むように造りつけの家具や本棚が配置されている。

「レイチェル・ディーンの部屋と間取りが逆だな」チャーリーはワイリックに目をやった。

「気分は悪くないか？」

ワイリックはうなずいた。「大丈夫。犯人の気配を感じとろうとしているだけ」

「何かわかるか？」

ワイリックが肩をすくめる。「明かりがついていても暗い印象の部屋だってことくらい。全体をざっと見てから細かく調べることにする」

「きみらは自分のペースで調べてくれ。何か見つけたら声をかけてくれればいい」フロイド刑事が言った。

「わたしはこっちの部屋から見る」

「一緒に行くよ。前回はきみをひとりにして、あやうく二度と会えないところだったからな。あんな思いはもうごめんだ」

ワイリックは黙って部屋から部屋へ移動を始めた。何も感じない。最後に入った寝室で、棚に置かれた小物を手にとり、ソニーの気配に神経を集中させた。暗いエネルギーにあたって気分が悪くなったことを除けば、なんのイメージも浮かばなかった。おそらく被害者が一度もここに立ち入らなかったからだ。

「被害者の遺品や犯行の証《あかし》みたいなものは見つかりそうにないわ。ソニー・バーチはとても慎重で……忍耐強い男ね」

「それはまちがいないな」衣類の入った引き出しを調べていたミルズが言った。「犯行の間隔がこんなに広い殺人事件は初めてだ。きみがほかの被害者の存在に気づいてくれなかったら、レイチェルが四番めの被害者だってことはわからないままだったろう」

「そのとおりだ」バスルームから出てきたフロイド刑事が言う。「きみに言われて過去の記録を調べたことで、少しずつ事件の全貌が見えてきた」

「というと？」チャーリーは尋ねた。

「どうしてほかの女性が行方不明になったときに捜査が打ち切られたか、理由がわかったんだ」

フロイド刑事は、三人の女性たちから管理人宛てに、急な都合で引っ越したことを知らせる手紙が届いたことを告げた。

「三通の手紙を並べてみたところ筆跡が同じだった」ミルズ刑事が言う。

フロイド刑事がうなずいた。「しかも手紙を受けとった管理人は、三人ともちがう人物だった。だから前にも似たようなことがあったと気づかなかったんだ。犯行の間隔があまりにも開いていたので、失踪事件を担当している刑事もデターハウスで次々と女性が行方不明になっているとは思いもしなかった」

「連続殺人犯は往々にしてディテールにこだわる。偽装した手紙が見つかったということは、ソニーの筆跡がわかるものがあれば比較できるな」チャーリーが言った。「被害者から送られてきた手紙の筆跡と一致すれば、やつが有罪だという証拠になる」

「このアパートメントに書斎はないけど、リビングに小さい書き物机があったから、そこを調べればいいんじゃないかしら。仮にこの部屋で見つからなかったとしても、職場なら見つかるでしょうし」

刑事たちを寝室に残して、ワイリックとチャーリーはリビングへ行った。

「ぼくはキッチンを調べる。買い物リストを手書きでつくっていた可能性もあるから」

しかしソニーは買い物リストをつくらないか、携帯のメモ機能を使っていたようだ。キッチンではとくに収穫がなかった。

リビングへ移ったチャーリーは、まっすぐ書き物机に向かった。一方のワイリックは本棚に目を留めた。並んでいる本のタイトルはフィクションもあれば自己啓発書もあるといった具合で、ばらばらだ。不動産の本もある。ただ、誰もが知っているような名作はなかった。文学作品は読まないようだ。何も考えずに並べただけという雰囲気で、種類によって分類すらされてはいなかった。まるで本棚を埋めるためだけに並べたような……本のなかに何かを隠そうとしているような……。

ワイリックはそんなことを思いついた自分に驚いた。

「ねえ、チャーリー」

チャーリーが動きをとめ、顔をあげた。

「なんだい？」

「本棚を調べましょう」

ワイリックはうなずき、さっそく暖炉側のいちばん下の段から本を抜いた。ページをぱらぱらとめくり、最後は逆さにしてふる。

チャーリーも反対端から同じことを始めた。一冊ずつ調べて、調べ終わった本を床に投げる。その最中にフロイド刑事とミルズ刑事が入ってきた。

「いったい何が始まったんだい？」フロイド刑事が尋ねた。

ワイリックは肩をすくめた。「なんとなくここが怪しい気がするの」

「本棚？」

「手伝うよ」

四人がかりで本を調べては床に落とす作業が始まった。最上段はチャーリーしか手が届かないので、チャーリーが本を抜く係になり、三人は下で受けとって調べた。何度めかに本を抜いたとき、本のうしろに挟まれていた何かがぱたんと倒れた。

「おっと」チャーリーはまず、手にしている本をフロイド刑事に渡した。

「何？」ワイリックは尋ねた。

「今抜いた本のうしろに本が挟まってたんだ」

「なんの本？」

チャーリーは手さぐりで本をつかみ、ひっぱった。

「『ビロードのうさぎ』っていう絵本だよ」

「初めて聞くタイトルだわ」ワイリックが手をのばした。「見せて」

チャーリーは驚きを顔に出さないようにしながら、絵本をワイリックに渡した。『ビロードのうさぎ』はアメリカの子どもなら誰もが一度は読むような定番の絵本だ。それをタイトルも聞いたことがないとは……。

ワイリックは本を開き、貴重なものにふれるような手つきでカバーに書かれた文章をなでた。

「〝かわいいソニーへ、おばあちゃんより〟ですって」

「形見の品か」フロイド刑事が興味をなくして別の本を調べはじめる。

ワイリックにはそれだけとは思えなかった。逆さまにしてふってみる。

「ページがとれたぞ」チャーリーが言った。

しゃがんで拾うと、絵本のページではなかった。「折りたたまれた紙よ」

紙を開く前から、行方不明の女性たちに関係するものだと直感した。

「地図だ」チャーリーが言う。「それもただの地図じゃなくて、土地測量図の一部を切りとったものだ。この線が敷地の境界線で、この記号はその土地が測量され、売られた記録だ。半分になっていたり、四分の一になっていたり、さらに細かく区画されている場所もある」

ワイリックは測量図をつかんでじっと見つめた。最初に点を見つけたときは、古い地図によくある染みだと思った。しかしよく見ると、インクで書かれた点だ。測量図を書き物机の上に広げて、点の上に手を置き、目を閉じた。すぐに最初の被害者の顔が浮かんだ。ふたりめの女性、三人めの女性と続く。三人の女性は泣いていた。火傷《やけど》をしたように測量図から手を離し、フロイド刑事に渡す。

「これはソニーが潜伏している農場の測量図で、その点は三人の被害者が埋められた場所を示している」

フロイド刑事が地図を見つめた。「どうしてわかる?」

「点にふれたら三人の顔が見えたから」

フロイド刑事がまいったというように首をふった。「きみたちふたりがいなかったら三人の存在も忘れられたままだった。ソニー・バーチは何食わぬ顔で生活し、死ぬまで犯行を繰り返したかもしれない。とくにワイリックは自分の身を危険にさらしてまで捜査に協力してくれた。きみらの活躍を世間に知らしめるべきだ」

「気持ちだけ受けとっておく。ワイリックの人生をこれ以上複雑にしたくないんでね」チャーリーが言う。

「ああ……それもそうだな」フロイド刑事はうなずき、測量図を丸めた。メールの着信音が響く。内容を確認したフロイド刑事がにやりとした。「保安官事務所の連中がソニー・バーチを捕まえたよ。抵抗しなかったそうだ」

「卑怯者《ひきょうもの》だからよ。女性を傷つけるのは平気でも、自分が傷つくのは怖いのね。ソニー・バーチは自白する。得意満面でしゃべるでしょうよ。女性たちの遺体も見つかる。捜査を手伝わせてくれてありがとう」

チャーリーはワイリックの肩に手を置いた。

「それじゃあ家に帰ろうか」

「その前に、レイチェルの様子を見に病院へ行きたい。それからペプシとハーシーズがほしい」

チャーリーは眉をあげて刑事たちを見た。「彼女の秘密がわかっただろう。この天才は炭酸飲料とチョコレートでできているんだ。それじゃあ、ぼくらは先に失礼する」

刑事たちの笑い声を背に、ふたりはソニーの部屋をあとにした。

デターハウスを出てからも、ワイリックの耳には笑い声が聞こえていた。刑事たちの声ではなく、女性の笑い声だった。一度は世間から忘れられた被害者たちが、ふたたび発見されたことを喜んでいるのだ。

ハイウェイで事故があったせいで、レイチェルの病院まで一時間もかかった。渋滞があまりにもひどいので、チャーリーは途中で一般道に降り、下道を使って病院へ向かった。

車のなかは静かだったが、チャーリーは気に留めなかった。ワイリックは無駄なおしゃべりをするタイプではない。駐車場に車を入れたとき、ようやくワイリックが口を開いた。

「集中治療室に見舞い客が入れるのは一時間に一回で、一度にふたりまでよ。ミリーが病院にいて、レイチェルの意識が戻らないままなら、次の面会に同行させてもらえないかお願いしてみる」

チャーリーは車をとめてワイリックを見た。彼女の考えていることはわかっていた。レイチェルの容態が思わしくないなら、例の力を使うつもりでいるのだ。この手を治したときのように。

「レイチェルはきっといろんな医療機器につながれているだろう。高価な機械を壊さないように注意しないとだめだぞ」

半分冗談で言うと、ワイリックは肩をすくめた。

「レイチェルはおそらく救助されたことに気づいていない。彼女には生きる希望が必要なの。もう安全なんだって教えてあげれば、けがを治そうという力が働くはず」

「きみはまるで天使だ。悪魔に見えるときもあるけど」

「うるさい」

「いちおう、ほめたつもりなんだが?」

ワイリックはチャーリーの目をのぞきこんだ。「わたしのことはほめなくていいの」

ワイリックはそれだけ言って目をそらし、助手席側のドアを開けた。

チャーリーはさらに言おうとして思い直し、ワイリックのあとをついて車を降りた。彼女の言い方に、茶化してはいけない響きを感じたからだ。

集中治療室のある階へあがるためにエレベーターに乗る。ワイリックはチャーリーからいちばん離れたところに立った。

「さっきは……からかってすまなかった」ワイリックの心境を計りかねて、チャーリーは謝罪した。

「あなたの言うとおり、わたしは天使にも悪魔にもなれる。そういう人間なの。そしてあなたは、船がどちらかに傾きすぎて転覆しないようにする錨《いかり》みたいな存在よ。錨が船を揺さぶるのは反則だわ」

エレベーターのドアが開くと同時にワイリックは通路へ出た。こちらを見ようともしないで歩いていく。なかなか本音を見せない彼女にとって、こういう会話は簡単なものではないのだろう。ワイリックの反応からしても、自分は彼女にとって本当に〝錨〟のような存在だということがわかり、チャーリーはなんとなく誇らしい気持ちになった。

「あそこが待合室だ」左手の部屋を指さし、ワイリックに続いて待合室に入る。

集中治療室の前にはいくつかのグループがいて、抑えた声で話をしていた。携帯画面を眺めている人も、本を読んでいる人もいる。

チャーリーたちが入っていくと人々が顔をあげた。ふたりを見くらべたあと、ワイリックのタトゥーを二度見する。大きく開いた胸もとで炎を吐く、黄色い眼をしたドラゴンを。それで全員が彼女の正体を知った。

ミリーが椅子から飛びあがる。

「おふたりが来てくださるなんて！　ありがとうございます。レイチェルのお見舞いですよね？」ミリーがチャーリーとワイリックを順番にハグした。「夫のレイです。レイ、こちらがチャーリー・ドッジとパートナーのワイリックよ」

レイもすぐに立ちあがってふたりと握手した。「お会いできてうれしいです。どうぞかけてください」

「ありがとうございます」チャーリーが言った。「レイチェルの様子を見に来ました。容態に変化はありましたか？」

「抗生剤が効きはじめたようで、徐々に熱がさがっています。お医者様はいい傾向だと喜んでいます」

「意識は一度も戻っていませんか？」ワイリックが尋ねた。

ミリーの目がうるんだ。「残念ですが……。でも希望は捨てていません」

ワイリックはミリーに近づき、彼女の手をとった。「次の面会のとき、わたしを一緒に連れていってください」

ミリーが不思議そうな顔をする。「もちろん構いませんが――」

　ワイリックは声を落とした。「力になれるかもしれないので」

　ミリーがワイリックの手を握り返す。「それってどういう――」

「彼女の手をとるだけです。今、あなたの手をとっているように」

　ミリーはワイリックの手に視線を落とした。白い肌と長くて優美な指を見てから、自分の時計に目をやる。

「あと十五分ほど待っていただかないといけないんですが」

「いくらでも待ちます」チャーリーはそう言ったあと、自動販売機があることに気づいた。

「ワイリック、ペプシでも飲むか？」

「お願い」ワイリックは即答して背もたれに体を預けた。

「おふたりも何か飲まれますか？」チャーリーがミリーとレイに声をかけて立ちあがる。

「私も一緒に行きますよ」レイが言った。

　さっきまで見ず知らずだった男たちが世間話をしながら遠ざかっていくのを、ワイリックは不思議な気持ちで見送った。世間ではあれができるのがふつうで、おかしいのは自分の感覚なのだろう。幼いころから他人に気を許してはいけないと身を以《もっ》て学んできた。そのせいでチャーリーに対してさえ、完全にガードをおろすことができない。この世の誰より自分を理解してくれているチャーリーの前でも、本心を明かすのは簡単ではなかった。

　ただしチャーリーの場合は、失うのが怖いから……。

戻ってきたとき、チャーリーとレイはオクラホマとテキサスのアメフトチームはどちらが強いかとか、近場にある釣りのスポットについて話していた。チャーリーはワイリックにペプシを差しだし、ポケットからハーシーズのチョコレートバーを出して膝の上に放った。

「ありがとう」ワイリックはまずハーシーズの包みを破ってチョコレートを頬張った。レイはポテトチップスと妻の分の飲みものを買ってきた。四人はそれぞれの飲みものやスナックをつまみながら時間をつぶした。レイとチャーリーは相変わらず話しつづけている。

ワイリックは時計を見つめ、自分の果たすべき役割に神経を集中しようとした。

腹ごしらえが終わり、洗面所で手を洗う。戻ってくると新たな見舞い客がいた。そのうちのひと組は泣きじゃくる赤ん坊を抱いた夫婦だ。ワイリックは赤ん坊を眺めながら考えた。子どもを産むというのはいったいどんな経験なんだろう。自分の母親のことはあまり覚えていないし、がんで化学療法を受けたせいで、この先、子どもを授かる見込みもない。

赤ん坊が泣き叫び、母親がおろおろしながらあやす。チャーリーたちのところへ戻る途中、ワイリックは赤ん坊の頭をそっとなでた。深く考えもせず、自然に手がのびてしまった。

母親がさっと顔をあげ、目を見開く。ワイリックは悪かったかなと思い、立ちどまった。

「とってもかわいいお子さんですね」そう言いながら今度は意識的に手をのばし、カールしたやわらかな髪にふれる。

「むずかってばかりで困っているんです。何をしても泣きやんでくれ――」言いかけたところで、母親は息子が泣きやんでいることに気づいた。赤ん坊は母親の肩に頬をつけ、静かに親指を吸っていた。「まあ、驚いた。こんなことって――」

ワイリックは名残惜しい気持ちで赤ん坊から手を離し、自分の席に戻った。

一部始終を見ていたチャーリーは、ワイリックがとても貴重なものを扱うように赤ん坊にふれたことに心を打たれた。ハンバーガーショップの少女のこともそうだが、彼女が子どもに特別な愛情を見せるとは思ってもみなかった。だからこそ印象に残った。

ミリーもワイリックの行為を目撃していた。軽くふれただけでぐずる赤ん坊を落ち着かせてしまうなら、妹にはどんな魔法をかけてくれるだろう？　赤ん坊を眠らせたくらいの気安さで、レイチェルの目を覚まさせてくれるだろうか？

その答えはもうすぐ明かされる。

17

午後四時になると見舞い客が次々と立ちあがり、待合室を出ていった。

「時間ですか?」ワイリックは尋ねた。

ミリーがうなずく。「行きましょう」

ワイリックは立ちあがり、ミリーのあとについて廊下へ出た。ふたりの身長差は三十センチ近くある。

無言のまま集中治療室に入り、ほかの患者のベッドの横を通りすぎる。レイチェルのベッドの横に看護師がついていた。

「何か変化はありましたか?」ミリーは小声で尋ねた。

「容態は安定しています。いい兆候ですよ」看護師が励ますように言い、ワイリックを見あげた。看護師にも彼女が何者かはすぐにわかったようだ。迫力のあるタトゥーに視線をさまよわせたものの、場をわきまえてのことか、とくにコメントせずベッドを離れる。

ワイリックはベッドの横に立ち、レイチェルの体につながれた医療機器をざっと眺めたあと、肩にそっと手を置いた。

「妹さんに話しかけてもらえますか?」ミリーを促す。

ミリーがうなずいた。

「あなたがそばにいること。ここは病院で、もう安全なのだということを伝えてください。彼女をこんな目に遭わせた男は警察に捕まったから心配ないと」

ミリーが息をのんだ。「捕まったんですか?」

ワイリックはうなずいた。それからレイチェルの額に手を移動し、もう一方の手で腕をつかみ、目を閉じた。

ミリーが妹に話しかける声が聞こえたが、ワイリックの耳にはもはや、ぼんやりとした音でしかなかった。レイチェルの肉体に意識が入りこんでいく。治療のおかげで肉体は回復に向かっているようだが、そのために大きなエネルギーが消費されている。くわえて高熱が体力を奪っている。

ワイリックはありったけの力をレイチェルの体に注いだ。感染症がおさまれば熱もさがる。首の傷に巻かれた包帯にふれたあとで心臓に手をあて、全身にエネルギーを流す。内側から首の傷がふさがって、炎症を起こしていた末梢《まっしょう》神経が修復されていく。

次にワイリックは、レイチェルの額に手を置いて彼女の意識に潜りこんだ。意識の奥深くに恐怖の塊がある。監禁されていたあいだに味わった痛みと恐怖で、レイチェルの心はがちがちに固まっていた。

想像していたとおりだ。レイチェルはまだ助かったことを知らない。この恐怖の塊をほぐすことができればよい変化が起きるのではないか。レイチェルに声が届くのではないだろうか。

確認するには試すしかない。

〝レイチェル……レイチェル・ディーン、あなたは救助されて、安全な場所にいる。暗がりから出てきなさい。ここにはあなたを傷つける人なんていない。今、閉じこめられているのはあなたを痛めつけた犯人のほう。あの男は二度と自由になることはない。でもあなたは自由になった。さあ、光の下に出てきなさい。犯人に人生を台なしにされてはいけない。お姉さんがすぐそばにいる。あなたが目を開けるのを待っている。お姉さんの声を聞きなさい。彼女があなたを守ってくれた。もう何も心配いらない〟

しばらくレイチェルの反応を待つ。それからゆっくり手を離し、うしろへさがった。

ミリーはベッドの反対側で妹の耳に何事かささやきながら、腕をやさしくたたいていた。姉と妹にしかわからない思い出を語っているようだ。

ワイリックは待った。面会の時間はそろそろ終わる。変化を見届けるまでそばにいたいのだが……。

ミリーがささやくのをやめ、あふれた涙をぬぐった。そのとき、レイチェルの胸が目に見えてふくらんだ。深呼吸をしたかのような動きだった。息を吐くタイミングで鼻にさしているカニューレが揺れる。

ミリーが妹に目を戻し、息をのんだ。

「まぶたが動いたわ！　ああ、神様！」看護師を呼びにベッドを離れる。

看護師はすぐにやってきた。ミリーが妹の顔を指さす。まぶたの下で眼球が動いているのがわかる。

「ほら、目を覚ます兆候なんじゃないかと思うんです」

看護師がバイタルを確認して、応援を呼ぶ。

ミリーはレイチェルの隣で、興奮した様子で話しかけていた。静かにしなければいけないことはわかっていても、自分を抑えられないようだった。

「聞こえる？　ミリーよ。あなたは病院にいるの。安全なのよ。もう何も心配ないわ」

レイチェルの唇が開く。

ミリーは口のほうへ耳を近づけた。最初は息遣いしか感じられなかったが、息を吐くとき、レイチェルが言葉のようなものを発した気がした。

「そうよ、ミリーよ。もう大丈夫だからね。ここは安全だし、わたしがついてる」

ささやき声とも言えない声がもれる。

「あんぜ……」

「安全って言いたいのね！」ミリーが声をあげる。

看護師もレイチェルが問いかけに反応したのだと認めた。意識が戻りつつあるのだ。

「残念ですが面会時間は終わりです」

看護師の言葉を無視して、ワイリックは言った。「レイチェル、誰にやられたの？」

看護師がワイリックをにらむ。

ワイリックは看護師を見ようともせず、レイチェルの脚に手をふれた。「誰がやったの？」

「時間ですよ」

「ソニ」

ミリーが息をのむ。「今の、名前ですよね？　ソニって」

ワイリックはレイチェルが誇らしかった。彼女は闘いに勝ったのだ。

「ソニーです。逮捕された男の名前はソニー・バーチです」

ワイリックはそう言うと、看護師の横を通り抜けて集中治療室を出た。

待合室は人がまばらだった。レイが妻のハンドバッグを手にして立っている。妻が戻ってきたらカフェテリアへ行って何か食べようと思っているのだろう。

チャーリーは窓際で、厚く張りだした雲を見ていた。嵐が近づいている。

ワイリックはチャーリーの横に立った。「レイチェルが意識を回復したわ。安全だとわかって、犯人の名前を言ったの」

チャーリーはワイリックの肩をつかんだ。手にぎゅっと力がこもる。

「やるべきことはやったんだな？」

「ええ。レイチェルはもう大丈夫」

チャーリーは雲を指さした。「なら、家に帰ろう」

ミリーが待合室に駆けこんで、夫に抱きついた。「意識が戻ったの！　言葉を発したのよ！　ワイリックが何をしてくれたのかわからないけど、わたしは見たの！」そのときになってチャーリーとワイリックが待合室を出ようとしているのに気づく。「待って！　お願いだからひと言、言わせて。あなたたちは見ず知らずのわたしたちを助けてくれた。無償で捜査を引き受けて、命がけで妹を見つけてくれた。それにさっきの奇跡！　ワイリック、あなたのおかげで妹は峠を越えたわ。どうやったらあんなことができるの？」

ワイリックは肩をすくめた。「自分でもわからないんです。ただ、彼女にふれて、話しかけただけです。これからも様子を知らせてください。早く三人そろって家に帰れますように。レイチェルの心が回復するにはまだ時間がかかるでしょうが」

「それは覚悟しています。でも、あの子は生きて戻ってきてくれた。それだけで充分だわ。あとはわたしたちが支えます」ミリーが言った。

チャーリーがワイリックの背中に手をあてた。もう行こうという合図だ。ワイリックはミリーにほほえみかけると、きびきびと歩きだした。エレベーターでロビーへおり、駐車場へ急ぐ。風が勢いを増し、雲間からごろごろと不気味な音が響くなか、車まで走った。

ジープに乗ってドアを閉めたとき、最初の雨粒がフロントガラスをたたいた。

ワイリックはシートベルトを締めてチャーリーを見た。

「レイチェルはふたつの言葉を発したわ」

「なんて言ったんだい？」

「彼女は救助されたことを知らなかったから、ミリーにもう安全だと繰り返し伝えてもらったの。そうしたら〝あんぜ〟って言ったわ。〝安全〟って言いたかったのよ。わたしは〝誰にやられたの？〟って尋ねた。そばにいた看護師に面会時間は終わりだと言われたけど、無視してやった」

「当然だ」

「レイチェルは〝ソニ〟って言った。だからミリーに、ソニー・バーチのことだと教えた。ソニー・バーチは逮捕されたって」

チャーリーはにやりとした。「それこそフロイド刑事とミルズ刑事が待っていた言葉だ。ぼくは運転中だから、きみから知らせてやれ」

「わかった」ワイリックはフロイド刑事に電話した。

フロイド刑事は署に戻り、ソニー・バーチの部屋から見つかった地図について報告書を書いていた。携帯が鳴る。発信者がワイリックだと知って、フロイド刑事はすぐに電話に出た。

「やあ、ワイリック」

ワイリックは携帯をスピーカーにして、チャーリーに伝えた内容を繰り返した。「レイチェルが名指ししたの。犯人の名前を言ったのよ。お姉さんと看護師も聞いていたわ」

「でかした！　犯人を逮捕したうえに決定的な証拠まで得られるとは、今日は最高の日だ。あとでミリーに連絡して、レイチェルが回復したら詳しい話を聞かせてくれと念押ししておくよ。教えてくれてありがとう」

「どういたしまして」ワイリックはそう言って電話を切った。

前方の空に雷光が走り、直後に大きな音が響く。

「嵐が過ぎるまで病院内で待機していたほうがよかったかもしれないな」

「嵐なんかに負けるもんですか。ワイパーを高速で動かして、アクセルをめいっぱい踏みこみなさい」

ワイリックの言い方に、チャーリーは笑った。どしゃぶりのハイウェイに乗ったときも笑いがとまらなかった。ただしワイパーは高速で動かしても、アクセルを踏みこむことはしなかった。まだ死にたくないからだ。助手席に座っている女性と過ごす時間が楽しすぎて、死ぬなんてもったいない。

そう思った瞬間、鼓動がとまりかけた。楽しすぎるだって？　そんな気持ちになるのはいつぶりだろう？　かつてアニーといるときも似たような充実感を味わった。あのころは本当によく笑った。そんな日々は彼女が亡くなるずっと前に失われたはずだった。

ワイリックにはしょっちゅういらいらさせられるし、腹の立つことも多い。だが彼女はぼくを笑わせてくれる。彼女と一緒にいるだけで生きている実感が湧く。

「どこかで食事をしていかないか？」

「こんなに雨が降っているのに？」

「髪の毛がぬれるのがいやなのか？」

ワイリックの口の端がぴくりと動いた。「今の冗談は高くつくわよ」

「高くってどのくらい？」

「コーンドッグ（アメリカンドッグのこと）ひとつ」

チャーリーが眉根を寄せた。「コーンドッグって、ソーセージに衣をつけて揚げたやつか？」

「そうそう」

「あんなもの、どこに売ってるんだ？」

ワイリックが携帯をとって調べはじめた。

「イメージどおりのコーンドッグを売ってるのは〈ソニック・ドライブイン〉だけね。ドライブスルーで買えるし、それなら髪もぬらさずに食べられるわ」

チャーリーがにやりとした。「たしかにそうだ。道案内をしてくれ」

ワイリックはいちばん近い〈ソニック・ドライブイン〉を検索してカーナビに場所を入力した。

一時間後、赤い鉄製のひさしの下にジープがとまった。

ワイリックは片脚を折り曲げて座面にのせ、ドアにもたれかかって座った。オニオンリングを平らげ、二本めのコーンドッグを頰張りながら、合間にペプシを飲む。

チャーリーはスーパーソニックダブルベーコンチーズバーガーとフライドポテトを食べ終え、デザートメニューのアイスクリームを眺めていた。

「きみはデザートを食べるか？」

ワイリックもメニューを見た。「たぶん食べない」

チャーリーはくっくと笑った。「きみがデザートを断るなんて驚いたな」

「今日はコーンドッグの気分なの」そう言いながらコーンドッグにマスタードを追加で絞る。「こうやって食べるのが大好き」そう言ってコーンドッグにかぶりつく。

「どうして今まで食べたいと言わなかった？」

「こういうものは買ったその場で、まだあたたかいうちに食べないとおいしくないから。マーリンのところへ引っ越す前は、たまに売店で買って食べていたんだけど、〈ユニバーサル・セオラム〉につきまとわれるようになってからは……」

チャーリーは悲しくなった。道ばたでコーンドッグを食べる自由もない生活を、ワイリックはずっと続けてきたのだ。絵本のことといい、本人がそれとなくもらすエピソードに、彼女の経験してきた地獄を思い知らされた。

ワイリックは紙ナプキンで手と口を拭き、ほかのごみと一緒に袋に入れた。

「満足した？」

「ええ、お腹いっぱい。今日はいい日ね。悪いやつを捕まえて、十一年間にわたる悪事に終止符を打った。レイチェルは生きる気力をとりもどしたし、〈ソニック・ドライブイン〉でコーンドッグも食べた。わたしにとって完璧な一日と言っていいわ」

「同じく」チャーリーはうなずいた。「ごみをまとめてくれ。外へ行くついでに捨ててくる」

ワイリックはにっこりした。

マーリン邸に戻ったときもまだ雨が降っていた。ワイリックは、刺客の写真をネットで公開したことに対する世間の反応を想像した。

自分を殺そうとした男たちの私生活がどうなろうと知ったことではない。ジェレマイア・レイヴァーのような男の言いなりになる連中は愚か者で、彼らの愚かしさは彼ら自身の問題だ。ただ、そういう輩《やから》にも家族や友人がいて、その人たちがたいへんな思いをすることは申し訳なく思った。

「ぼくはこれからアメフトを観《み》る」雨の降る戸外から屋敷のなかへ入ったところで、チャーリーが言った。

「わたしは二階へ行って着替えて、あとは適当にするわ」

「気が向いたら一緒にアメフトを観よう」

「パス」ワイリックは鼻にしわを寄せた。

「つまりきみはクオーターバックってことか？　勝負なら、いつでも受けて立つぞ」

ワイリックは眉をひそめた。「何が言いたいのかさっぱりわからないわ」

チャーリーはにやりとした。「ぼくより賢いんだからすぐに調べられるだろう」そう言って部屋を出る。

ワイリックは携帯をつかんでクオーターバックと入力してみた。「プレイコールをし、パスを出し、攻撃の起点となる……」

なるほど。わたしの〝パス〟という発言を攻撃開始の指令と受けとったわけだ。ワイリックの唇がゆっくりと弧を描いた。

二日後
レイチェル・ディーンは夢と現《うつつ》を行ったり来たりしていた。時間の感覚は失われたままだ。それでも自分が病院にいて、安全だということはわかっていた。誰かが教えてくれたからだ。それが誰だったのかはわからない。だが、神への祈りが聞き届けられたのは感じていた。

ミリーとレイの声は明るかったが、不安や悲しみが混じるときもあった。姿は見えなくても、ふたりがそばにいてくれることがうれしかった。

救助されて病院にいること自体が妄想ではないかと疑いたくなることもあったけれど、ほとんどのときは家族の存在を認識していた。ミリーは声をかけるときにいつも腕をさすってくれた。レイの深い声は鐘の音のように心地よく体のなかに響いた。

体力を奪っていた熱もほとんどさがり、呼吸するときの脇腹の痛みもだいぶ和らいだ。体が回復している実感がある。

ふと、冷たい布が額にあてられた。誰かが体を拭いて、包帯を巻き直している。そういうことはわかるのに、まだ目を開ける勇気がなかった。救助されたのは夢で、現実にはいまだに暗い部屋にひとり、あの男が来るのを待っているかもしれない。

そこへミリーがやってきた。床をたたくヒールの音でわかる。腕にミリーの手がふれ、これまでよりもはずんだ声がした。

「レイチェル、聞こえる？ いい知らせよ。あなたを誘拐したソニー・バーチが起訴されたの。今回の事件以外にも三件の殺人事件を起こしているから、死ぬまで刑務所から出られないでしょうね。あの男は二度とあなたの前には現れない。ぜったいに！」ミリーが体を寄せて、さっと抱きしめてくれた。急に、ミリーの顔を見たくてたまらなくなる。ミリーは息をのんで体を起こす。「ああ、レイチェル！　あなた、わかったのね！」あたたかな手がレイチェルの首に抱きつこうとした。

レイチェルはゆっくりとまぶたを開けた。

ミリーがほほえむ。

「おかえりなさい、大事な妹。よく帰ってきてくれたわね」

「……ただいま」

翌日、レイチェルは集中治療室から一般病棟に移された。レイとミリーは、レイチェルをひとりにするまいと、必ずどちらかがベッドのそばにいるようにした。

レイチェルはふたりにいろいろな話をしたが、ソニーのことだけは話さなかった。いずれ警察の事情聴取を受けるだろうし、そのときはちゃんと話すつもりでいる。だが、あの男の話はその一度きりにしたかった。

〈アディソン&トンネル〉社からはカードを添えた大きな花束が届いた。カードにあたたかなメッセージがしたためられている。

〝レイチェル、好きなだけ休んで、準備ができたら戻ってきて。あなたの仕事もオフィスもそのままにしてあるからね。社員一同、心から復帰を楽しみにしています〟

同じ日、警察がミリーに電話してきた。レイチェルが事情聴取を受けられるほど回復したかどうかを確認するためだ。レイチェルは事情聴取を受けることにした。

警察が到着する前に、ミリーの手を借りて髪を洗った。タオルドライした髪が自然にカールして肩に垂れる。顔のあざは薄い緑や紫になったし、肋骨《ろっこつ》もくっついたので、短いあいだなら座っていても平気になった。ここまで回復できたことが奇跡だ。これから、自分をあの暗い部屋から助けだし、犯人を捕まえて牢《ろう》に入れてくれた人たちと会うのだと思うと、感謝の気持ちで胸がいっぱいになった。

刑事たちが来たときも、ミリーとレイはベッドの両脇を離れなかった。

「はじめまして、レイチェル。フロイド刑事とミルズ刑事です。順調に回復しているようでわれわれもうれしいですよ」

「ありがとうございます。まずはお礼を言わせてください。命を助けてくれてありがとうございました。それから……ソニー・バーチを捕まえてくれたことにも感謝します」

「どういたしまして、と言いたいところですが――」フロイドが肩をすくめる。「ここだけの話、お姉さんがチャーリー・ドッジとアシスタントのジェイド・ワイリックを雇わなかったら、こういう結果にはなっていなかったと思います」

レイチェルはうなずいた。「姉から聞きました。わたしはとにかく、生きて、みなさんと話せることがうれしくてたまりません」

「本当によかった」フロイド刑事はミリーとレイにあいさつをしたあとで、ふたたびレイチェルに向き直った。「今日はソニー・バーチに拉致監禁されたときのことを、最初から教えてください。ミルズ刑事が事情聴取の様子を撮影します。休憩したいときは遠慮なく言ってください。カメラをとめますから」

レイチェルはうなずいた。

「こちらからはあまり質問しません。あなたが覚えていることを、なるべく時系列に沿って教えてください。つらいとは思いますが、ソニー・バーチがあなたにしたこと、ひとつひとつの傷がどうやってついたのか、詳しく話していただきたいのです。まずはお名前をおっしゃってください」

レイチェルは音をたてて息を吸い、ミリーのほうへ手をのばした。

ミリーがその手をとって、強く握る。

レイチェルは息を吐いたあと、もう一度、深呼吸をしてから口を開いた。「わたしはレイチェル・ディーン。誘拐された日は、勤務先の〈アディソン&トンネル〉社で残業をして、遅くに帰宅しました。翌日にクライアントに対する大事なプレゼンを控えていたんです。アパートメントに戻ったのは夜の八時ごろでした。ハウスクリーニングの日だったので、部屋じゅうにレモンとライラックの香りがただよっていました。スーツをぬいで、洗濯物をまとめ、洗濯機をまわしました。そのあと……スープをあたためて夕食にしました。本を読みながらスープを飲んでいたら、寝室のほうから声が聞こえてきたんです。様子を見に行くと、なぜかテレビがついていました。帰宅したときはテレビなんてついていなかったので、おかしいなと思いました。いつもベッドサイドのテーブルにあるリモコンが、テレビの横に置いてあったのも不思議でした。でも、あまり深く考えずにリモコンをとりに行こうとして、首のうしろに痛みを感じたんです。ハチに刺されたみたいな感じでした。首に手をやろうとして、そこから先は覚えていません。次に気づいたときは……あの部屋にいました」

レイチェルは身震いして、水に手をのばした。

ミリーがストローのささったコップを差しだす。「持っているから飲んで」

レイチェルは水を飲み、姉に向かって礼を言うようにうなずいた。

「目が覚めたときは、あの部屋で、汚いマットレスの上に寝ていました。ただ、ずっと目を開けていることはできませんでした。たぶん薬のせい……天井に裸電球がさがっていて、いつも明かりがついていました。壁はコンクリートで、旧式のトイレと洗面台があって、薬の影響が薄れるにつれて、だんだん自分の置かれた状況がわかってきました。マットレスには染みがついていました。色あせた黒っぽい染みで、血みたいに見えました。窓がなくて昼か夜かわからなかったけど、意識が戻るたびに起きあがって、助けてと叫びながらドアをたたきました。でも、誰も来ませんでした」レイチェルの声は震えていた。

隣で話を聞いていたレイは、その生々しさに衝撃を受けた。こんな経験をしたレイチェルが、もとの明るいレイチェルに戻れるとはとうてい思えなかった。

「あの男は、わたしの知らないあいだにやってきました。目を開けたらあいつが上からのしかかっていたんです。同じアパートメントの住人だとわかったので押しのけようとしました。そうしたら殴られて、気を失いました。意識が戻ったときは服をぬがされて、あいつにレイプされていたんです。喉にナイフの刃が押しつけられていました。あいつは卑猥《ひわい》なことを言って、わたしが苦しむのを見て悦《よろこ》んでいました。ナイフで体のあちこちを切りつけて、抵抗したら喉を裂くと言いました。死んだ女を犯すのは初めてじゃないから、死んでも構わないとも言っていました」

ミリーは悲鳴をあげそうになって唇を噛《か》んだ。

「つらいでしょうが、あなたはうまくやっています。よく状況がわかります。少し休憩しますか？」フロイド刑事が言った。

レイチェルは目に涙をためて首をふった。

「あの男が運んできた食べものを、ひとりのときに食べました。力をつけなきゃ生きのびられないと思ったから。そして、何度もドアをたたいて助けを呼びました」喉に手をやって記憶をさぐる。「首の傷は、やっと血がとまったと思ったら今度は腫れて、膿《う》みました。そのころから寒くて震えがとまらなくなりました。次にあの男が食べものと毛布を持ってきたとき、わたしはもうかなり具合が悪かったんです。それで熱で朦朧《もうろう》としたふりをして、あいつに何かされても反応しませんでした。あいつはわたしの首の傷をつついたり、胸をつねったりして、反応を引きだそうとしました。それでもわたしが目を開けないでいると顔を強く殴られて、唇が切れて血が出ました。あの男が服をぬいでのしかかってきて……」

レイチェルは言葉を切った。忌まわしい記憶にのまれそうになって両手で顔をこする。

「それでもわたしが反応しないと床のほうへ目をやって、たぶんナイフをさがそうとしたんだと思うんですが、目がそれた瞬間に、あいつのペニスを片手でつかんで思いきり爪を立てました。そのままねじりあげたらあいつがものすごい声でわめきだして……わたしはペニスをつかんだまま、反対の手であいつの胸をひっかきました。あの男は胸から血を流しながら絶叫して、めちゃめちゃに殴りかかってきました。わたしは死んでも手を離すまいと決めていました。あいつは体を離そうとしたけれど、わたしが急所をつかんでいるので勢いよく動けませんでした。一分くらいもみ合っていたと思います。最後はあいつに殴られて気絶しました。意識が戻ったとき、あいつはまだ部屋のなかにいて、泣いたりうめいたりしながら洗面台のほうへ歩いていきました。マットレスのそばにナイフが落ちていたのでつかんだら、あいつがこっちをふり返りました。まっすぐ立つことさえできないようでした。わたしがナイフで反撃しようとしていることを知って、あいつは服をつかんでドアのロックを解除し、部屋から飛びだしました。あとを追いかけたけど、もう少しのところでドアを閉められました。それっきり、あの男は戻ってきませんでした」

「……なんてひどい」ミルズがつぶやく。

「私たちが部屋に入ったとき、部屋は真っ暗でしたが、どうしてそうなったのですか？」フロイド刑事が尋ねた。

「あれは自分でやったんです。わたしがナイフを手に入れたということは、あいつは銃を持ちだすにちがいないと思ったから。真っ暗だったら撃てないでしょう。マットレスをドアの横へ移動させて、目が見えなくても移動できるようにトイレと洗面台までの歩数を覚えて、それから靴を投げて電球を割りました。そのあとあいつは戻ってこなかったし、自分もどんどん具合が悪くなって、意識が朦朧として……それで自分で電球を割ったことも忘れて、水を飲みに行こうとして、ガラス片の上を歩いてしまいました。片方の靴は電球を割ったときにどこへ落ちたかわからなくなっていたので、靴下だけだったんです。破片を踏んだとき、痛みと驚きで手と膝をついてしまって、それでますますけがをしました。破片手さぐりでできるだけ破片を抜いて、ベッドへ戻って、ナイフを手に毛布にくるまったんです。あいつが戻ってくるのをずっと待っていたけど……戻ってきませんでした」

レイチェルは息をついた。「夢を見ました。幻覚というほうが正しいかもしれません。亡くなった母がそばにいて、励ましてくれるんです。姉の声が聞こえるときもありました。自分がどんどん弱っているのはわかっていました。自分をこんな目に遭わせた神を恨んで、助けてくれないなら今すぐ殺してくれと祈りました。そうしたら神はあなたたちをよこしてくださった」

「確認しますが、犯人とは顔見知りだったんですね？」ミルズ刑事が確認した。

レイチェルはうなずいた。「すぐにわかりました。ソニー・バーチといって、デターハウスの住人です」

「個人的なつきあいはありましたか？」フロイド刑事が尋ねる。

「いいえ。通りすがりにあいさつする程度でした。ダラスに引っ越してきてから、男性とおつきあいしたことはありません。いつもひとりでした。だからあいつはわたしに目をつけたんだと思います」

「ありがとうございました。状況がとてもよくわかりました」フロイド刑事が言った。

ミルズ刑事がカメラをとめて器材をしまう。

刑事たちが病室を出たあと、レイチェルは両手に視線を落とし、深く息を吸ってからミリーとレイを見た。

「わたし、あんな男には負けない。体の傷は治るし、いつかは心の傷も癒えると思う。カウンセリングを受けるつもり。でもね、家族の前では二度とこの話をしたくない。忌まわしい記憶にふたをするわけじゃないけど、わざわざ思い出したくもないの。退院したからってすぐに前の生活に戻れるとは思わない。でもわたしは生きてる。今の自分とうまくつきあっていくしかないと思ってる。それでいい？」

「もちろんだ」レイが言った。

「あなたは自慢の妹よ」ミリーは妹の手をやさしくたたいた。「何かいる？　冷たいものでも飲む？」

レイチェルは息を吐いた。「スイートティーが飲みたいな」

「氷たっぷりでね」レイがおどける。

レイチェルはにっこりした。「好みを覚えていてくれたのね」

「もちろんだ。ぼくがカフェテリアへ行ってみんなの分を買ってくるよ」

夫が病室を出ていってすぐ、ミリーは妹のベッドにつっぷしてむせび泣いた。

レイチェルは姉の髪を指ですいた。

「大丈夫よ、姉さん。大丈夫。悪夢のような経験だった。でも、わたしは生きてる。負けなかったし、ちゃんとやり返した。あの男は死ぬまでわたしの夢にうなされる。わたしはそれを励みにする。わたしは被害者じゃない。サバイバーなのよ」

18

夜のうちに嵐は抜けた。チャーリーが目を覚ましたとき、古い屋敷の空気はひんやりしていた。ベッドを出て、サーモスタットの温度を調節してからシャワーを浴びる。

今日は日曜なのでのんびりするつもりだが、ワイリックの予定によってはそうもいかなくなる。彼女が出かけるのなら、当然、自分も同行するつもりだ。

部屋を出て、キッチンへ向かう。

驚いたことにワイリックはもう起きていて、キッチンにいた。くたくたのスエットシャツと赤いウールのソックスをはいて、ダイニングテーブルに置いたノートパソコンを見つめている。

「おはよう。何をしているんだい？」

「ムダ毛の処理でもしてるように見える？」

チャーリーはにやりとした。朝から絶好調だ。

「その発言にはどう返せばいいか迷うな」

ワイリックが顔をあげ、眉間にしわを寄せた。「ユーチューブでパンケーキの作り方を調べているの。はっきり言って、宇宙船をつくるとか新薬を開発するほうがよっぽど簡単だわ。手をふれるだけで他人のけがを治すことができるのに、どうしてパンケーキが焼けないんだと思う？　映像を見てもどこから足をつけていいのかさっぱり」

チャーリーは笑いをこらえた。「それを言うなら足じゃなくて手だ」

「そう、それよ、それ」ワイリックはもごもごと言った。「パンケーキが食べたいけど、材料が家にあるかどうかすらわからない。でも、どうにかしてパンケーキを焼くつもり」

「ぼくは焼けるよ」

それを聞いたワイリックは、ノートパソコンを勢いよく閉じて立ちあがった。「だったら教えて。目の前でやり方を見れば、いくら料理が苦手でも理解できると思う」

「もちろんだ。じゃあ、ボウルと泡だて器を出してくれ」

「アワダテキ？」

チャーリーはカトラリーの入った引き出しから泡だて器を出してワイリックに見せた。

「これが泡だて器だ」

「ボウルはわかるわ」

「サラダをあえるよりもひとまわり大きなボウルじゃないとだめだぞ」

「はい」ワイリックはガラス製のボウルを出してカウンターの上に置いた。

「よし。次は卵、牛乳、小麦粉、ベーキングパウダー、塩、砂糖、サラダ油を用意する」

ワイリックはカウンターからパントリーへ視線を泳がせ、最後にチャーリーを見た。

「それ、ぜんぶうちにある？」

「ある。容器にラベルがついているから、きみにもわかるはずだ。ほら、こっちへ来て」

パントリーに入ったチャーリーは、ベーキングパウダーと塩とサラダ油をワイリックに持たせ、自分は小麦粉と砂糖をカウンターへ運んだ。

「冷蔵庫から牛乳と卵二個を出して。材料がそろったらボウルに入れてかきまぜるんだ」

ワイリックはダンスのステップを踏むような足どりで冷蔵庫へ行き、牛乳と卵をカウンターに運んだ。

チャーリーが食器棚から計量カップと計量スプーンを出してボウルの横に置く。

ワイリックは〈ユニバーサル・セオラム〉の研究所で実験をするときと同じくらい真剣なまなざしでチャーリーの動きを観察した。

「まず、二百ミリリットルの計量カップをとって」チャーリーが言う。「持ち手のところに容量が書いてある。ぼくが手順を言うから、きみが材料を量るんだ」

ワイリックはうなずいた。

「生地をつくるときは液体から計量する。このガラス製の計量カップは液体を計量するためにある。ほかのカップは粉ものを量る。まず牛乳二カップをボウルへ入れる」

ワイリックは牛乳を量り、わくわくしながら最初の材料をボウルに投入した。

「次は牛乳に卵を割り入れて」

ワイリックはまずまずの手つきで卵を割った。スクランブルエッグをつくるときに卵を割るのでこれくらいはできる。

「続いて大さじ二杯分のサラダ油をボウルに加える。ぼくはその程度ならいちいち量らないけど、きみは初めてだからちゃんと量ったほうがいい。五十ミリリットルの計量カップに半分強がだいたい大さじ二杯分だ」

「最初から計量スプーンで量っちゃだめなの？」

「それでもいいけど、油を量ったスプーンで砂糖や塩は量れないぞ。ぬれたスプーンじゃ砂糖がくっつくだろう」

「ああ、なるほど！」

チャーリーはにやりとして、油を量るワイリックを見守った。

「泡だて器で牛乳と油をやさしくかきまぜる……卵は混ざりにくいから注意して」

「やさしくって言われても……」

「こんな感じだ」チャーリーは実演してみせた。

ワイリックはすぐにコツを覚え、神妙な顔つきで泡だて器を動かした。

「完璧だ」

ワイリックはにっこりした。どうせやるなら完璧がいい。

「次は粉ものを混ぜる。ちゃんとした料理人は、粉ものは粉ものだけで先に混ぜろと言うだろうが、ぼくは効率を優先する。小麦粉を二カップ量ってボウルに入れて。混ぜちゃだめだ」

ワイリックがカップに小麦粉を詰めこむのを見て、チャーリーは慌ててつけ足した。

「小麦粉はぎゅっと詰めなくていい。粉の量が多いと生地がもたついたり、ぱさぱさしたりするからね。スプーンかナイフで軽く小麦粉をかきまぜて、それからふんわりカップですくう。そのあとナイフで盛りあがった部分を落とす。一カップめはぼくがやるから、きみは二カップめを計量して」

ワイリックはチャーリーの手つきを観察し、まったく同じように二カップめを量った。

「次は砂糖を大さじ二杯入れる。大さじで砂糖をすくって、表面を平らにして……そう、それを小麦粉の上に落とす。最後はベーキングパウダーを小さじ二杯と塩を小さじ一杯だ」

ワイリックは手順を覚えることに夢中になって、チャーリーのほうへ身を乗りだしていることに気づかなかった。手や腕が何度もぶつかる。

一方のチャーリーはちょっとしたふれ合いを意識していたし、楽しんでいた。料理を教えるのにこんな特典がついてくるとは思わなかった。

「よし、液体と粉がちゃんと混ざるまで泡だて器でかきまぜて」

ワイリックは一方の手でボウルを押さえ、もう一方の手で泡だて器を動かした。やがてなめらかな生地が完成する。

「これでパンケーキの生地が完成だ」

ワイリックは手をとめ、ボウルの中身を確認してからチャーリーを見て、満面の笑みを浮かべた。

「今度は焦がさずに焼く方法を教えて。言っておくけど、わたしは目玉焼きだってまともにひっくり返せないのよ。だから卵料理はスクランブルエッグと決めているの」

チャーリーはワイリックを抱きしめたい気持ちをこらえ、彼女の肩に手を置いた。

「大丈夫、きみならできる」

その言葉に、ワイリックは思いがけず目頭が熱くなった。慌てて目を瞬《しばたた》く。三十年以上も生きてきて〝きみならできる〟なんて言葉をかけてもらったのは初めてだ。そもそも努力して何かを学ぶこと自体が初めての経験だった。

フライパンを出そうとシンクの下のキャビネットを開けたチャーリーは、ワイリックの目がうるんでいることに気づかなかった。準備をしながら焼き方のコツを伝授する。

「フライパンは最初にあたためておくんだ。フッ素樹脂加工されていないフライパンには油を引くのを忘れないこと」続いて一般的なフライ返しと、パンケーキ専用のフライ返しのちがいについて話す。

ワイリックは真剣に聞いていたが、独特の響きのある深い声や、アフターシェイブローションの香りに気を散らされないわけにはいかなかった。

「フライパンが充分熱くなったかどうかは、こうやって確かめる」チャーリーがスプーンをぬらしてフライパンの上でふる。

「じゅっという音がして、水滴がフライパンの上を転がったら準備オーケーだ」生地をすくってフライパンに落とす。「ほら、こんなふうに。あとはきみがやってごらん。パンケーキ同士をくっつけすぎると、ひっくり返すのがたいへんになるから気をつけて」

ワイリックはうなずき、教えられたとおりにして六枚のパンケーキをつくった。

チャーリーがパンケーキ返しを手にとる。「生地のふちが薄い茶色になって、中央に泡ができたらひっくり返す」

ワイリックは息を詰めてフライパンの上のパンケーキを見つめた。はっとして一枚のパンケーキを指さす。

「泡！　あ、あっちも。それも。その三枚はひっくり返していいってこと？」

「そうだ。まず、ぼくがやってみる」チャーリーはパンケーキの下にパンケーキ返しを差しこみ、素早くひっくり返した。パンケーキが回転して小さな音をたててフライパンに落ち、黄金色に焼けた面を見せる。

「すごい！　完璧な焼きあがりね！」

「あとはきみがやるんだ。ポイントは泡ができるまで待つこと」

三十秒もしないうちに四枚めのパンケーキに泡ができた。ワイリックはややおぼつかない手つきだったがうまくひっくり返した。そのあとはさながら人間パンケーキ製造機といった活躍ぶりで、生まれてからずっとパンケーキを焼いてきたかのように次々とパンケーキをひっくり返した。

「次は、最初にひっくり返したパンケーキが焼きあがったかどうかを調べる」チャーリーはやり方を見せた。「うん、いいみたいだ」そう言ってフライパンから皿に移す。

ワイリックが残りのパンケーキを確認し、ぜんぶで六枚のパンケーキが焼きあがった。

「これ、わたしが焼いたのよ」そう言って感慨深そうにパンケーキを見つめる。ボウルに残った生地に目をやってから、チャーリーに皿を渡した。「こっちはあなたが食べて。わたしは残りを焼くから」言い終わるが早いかチャーリーに背を向け、新たな生地をフライパンに流し入れる。

チャーリーはパンケーキをテーブルに運び、バターとシロップをかけて食べながら、無心にパンケーキを焼くワイリックを眺めた。やがてワイリックも焼きたてのパンケーキを山盛りにしてテーブルにやってきた。四枚を自分用にとりわけて、一枚ずつバターとシロップをかける。いちばん上のパンケーキには多めにシロップをかけた。

ひと口頬張ったワイリックは目を輝かせ、よく味わってからのみこんで、ため息をついた。

「料理を教えてくれてありがとう。苦手なことを習ってちゃんとできるようになったのは初めてよ。この達成感はほかの人にはわからないでしょうね。よく似ているのはセックスくらいだわ」

チャーリーはむせたあとで、ワイリックに婚約者がいたことを思い出した。乳がんになる前は親密な関係だったにちがいない。どうして彼女に経験がないなんて――そこではっとする。男の体に長い脚を巻きつけ、情熱に身を任せているワイリックを想像すると、胃のあたりが重くなった。パンケーキを食べすぎたこととは関係ない。

「役に立てたならうれしいよ」そう言って皿に視線を落とす。ワイリックに頭のなかを見透かされそうで怖かった。

自分の発言がチャーリーの心をかき乱したことも知らず、ワイリックはぬるくなったコーヒーを飲み、残りのパンケーキを平らげた。

「食べきれなかったパンケーキはどうすればいい？」

「あとであたためれば食べられるよ。焼きたてには負けるけど、充分にうまい」

「了解」ワイリックが立ちあがってラップをさがしはじめる。

「きみがつくってくれたんだから、片づけはぼくがやる」

「やった。じゃあ、株価を確認して仲買人に電話をするわ。プレイステーションVR用のゲームも完成させなきゃ」

チャーリーは目をぱちくりさせた。「ぼくは皿を洗う」

「お願いね」ワイリックは無頓着に言ってキッチンを出ていった。

「それだけのことができるのに、パンケーキが焼けなかったとは」チャーリーはひとりつぶやいて皿を流しに運んだ。

翌日の月曜、FBIテキサス支部の鑑識チームは、夜明けとともにダラス東部にあるバーチ家の農場へ向かった。最初の遺体が見つかったのは午前九時だった。数時間かけて慎重に遺体を掘り起こし、運びだす。二体めが見つかったのは午後三時をまわったころだ。さらに日没直前、三体めが見つかった。捜査員たちは手慣れた様子で現場周辺にライトを設置し、作業を続けた。

鑑識チームが農場をあとにするときには、ソニー・バーチの運命は決まっていた。

火曜、バレット・テイラーの朝食はパンケーキではなく拘置所のオートミールだった。食事のあと、テイラーは手かせと足かせをかけられ、囚人護送車に乗せられた。

裁判所では、弁護士のマーシュ・フィールディングが待っていた。そろって被告人席に座ったところで、テイラーはため息をついた。前にも似たような経験をした。刑期を終えて出所するたび、二度と失敗を繰り返さないと誓うのだが、またしても同じ場所に戻ってきてしまった。

弁護士のほうへ体を寄せてささやく。「刑を軽くする方法は？」

弁護士が首を横にふった。

テイラーはうなずいた。もともとそう言われていたのだから仕方がない。

「全員起立！　シェーン・デュプリー裁判官の入廷です」

テイラーも立ちあがった。

顎ひげを蓄えた裁判官が入ってきて、着席した。ひげは黒々としているが、髪には白いものが交じっている。

手順どおりに進行する裁判を、テイラーは他人事のように眺めた。細かいことはどうでもいいから早く終わりにしてほしかった。

とうとう裁判官がテイラーの願いを叶《かな》えた。

判決が言い渡されるあいだ、テイラーは裁判官の背後に掲げられた国旗を眺めていた。

裁判が終わり、囚人護送車に戻される。今日という日を最後に、テイラーは鉄格子のなかで残りの人生のほとんどを過ごすことになった。リスクを承知で賭けに出て、負けたのだった。

ジェサップ・ウォリスは自分の写真がネット上に出まわっていることも知らず、ノースダコタ州のガソリンスタンドで給油をしていた。レジカウンターの向こうのテレビに映る男が自分だと気づいて、とっさに顔を伏せる。スナック菓子とガソリン代を精算して、そそくさと車に戻った。

カナダへ行きさえすれば何もなかったように生活できると思ったが、その考えは甘かった。パスポートや免許証を確認した国境警備員に入国を拒まれたのだ。

「どうしてだめなんだ?」ウォリスはショックを受けた。

「あなたは他人を殺そうとした。実行していないとはいえ、賞金までかけられている身だ。犯罪者を入国させることはできない」

つまり逃げ場はないのだ。隠れるところもない。ジェイド・ワイリックに完敗した。いや、ちがう。自分が先にジェイド・ワイリックを殺そうとした。つまりこんな状況に陥ったのは自分のせいだ。

車に戻り、来た道を引き返す。この先、どこで何をすればいいかわからなかった。特技は狩猟と釣りと土方仕事くらいで、特別な資格など持っていない。これからどうやって生計を立てるか、真剣に考えないといけない。

いちばん近い町でビールを買い、モーテルの部屋を借りた。ビールを二缶飲んだところで、ひげを生やそうと思いついた。

三缶めを飲んで、名前を変えるにはどのくらいの費用が必要かを調べはじめる。六缶すべて飲み終わるころには、ジェサップ・ウォリスを葬ることに決めていた。むかしからウィルと呼ばれたいと思っていたので、新しい名前はウィリアムにしよう。姓は母の旧姓のバナーを使うことにする。ウィリアム・バナーになってユタ州へ行く。あそこなら土地が広くて人口密度が低いので、詮索好きな隣人に悩まされることもない。


ファレル・キットはメイン州バンゴーをめざしていた。

これからどうすればいいだろう? ずっと農業で生計を立ててきた。釣りで稼いだことはないが、ワニをフックで引きよせて撃ち殺すことができるなら、漁師としてもやっていけるかもしれない。

インターステート80を夜通し走り、次の町でホテルをさがそうと考えていたとき、嵐に遭遇した。視界の悪いハイウェイをセミトレーラーについて走る。トレーラーのタイヤが回転するたび大量の水がフロントガラスに飛び散った。視界を確保しようとワイパーを高速で動かしていたが、トレーラーが急にブレーキを踏んだことに気づくのが一瞬だけ遅れた。

とっさにブレーキを踏みこみ、バックミラーで後続車を確認したとき、タイヤがハイドロプレーン現象を起こした。ファレルの車は時速百キロ以上でセミトレーラーにつっこみ、将来の計画は不要になった。

ファレル・キットの訃報を聞いて、ジュディ・キットと子どもたちはショックを受けた。ファレルの両親も同じだった。賞金をかけられ、行き場をなくした息子を実家に呼びもどそうとした矢先、その息子が棺桶《かんおけ》に入って戻ってきたのだ。

皮肉にもジュディ・キットは未亡人になったことで経済的苦境を免れた。寡婦年金が入るし、子どもたちは、お腹のなかの赤ん坊も含めて十八歳まで遺族年金を受けとることができる。それでも彼女は夫の葬儀に参列しなかった。

こうして逃亡中の男は不幸な最期を遂げたが、身内にとっては、ある意味でいちばんいい結末だったのかもしれない。


ジョーディー・グーチはジェサップ・ウォリスの情報を教えて賞金を獲得したことを隠そうともしなかった。町の人々は責めるどころか、賞金のおこぼれほしさに彼をちやほやした。グーチは賞金を使って、もっと涼しい土地へ引っ越そうと決めた。降って湧いたチャンスを無駄にするつもりはなかった。

ジュディ・キットは、ファレルを密告したのは息子の担任にちがいないと思いつつ、おおっぴらに追及することはしなかった。さらに担任のミルドレッドがそれまでと同じように学校で教え、地味な暮らしを続けたので、しまいにジュディも自分の思いちがいだったと結論づけた。ファレル・キットは犯した罪から逃れられなかったが、ミルドレッドは密告者のレッテルを貼られずにすんだのだった。

ファレル・キットの葬儀の翌日、何者かが〈正義の教会〉の建物に放火した。町の人たちは立ちのぼる煙に気づいたし、何が燃えているのか確かめに行った人も少なくなかった。それでも教会が完全に焼け落ちるまで、消防に通報は入らなかった。もはや教会は町の汚点だ。かつて教会に所属していた者でさえ、過去を忘れて新たな人生を歩むためには、教会など焼け落ちたほうがいいと思っていたのである。

19

フロイド刑事から、レイチェルの前に失踪した三人の女性の遺体が見つかったと連絡があった。スピーカーで通話内容を聞いていたワイリックは、フロイド刑事に言った。

「女性たちの身内をさがしたけれど見つからなかった。三人を並べて埋葬できるいい墓所を見つけてあげて。費用はわたしが持つから」

「きみがそこまでする必要はない。ダラス市にも肉親のいない死者の埋葬に使う資金があるから——」

「三人の女性は拷問され、殺されたうえ、自分を凌辱《りようじよく》した男の家に埋められていたのよ。せめて公共墓地よりもいいところに埋葬してあげたいの」

フロイド刑事はワイリックの言葉に胸を打たれた。「わかった。ちゃんと埋葬されるように手配する」

「連絡をありがとう」チャーリーが言った。

「当然のことだ。それからバレット・テイラーの刑が決まった。われわれは裁判に関与していないが、きみらが知りたいと思ってね。四十五歳のテイラーに、仮出所なしの四十年の刑期が確定した」

ワイリックはチャーリーに向かって親指を立て、部屋から出ていった。

チャーリーはにやりとした。「文句なしだ。知らせてくれて感謝する」

同日の午後、ワイリックはファレル・キットの事故のニュースをネットで知った。〝刺客が事故死〟

ソニー・バーチは逮捕され、失踪した女性たちは見つかり、レイヴァーは死に、テイラーは刑務所にいる。ジェサップ・ウォリスの行方はわからないが、世間の目を逃れることに必死だろう。そんな男の居場所をわざわざ調べる必要はない。ウォリスが頼りにしていたカルト集団はエリコの壁（旧約聖書のヨシュア記に出てくる城壁。イスラエルの神の予言どおり角笛の音で崩壊した）のように崩れ落ちたのだ。

ワイリックの心は穏やかだった。

ユーチューブで料理チャンネルをさがして、毎日のようにちがうレシピを試した。知らないことを学び、新しい技術を身に着けるプロセスが楽しくてたまらなかった。

味見はチャーリーが引き受けてくれた。料理を通じて、ワイリックは〝実験室でつくられた天才〟ではなく、ひとりの人間として自信を持つことができた。

チャーリーもワイリックの変化を喜んでいだ。彼女に対する愛情は日増しに強くなる。誰かに胸がときめくなんて久しく忘れていた感覚だった。ワイリックのことをもっと知りたいという気持ちがあふれてとまらない。ただし下手に動けば彼女を失うかもしれないこともわかっていた。そんな危険を冒すくらいなら、今のままでいい。

レイチェル・ディーンの救出から二週間後、仕事をしていたチャーリーのもとにメールが届いた。内容を確認したチャーリーは立ちあがり、ワイリックをさがしに行った。

「これを読んでくれ」携帯を差しだす。

〝三人でタルサに帰ります〟

短いメールに加えて、ミリーとレイとレイチェルが並んで写った写真が届いた。三人とも笑顔で、レイチェルは〝命を助けてくれてありがとう〟と書かれた紙を持っている。

「いい仕事をしたわね」ワイリックが言った。「レイチェルに〝どういたしまして〟って伝えてくれる？」

「わかった」チャーリーは所長室に戻って返信した。

その夜、家に帰ったワイリックは明るい未来を思い描いていた。ひょっとすると自分のような人間だって、ある程度のプライバシーや匿名性を得られるかもしれない。以前と同じとはいかなくても、以前と近い生活をとりもどせるかもしれない。

彼女の人生にひと筋の光がさしていた。

〈スタックハウス〉というハンバーガーショップで、ワイリックと遭遇したフランクリン夫妻は、がんで闘病中の娘ベシーを定期検査に連れていった。母親のローラは、最近、ベシーの食欲が増したことに気づいていた。頬にも赤みが戻ってきたような気がする。父親のバドは、毎晩、ベッドで娘に本を読んだあと、娘の脚をマッサージしていた。ベシーが慢性的な脚の痛みに悩まされていたからだ。ところが最近、ベシーは脚が痛いと言わなくなり、マッサージなしでも寝つくようになった。

ひょっとするとベシーの体をむしばんでいたがん細胞の勢いが弱まったのかもしれない。それで痛みが和らいだのかもしれない。病院を訪れた両親は淡い期待を抱いていた。期待しては失望することを繰り返してきたふたりは、真実を恐れながらも、もう少し長く娘といられるかもしれないという希望にすがっていた。

病院では血液検査に加えてCT検査もやった。結果を待つ待合室にはベシーと同じような病気に苦しむ人が大勢いた。痩せて顔色の悪い少女は、母親に支えてもらわなければ歩くこともできなかった。弱々しい泣き声をあげる赤ん坊を抱いた両親が、疲れた表情で身を寄せ合い、診察の順番を待っている。

壁の絵をひたすら見つめている男性もいた。二度めの化学療法でがんが小さくなったかどうか、何百回も見た絵を眺めながら検査結果を待っているのだ。

ベシーは母親の携帯でゲームをしていた。ローラとバドはたわいもないことを話していた。娘の前で病気の話はできない。かといって沈黙にも耐えられなかった。

何人もの患者が呼ばれ、診察室へ消えていった。

一時間ほどして、ゲームに飽きたベシーが、お腹が空《す》いたとぐずりはじめたころ、看護師がやってきた。

「ベシー・フランクリン」

やっと順番が来た。

バドとローラは勢いよく立ちあがって娘の手をとった。

「わたしたちの番よ。ドクター・ウェルチにあいさつしたら、アイスクリームを食べに行きましょう」

「うん！」ベシーは母親の携帯を握って立ちあがった。

診察室に入ったところで看護師が声をかけてきた。「こんにちはベシー、調子がよさそうね。それにかわいいTシャツ！　ジーンズとよく合っているわ。青はわたしの好きな色なの」

「わたしも好き！」ベシーは言い、席についた母親の膝にのった。

ドクター・ウェルチが入ってきた。髪をかきあげるのがくせなのか、いつも赤毛はぼさぼさだ。白衣のポケットから聴診器が飛びだしていて、脚の動きと連動して揺れている。

ドクター・ウェルチはドアを閉め、無言のままベシーを抱きあげて診察台にのせた。

ベシーのまぶたをめくって目を診察し、心音を聞く。

深呼吸をさせて肺の音を確かめ、赤みのさした頬を見てからふり返った。

医者の声が震えていたので、バドとローラは思わず互いの手を握りしめた。

「いやはや、まったく何が起きたのか……」ドクター・ウェルチが両手を天に向けた。

「私にはさっぱりわかりません。どうしても説明がつかない。ベシーの体からがんが消えました。頭の腫瘍もない。忽然《こつぜん》と……消えてしまったんです」

バドとローラは立ちあがり、泣きだした。お互いに抱き合ったあと、ドクター・ウェルチを抱きしめ、ベシーを抱きあげてくるくるとまわった。

ベシーは声をあげて笑った。両親が笑っていたからだ。ただ、大人たちがどうして笑っているのかまでは理解できなかった。

「どうかしたの、ママ？」

大人たちは動きをとめた。

ローラはもう一度、娘を抱きしめてから診察台に座らせた。「奇跡が起きたのよ。あなたはもう病気じゃないの。がんが消えちゃったんですって。もう頭が痛くなることもないわ」

「髪ものびる？」

「のびるさ」ドクター・ウェルチが言った。「抗がん剤を使う必要がないからね。きみの髪が抜けたのは薬のせいなんだ」

ベシーは頭に手をふれ、医師の耳にささやいた。「友だちのジェイドに頭をなでられたとき、すっごく痛かったの」

ローラは眉をひそめて夫の顔を見た。少し考えてからはっとする。「ジェイドって、まさか！」そう言って娘の顔を両手で包む。「痛かったってどういうこと？　あのときはそんなこと言わなかったじゃない」

ベシーは肩をすくめた。「痛かったの。でも、あのあとから痛いのがぜんぶ消えたの」

「いったいなんのことですか？」ドクター・ウェルチが言った。「ジェイドというのは誰ですか？　どうして――？」

「ちょっと待ってください。お見せします」バドが自分の携帯をスクロールして、ハンバーガーショップで撮影したビデオをさがした。「これは〈スタックハウス・バーガーズ〉で撮影したんです。再生してみてください」

ドクター・ウェルチも〈スタックハウス〉はよく知っていた。男女が座ったテーブルの横にベシーが立っている。女性はベシーと同じく頭部に髪がなかった。女性が身をかがめてベシーに頭をさわらせるのを見て、ドクター・ウェルチは胸が熱くなった。そのあと女性が両手でベシーの頭を包み、目を閉じた。そのときになってバドとローラが言いたいことがわかった。

「まさか、この女性が頭にふれたから腫瘍が消えたとでも言いたいんですか？　〈スタックハウス〉で？　冗談でしょう」

「ただの女性じゃありません。ジェイド・ワイリックです。ご存じでしょう？　数カ月前に記者会見を開いて、違法な遺伝子操作によって特殊能力を持つようになったことを告白した女性です。母親を殺され、研究所へ連れていかれて実験台にされ、何度も殺されかけたと言っていたじゃないですか。つい最近もヘリコプターを操縦しているときに狙撃され、墜落したけれど、チャーリー・ドッジに救助されたんです。けがが治ったあと、ジェイドは自分を殺そうとした人たちを刑務所に送るためにプライバシーを放棄する決意をして記者会見を開きました。その結果、違法な実験をしていた研究所や世界的な人身売買のネットワークが摘発され、何百人もの逮捕者が出て、何週間もトップニュースになったでしょう」

ドクター・ウェルチは映像に視線を戻した。「これがそのジェイド・ワイリックだと？」

「そうです。ベシーにとってもやさしくしてくれたんです。下の子がぐずって目を離した隙に、ベシーがひとりで彼女のテーブルへ行ってしまって、わたしたちは最初、ベシーがいなくなったと勘違いして焦ったんです」ローラは画面を指さした。「この人がチャーリー・ドッジで、こっちがワイリックです。レストランに入ってきた瞬間にみんな気づきました」

ドクター・ウェルチはベシーに目をやり、人さし指で少女の頬をなでた。

「どうしてその人に話しかけようと思ったんだい？」

ベシーが自分の頭をたたいた。「すごくきれいな人だったたし……わたしと同じだったから。そしたら頭をさわらせてくれたの。自分はもう髪が生えてこないって言ってた。でもわたしの髪は生えてくるかもしれないって。それからわたしの頭にふれたの。指先がどんどん熱くなって、さわられているうちに頭の痛いのが消えちゃったの」

ドクター・ウェルチは肩をすくめた。「医学的には説明はつきません。証拠といってもこの映像だけですし。しかし大事なことは、ベシーが生まれたときと同じくらい健康だということです。もう病院には来なくていいんです。私の役目は終わりました。みなさんの幸せを心からお祈りしています」ドクター・ウェルチはそれだけ言うと踵《きびす》を返した。診察室を出ていきかけて立ちどまる。「そうだ、ひとつお願いしていいですか？」

「なんでしょう？」

「私の携帯番号は知っているでしょう。その映像を携帯に送ってくれませんか？　報告書をつくるときに必要になるかもしれないので」

バドがほほえんだ。「承知しました」

ドクター・ウェルチは診察室を出ていった。

病院を出るとき、ベシーは母親を見あげた。「本当にアイスクリームを買ってくれる？」

バドは娘を抱きあげた。「もちろんだ。明日も、明後日《あさって》も、この先ずっと食べよう。いいだろう？」

ベシーはくすくす笑った。「うん！」

「奇跡だわ」ローラが言った。「彼女との出会いは神様からの贈りものよ」

スーパーマーケットで注文の品を受けとるために列に並んでいたワイリックのもとへ、チャーリーから電話がかかってきた。

「何？」

「大丈夫か？」

ワイリックは眉をひそめた。

「大丈夫に決まってるでしょう。〈ホールフーズ・マーケット〉で商品受けとりの列に並んでいるだけよ」

「問題が起きた。できるだけ早く帰ってきてくれ」

ワイリックの心は沈んだ。

「問題って、わたし個人のこと？」

「そうだ。きみの話題がＳＮＳをにぎわせてる」

「どうして？」

チャーリーの胸は悲しみによじれた。「きみはどうやら、がんで余命宣告を受けていた少女を助けたらしい。きみが少女の頭に手をのせるところを父親が撮影していたんだ。主治医が、少女のがんが寛解したことを認めたものだから、大騒ぎになっている」

ワイリックの目がうるんだ。「ベシーね」

「そうだ」

「撮影されていたなんて知らなかったけど、知っていたとしても同じことをしたわ」

「そうだね。でも、面倒なことになった」

「いつだってそうよ……。なるべく早く戻る」

「ワイリック、こんなことになって残念だ」

「そうね。わたしなんかと一緒にいるとあなたまで巻きこまれる」

電話を切ったワイリックは、ネットで自分の記事をさがした。もとの生活に戻れるかもしれないという希望はすでに消えていた。

屋敷でワイリックの帰りを待っていたチャーリーも沈んでいた。ワイリックの声は、これまで聞いたこともないほどうちひしがれていた。こういう事態になって、おそらく彼女は自分を遠ざけようとするだろう。もちろん受け入れるつもりはない。

やきもきしていると、ワイリックのベンツがゲートをくぐって屋敷の裏にとまった。本人が買い物袋を持って家に入ってくる。

ワイリックと一緒に、冬の風が吹きこんできた。

彼女の顔色が悪いことも、冷えきった手も、外が寒いせいだということにして、チャーリーは買い物袋を受けとった。

「あとはぼくがやるから、きみはやるべきことをやるといい」

「パスタをつくるつもりだったの。試したいレシピを見つけたから」

「楽しみだ」チャーリーはそう言って買い物袋をカウンターに置き、残りの荷物をとりに車へ行った。

ワイリックは足を引きずるようにして二階へあがり、メリーランド大学のスエットシャツにくたくたのジーンズ姿でキッチンへ戻ってきた。

「いいスエットだな」

「何年も前に空港で買ったの。寒かったし、ピンクが気に入って」

チャーリーは声をあげて笑った。「ドラゴンは、きみのピンク好きをどう思っているんだろうな」

ワイリックの口もとが少しだけゆるむ。炎を吐く黒いドラゴンがピンク色の服に包まれる絵はなんともシュールだ。

「考えたこともなかったけど、わたしを選んだのはドラゴンなんだから、わたしのピンク好きも辛抱してくれると思うわ」シンクへ移動して手を洗う。

チャーリーは食材を袋から出して、冷蔵庫やパントリーにしまった。ワイリックも手伝って、すぐに使うものだけカウンターに並べる。

「料理を手伝おうか？」

「一緒にいたらヒステリーを起こしそう。少しひとりにして」

「例の映像を見たのか？」

ワイリックはうなずいた。「会計を待っているあいだにね。わたしには癒やしの力があって、あの少女は元気になった。それだけで終わるはずだったのに」

チャーリーはうなずいた。それからワイリックの邪魔をしないように、そっとキッチンを出た。


その夜、夕食の片づけをしているとき、シンクに運んだ皿に残っていたミートボールをチャーリーがフォークに刺した。彼がそのミートボールを口に入れるのを見て、ワイリックはあきれ声を出した。

「あんなに食べたのに、まだミートボールが入る余地があるの？」

「きみのつくったミートボールがあまりにもおいしいからさ。本当に料理がうまくなったね」

「新しいことに挑戦するのは楽しいわ」

チャーリーは皿拭き用のタオルを、白旗に見立ててふった。

「きみはなんでも知っているし、なんでもできる。これで料理の腕もかなわなくなった。ぼくがまだ勝てそうなのは体の大きさと握力くらいだな。壁を蹴破らなきゃならないシチュエーションに陥ったら頼ってくれ」

チャーリーは冗談めかして言ったが、ワイリックは笑わなかった。

「あなたはなんでもできる。わたしなんかがいなくても行方不明の人たちを見つけられた。わたしはただ、短時間で目的が達成できるようにサポートしただけ」手にした皿を置いて、ワイリックは続けた。「一方のわたしは、あなたがいないと自分が人間だってことすら信じられなくなる。実験室で偶然できたモンスターに思えてくる。わたしといるせいで、あなたは人を殴ったり壁を蹴破ったりしなきゃいけない」

「ぼくはきみといたい」チャーリーが言った。

「料理を喜んでくれてよかった。わたし、書斎へ行くわ」

ワイリックはキッチンを出ていった。

両肩を落として歩く彼女を、チャーリーは見送ることしかできなかった。ここ数日、穏やかな表情をしていたワイリックを見てきただけに、つらかった。希望があれば絶望も深い。

それでもなんとかなると自分に言い聞かせる。なんとかできないと困る。

ワイリックはチャーリーほど楽天的になれなかった。彼女の心は名前をつけられない感情に支配されていた。

ここに人が押しよせてきたらどうすればいい？　敷地を囲む塀をもっと高くしたほうがいいだろうか。ゲートの強度が足りないのではないか。警備をもっと厳重にしたほうがいいのでは。

バレット・テイラーは刑務所に入れられたが、ある意味、自分も鉄格子のなかにいるようなものだった。そこにチャーリーも閉じこめていいはずがない。彼のことは心から愛しているけれど、彼がこの屋敷にいるのは、アシスタントで友人の自分を見捨てられないだけなのだ。

チャーリーがひとつ屋根の下にいても、ワイリックは深い孤独を感じていた。

机について、パソコンを見る。その気になればこの部屋から世界を変えることもできる。自分の知識や能力が、使いようによっては国を亡《ほろ》ぼすほどの破壊力を持つことはわかっていた。この頭のなかには一般の人々が存在も知らない理論や技術が存在するが、それらは決して世間に知らせてはならないものだ。世の中には富や権力に執着する人がいて、自分の欲望を満たすためなら、他人の心はもちろん、命さえためらいなく踏みつける。

ソニー・バーチの部屋にあった絵本、ソニーが祖母から贈られた『ビロードのうさぎ』

という絵本の表紙が頭に浮かんだ。いつか手に入れて読んでみたい。子ども時代のことは――母と一緒に海岸沿いの遊園地へ出かけてメリーゴーランドに乗った日のことは、悲しくなるのでなるべく思い出さないようにしている。ソニー・バーチのような男でも、子ども時代を懐かしむことがあるのだろうか。

愛情と希望を注がれた子どもがどうして殺人鬼になるのか、ワイリックにはまったく理解できなかった。自分はどうしてふつうの親や兄弟姉妹がいる、ふつうの人生が与えられなかったのだろう。ただし、ふつうの人生を送っていたらチャーリー・ドッジとは出会えなかった。それを思うとふつうでなくてよかったとも思う。

ワイリックの思考はベシーに飛んだ。

ベシーのがんを消したのは、あの少女に生きてほしかったからだ。ベシーを癒やしたことで、自分自身も癒やされたし、自分がしたことを一ミリたりとも後悔していない。ベシーの親が投稿した映像の真実はワイリックの頭のなかだけにあり、これから先もそうありつづけるだろう。

昨日は異星人だの悪魔だのと言われ、今日は神の遣いと讃《たた》えられる。まったく世間は狂っているとしか思えない。

パソコンに向き直り、キーボードに手を置く。スクリーンにヘリコプターの写真が現れた。地上で尾行され、空で撃ち落とされた。それでも自分は生きている。このうえ、他人のエゴで人生を台なしにされるつもりはない。

　空を飛ぶのは好きだ。便利な移動手段だし、ヘリのおかげで解決できた事件も少なくない。いつまたヘリが必要な事態が起きるかわからない。何より自分にはヘリを手に入れたい気持ちと、それを実現させる経済力が備わっている。

　今こそ翼をとりもどすときだ。

　ワイリックがそんなことを考えているとき、チャーリーはノートパソコンでワイリックに関するＳＮＳの投稿を調べていた。調べれば調べるほど不安が増す。しまいには二階の部屋から拳銃をとってきた。元ベテラン兵士として、直感を馬鹿にしないようにしている。そしてチャーリーの勘は、敵が迫っていると告げていた。なんの準備もないまま襲撃されたくない。

　夜遅くにワイリックが就寝したあとも、チャーリーは暗い部屋で、正面ゲートを見渡すことができる窓の前に立っていた。セキュリティーシステムは作動している。チャーリーも臨戦態勢だった。

　騒ぎが始まったのは日の出のあとだ。屋敷の前庭に面した窓の前で、チャーリーは何杯めになるかわからないコーヒーを飲んでいた。朝食にトーストでもつくろうかと考えているとき、まだ点灯している外灯の下を走り抜けていった車に既視感を覚えた。同じ車を三度めに見て鳥肌が立つ。

飲みかけのコーヒーを置いて窓枠に身を寄せ、じっと通りを監視する。五分もしないうちに車がとまり、三人の見知らぬ人物がゲートの前に立った。車はどんどん増えていき、それぞれの車から、車椅子を押す人や子どもを抱いた人が降りてきて、ゲート前にやってきた。

「くそ!」

警察に通報したところで警報が鳴った。誰かが塀を乗り越えようとしたのだ。外壁沿いのライトがいっせいに点灯し、サイレンが鳴り響いたので、塀を乗り越えようとした人物は驚いて道路側へ飛びおりた。それでもゲート前の人々は去ろうとしない。気づくとワイリックが隣に立っていた。昨日の夜に着ていたスエットシャツ姿で、青い顔をしている。

「いったい何事?」ワイリックが窓に近づこうとしたので、チャーリーはその腕をつかんで自分のほうへ引きもどした。

「警察には通報した。きみは姿を見られないほうがいい」

ワイリックはうなずき、カーテンの陰に隠れて表をのぞいた。何が起きたのかを察すると、うめき声をあげて壁に背中をつき、そのまま床にしゃがんで両手で顔をおおった。

チャーリーはワイリックを抱きあげ、窓から離れたソファーに座らせた。ソファーは暖炉のそばにあって、昨日、チャーリーが仮眠に使った枕や上掛けがそのままになっていた。

「外は五度もないだろうから暖炉に火を入れよう」

警報やサイレンが鳴り響くなか、チャーリーは薪《まき》を組み、焚《た》きつけを仕込んで点火した。ガス式なのですぐに炎があがる。

立ちあがったチャーリーはワイリックの背に枕を挟み、脚に上掛けをかけた。ワイリックが上掛けをつかんで顎まで引きあげる。

「これじゃあ、ご近所の嫌われ者だわ」炎を見つめてワイリックがぽつりと言った。

チャーリーはワイリックの肩にふれ、まずは警報を切りに行った。屋敷のなかに静寂が戻る。ありがたいことに遠くからパトカーのサイレンが聞こえてきた。

「近所っていっても、クリスマスにクッキーを持ってくるような隣人はいない。しょせんはゲート前の人たちと同じ他人じゃないか。どう思われようが気にすることはない」

ワイリックはため息をついた。「そんなことを言ったって——」

「ぼくは今、猛烈に腹が立っている。他人の生活を平気で踏みにじる連中に痛い目を見せてやりたい。あいつらはきみに、自分の抱えている問題を解決しろと一方的に要求している。きみが数週間前まで見ず知らずの男たちに命を狙われていたことなんてまったく気にしちゃいない。自分たちの行動がきみを怖がらせているなんて思いもしないんだろう。いいか、あいつらに同情することはない。きみを利用しようとしているだけなんだから。あいつらはきみのエネルギーを吸いとって、使いものにならなくなったら離れていく」

視線をあげたワイリックは、自分の代わりに怒っているチャーリーを見て、素直にうなずいた。

「わかった。同情しない」

「よし。ぼくはこれから外へ行って警察と話してくる」

「あの人たちを逮捕させないで。帰ってくれたらそれでいいから」

「わかった」チャーリーは上着をつかんで玄関へ向かった。ジーンズの尻ポケットに拳銃がささっている。

ワイリックはキルトの上掛けに視線を落とした。背中のうしろには枕があてがわれている。つまりチャーリーは、ここで夜を明かしたのだ。枕に顔をうずめて目を閉じ、表の叫び声やサイレンを頭から締めだそうと努力する。

表へ出たチャーリーは、ゲートへ向かって一直線に歩いた。

警察が来ても人々は帰ろうとしない。むしろ愛するわが子や配偶者を見せて、自分たちの行動を正当化しようとしている。

チャーリーに気づいた人々は、警官を押しのけてゲートに殺到した。いちばんに話を聞いてもらおうと声を張りあげる。

チャーリーは無言で彼らを見つめた。しばらくして集まっていた人々も、チャーリーが誰の話も聞いていないことに気づいて口をつぐんだ。

警官がゲートへ近づく。「この人たちを逮捕してほしいですか？」

人々がざわめく。冷静になった頭に、自分たちが違法行為をしているのだという事実が浸透しはじめた。それぞれ病気の家族がいたり、自分自身が病気だったり、刑務所に入るわけにはいかない人ばかりだ。

「私に決定権があるなら逮捕してもらいたいです。でも、彼女は逮捕させないでほしいと言っています。立ち去ってくれればそれでいいと」

「あの人は病気を治せるんでしょう！　うちの子は病気なんです」女性が叫んだ。

チャーリーは声をあげた女性を見おろした。

「お気の毒だとは思います。でもあなたは彼女ではない。彼女があなた以上に苦しんできたことなど理解しようともしていない。理解していたならここには来ないでしょうからね。二週間前、三人の男が彼女を殺そうとした。そして今週はあなたたちが押しかけてきて、彼女のエネルギーを吸いとろうとしている。自分たちの問題を解決するためなら、彼女の人生がどうなっても構わないんでしょう」

「でも、そういう能力を持って生まれたのは、他人を癒やすためじゃないの？」

チャーリーはゲートに向かって一歩踏みだした。「彼女の能力は、彼女が選んで獲得したものじゃない。特殊な能力を持ったせいでこれまで地獄のような日々を強いられてきた。彼女の人生をこれ以上ひっかきまわすな。今すぐここから立ち去れ。私は彼女の上司であり友人であり、ボディーガードでもある。今度、誰かが同じ真似《まね》をしたら問答無用で発砲する。彼女は、あなたたちの人生になんの責任もない」

「私の子は死にそうなんです」

「この寒さのなか、死にそうな子どもをこんなところまで連れてくるほうがどうかしてる。あなたたちに言うことはもうない」チャーリーは警官に視線を移した。「十分以内に帰らなかったら、この人たちを治安妨害罪で逮捕してください」

チャーリーは踵を返して玄関へ歩きはじめた。屋敷に近づくほど歩みが速くなった。今日のところはおさまったとしても、これではイタチごっこだ。

このままではだめだ。だめだということはわかるのだが、どうすればいいかがわからなかった。ワイリックが穏やかに、安心して暮らす方法はないものだろうか。


屋敷は、マーリンが亡くなったときとはまた別の悲壮感に満ちていた。

ワイリックはあれほど楽しんでいた料理もやめてしまい、朝から屋敷のなかをふらふらと歩きまわっていた。ひとつの部屋に留《とど》まることはあっても、しばらくすると別の部屋に移動する。安らげる場所が見つからないというように。

チャーリーはそんな彼女を引きとめて、サンドイッチをひと切れだけ食べさせることに成功した。しかし食べ終わるとすぐ、ワイリックはテーブルを離れた。肩を落とし、ゆっくりしたペースで屋敷を徘徊《はいかい》する。

ワイリックがゲートに押しよせる人たちの人生を変えられないのと同じように、チャーリーもまた、ワイリックの背負うものをなかったことにできないと思い知った。アニーを失ったとき、この世の誰にも他人の運命を変えることはできないのだった。だからチャーリーはワイリックの好きにさせた。彼女自身が答えを出すのを待つしかない。

昼になると手配したガードマンがやってきてゲートの警備を始めた。それでようやくチャーリーも肩の力を抜くことができた。ワイリックが温室に行きたいと言うので、入り口まで一緒に行き、そこで待機する。

温室はワイリックの聖域だ。マーリンの愛した場所でもある。ワイリックはひとりの時間と静けさを必要としていた。

しばらくすると、ワイリックは空のボウルを抱えて温室から出てきた。

「今日はトマトなしかい？」

ワイリックはうなずいて室内に戻った。

「自分の部屋に行くわ。食事はいらない」

チャーリーはうなずいた。階段をのぼるワイリックを見送り、部屋のドアが開いて閉まる音を確認するまでその場で待った。

そのあと廊下の先の書斎へ行き、テレビをつけた。だが、内容がちっとも頭に入ってこない。二階にいるワイリックのことばかり考えてしまう。

夜になって、ガードマンたちに異状がないかメールで確認した。それからセキュリティアラームをセットして二階へあがる。

チャーリーはワイリックの部屋の前で立ちどまった。ノックしようか迷ったあと、まっすぐベッドに入ることにする。自室のドアを開けて部屋に入ろうとしたとき、ワイリックの部屋のドアが開いた。

ふり返るとワイリックがいた。泣いている。そういう彼女を見るのは初めてで、怖くなった。

「話があるの」

「いいよ。ぼくの部屋で話すかい？」

ワイリックがうなずいて、チャーリーの横をすり抜ける。部屋に入った瞬間、彼女はチャーリーをふり返った。

「ここを出ていく」

チャーリーは心臓がとまるかと思った。

「一日じゅう、マーリンと話していたの。この屋敷にもさよならを言った。どこへ行くかは決めてないけど、こんな生活は続けられない。ずっとびくびくしているくらいなら死んだほうがましよ」

チャーリーは彼女を抱きよせた。ワイリックは身をこわばらせたままだ。それでもチャーリーは彼女を離さなかった。

やがてワイリックの体から力が抜けた。近くへ引きよせると彼女は身を震わせ、チャーリーの胸に顔をつけて泣きはじめた。静かな涙だった。

「ぜんぶ吐きだして、忘れてしまえばいい」そうささやいて彼女の頭に頬を押しあてる。

チャーリーがすべてを理解していると感じて、ワイリックは胸がいっぱいになった。彼の腰に手をまわしてしがみつく。涙はいつまでもとまらなかった。

20

　ワイリックがしゃくりあげるたび、チャーリーは抱きしめる腕に力をこめた。そうすることで、彼女の心がばらばらになるのを食いとめようとした。不安定な呼吸音を聞きながら、もうごまかすことはできないと腹をくくる。ワイリックと離れたくない。この世で大事なのは彼女だけだ。闘いもせずにあきらめることはできない。

　チャーリーは抱擁を解き、涙の筋がついた頬を両手で包んで、ワイリックと目を合わせた。

「きみがしたいようにすればいい。ぼくはそれを応援する。ただし、ここを出るならぼくも一緒だ。きみが望もうと望むまいと、その点だけは譲れない。今のぼくにとって、この世で失いたくないのはきみだけなんだ。人捜しのプロだからこそ、完全に行方をくらます方法も知っている。ぼくから離れないと約束するなら、きみの願いを叶《かな》えるよ」

　熱のこもった言葉に激しく心を揺さぶられながらも、ワイリックは返事ができなかった。チャーリーが大切だからこそ、自分の不幸に巻きこみたくない。

チャーリーが体を寄せてくる。ふたりの唇が数センチの距離まで近づく。彼の瞳に、自分が映っていた。

いやだと言うこともできたし、押しのけることもできた。でもワイリックはそうしなかった。チャーリーの唇が額をかすめる。たくましい腕が背中にまわり、唇と唇が合わさった。

やさしいキス。

夢を見ているみたいだ。

でも、これは現実に起きている。

ワイリックはチャーリーの首に手を巻きつけて、情熱的にキスに応えた。そしてその瞬間、壊れていた彼女の日常が再生した。

チャーリーに抱きあげられ、ベッドに運ばれる。彼はすぐにおおいかぶさってきた。手足を絡めたまま服をぬごうと奮闘する。少しでも体を離したら、燃え盛る炎が消えてしまいそうな気がした。ようやく素肌を合わせて、互いの目をのぞきこむ。電気を消そうとしたチャーリーに向かって、ワイリックはささやいた。

「もう隠れるのはいや」

チャーリーの目がきらりと光る。

体をはいまわる力強い手から、愛が伝わってくる。渇いた心に水が染み渡るように、ワイリックのなかのジェイドという女性が魂をとりもどし、長い眠りから覚めた。

チャーリーの唇がワイリックの口をふさぐ。熱い唇と舌は唇を離れて腹部へさがり、また戻ってきた。

「愛しているよ、ジェイド・ワイリック。べつに愛を返してくれなくてもいい。でもそばに置いてもいいくらいには、ぼくを信頼してほしい」

ワイリックはチャーリーの首に手をまわした。

「ずっと前から愛していたわ、チャーリー・ドッジ。最初に惹《ひ》かれたのは、アニーに対するあなたの献身的で揺るがない愛情だった。わたしみたいなアシスタントを受け入れてくれた心の広さにも感動した。あなたのことを愛しているし、いちばん大事な友だちだと思ってる。わたしだって離れられない。あなたがほしいの。死ぬまでわたしのそばにいて」

チャーリーはワイリックの脚を分け、体を重ねた。ずっと前からそうなることが決まっていたような、ごく自然な流れだった。ワイリックの長い脚がチャーリーの腰に絡みつく。チャーリーが腰を動かしはじめると、ワイリックはリズムを合わせて体をぶつけ、少しでも深く彼を受け入れようとした。

それはダンスのようでもあり、戦いのようでもあった。

すべての終わりであると同時に、すべての始まりでもあった。この瞬間を境に、ふたりの人生は大きく変わったのだ。二度ともとに戻ることはない。

ワイリックは愛《いと》しい人の鼓動を感じながら、迫りくる快感の波を彼と一緒に捉えようとした。

愛を交わすのは難しいことではない。むしろとてもシンプルで、息を吸うのと同じくらい当たり前のことでもある。初めてのキス、そして初めてのクライマックスがふたりを襲う。ふたりは手を取り合って新たな人生に踏みだした。

チャーリーの心は、ワイリックに対する愛情でいっぱいだった。奔放で型破りなワイリックのすべてが愛おしかった。

荒ぶるドラゴンは征服され、永遠に彼のものとなったのだった。

エピローグ

二年後
コロラド州に夏がやってきた。

標高の高い山に積もっていた雪がようやく消える。

二階建てログハウスのキッチンの窓から、チャーリーはポーチを眺めていた。明るい日差しの下、ジェイドが鉢植えのハーブを摘んでいる。

幸福感が胸を満たす。チャーリーの人生はかつてないほど満ち足りていた。第一線を退くことがこれほどすばらしい日々の扉を開くとは予想もしていなかった。美しいドラゴンはいつもそばにいて、彼が目を覚まし、手をのばすのを待っていてくれる。

ポーチのジェイドは、ハーブを摘むたび、鼻に近づけて香りを楽しんでいた。ローズマリーにミント、バジルとセージ。

ふいに自分も彼女のそばに行きたくなった。空のコーヒーカップをテーブルに置く。カップの横にある本は、ここへ引っ越して最初のクリスマスにチャーリーが贈ったものだ。

タイトルは『ビロードのうさぎ』で、見返しにはメッセージもつけた。

〝ジェイドへ、愛をこめて……。チャーリー〟

ソニー・バーチのアパートメントでこの本を見つけたとき、ジェイドがその本を読んだことがないと知って驚いた。祖母から孫へのメッセージをなぞる彼女の手つきが目に焼きついている。

そもそもジェイドは母親の形見を何ひとつ持っていない。彼女の子ども時代は〈ユニバーサル・セオラム〉に奪われたからだ。『ビロードのうさぎ』はすべての子どもが読むべき絵本だ。そして失った時間をとりもどすのに、遅すぎるということはない。チャーリーはそう信じていた。

プレゼントの包みを開けたとき、ジェイドは涙を流し、本を読んでふたたび涙した。それ以来、少なくとも週に一度は読み返している。この本が彼女の心に空いた穴をどの程度埋められたかはわからない。それでもなんらかの手伝いができたことがうれしかった。

近くの木から、リスがこちらを威嚇している。ジェイドがそれに気づいて笑い声をあげた。居ても立ってもいられなくなり、チャーリーはポーチへ出た。

ジェイドはチャーリーの姿を見る前から、彼の気配に気づいていた。うしろから抱きよせられると素直に体重を預け、目を閉じる。広い胸やたくましい腕、力強い鼓動にうっとりする。

「おはよう、美人さん。今日はどんな魔法を編みだすつもりだい？」

ジェイドはふり返ってチャーリーの頬にキスをした。

「あなたがいてくれれば、人生はそれだけで魔法に満ちているわ」

チャーリーはほほえんで彼女の横に立ち、肩に腕をまわして周囲の森を見渡した。

このログハウスは掘り出しものだった。少し手を入れるとドラゴンの住み処《すか》として申し分ない状態になった。

山のふもとにある小さな町まで何キロもあり、標高もふもとより六百メートルは高い。ふもとの町の人口は三千人以下で、奇抜なメイクや服装をしなければ、ジェイドが注目されることもなかった。

超人のワイリックは消え、ジェイドが、チャーリー・ドッジの妻が残った。ログハウスの近くの格納庫《ハンガー》には黒光りするヘリが駐機されていて、ヘリポートも完備されている。空高くそびえるのは対空無線用のアンテナ塔だ。それらを除けばチャーリーとジェイドはシンプルな暮らしを好むカップルでしかなかった。

気が向けばログハウスの下を流れる川で釣りをし、敷地の草刈りをして、居間にある暖炉で燃やす薪《まき》を割った。

ログハウスの地下には人工照明を完備した温室があって、ジェイドが大好きなマーリンのトマトが栽培されている。ジェイドは今でもゲームをつくり、株式投資をし、未来を変えるであろう技術を発明して特許を申請している。

増えすぎた資産は、災害や悲惨な運命に見舞われた人々のニュースを見たとき、匿名で高額の寄附をすることで社会に還元していた。

ジェイド・ワイリックの名前がＳＮＳをにぎわせることもなくなった。ジェイド・ワイリックは死んだと思っている人もいる。

生まれ故郷の星から迎えが来たと考える人もいた。

ごく親しい人はふたりの現状を知っていたが、もちろんふたりの幸せを壊すような真似《まね》はしなかった。

ジェイドは他人から何かを求めたり期待されたりすることがなくなり、のんびりと暮らしている。

毎晩、チャーリーの腕のなかで眠り、人を愛すること、愛されることのすばらしさを実感している。

チャーリー・ドッジこそ、ジェイドの人生に欠けていたパズルのピースだった。運命が彼を連れてくるまで、存在するはずもないと思っていた完璧な相手だった。

悲しみと苦しみに縛られていた女性の物語は、それを帳消しにするほどの幸せに満ちた結末を迎えたのだった。

訳者あとがき

いよいよ最終巻！　チャーリーとワイリックの活躍が見られるのも本書が最後になります。訳者としても読者としても、ふたりの活躍をまだまだ見ていたいという気持ちはありますが、その一方で、名コンビのフィナーレにふさわしい、エンタメとしてもロマンスとしても充分に読みごたえのあるストーリーに仕上がっていますので、どうか最後までお楽しみください。そして今回のキーワードは〝チャーリー、かっこいい！〟です。

前作のあとがきにも書きましたが、万が一、シャロン・サラの〝The Jigsaw Files〟シリーズを今回初めて手にとった、という方がおられましたら、一巻の『明けない夜を逃れて』から読むことをお勧めします。主人公が働く探偵事務所が扱う事件は各巻で完結するのですが、主人公を取り巻く人間模様については前の三巻と複雑に絡んでいますので、本作だけでは〝この人、誰？〟という登場人物やエピソードが多くなります。三巻とも非常におもしろく、読んで後悔はさせませんので、どうぞよろしくお願いいたします。

シリーズを長く楽しんでくださっているみなさまからは、チャーリーはすてきだけれど、ヒロインのワイリックがあまりにもぶっとんでいてクールなので、ヒーローがかすんでしまうという感想をよくいただきます。わたしもやはりこのシリーズで作者が書きたかったのはヒロインのワイリックなんだろうと思っていたのですが、本作のチャーリーはまったくほれぼれするようなヒーローぶりで、ワイリックが彼を選んだ理由がよくわかりました。もちろんチャーリーがとつぜん特殊能力に目覚めるとか、そういうことではないのです。ダラスでも評判の優秀な探偵で、第一線で活躍する刑事もうらやむような肉体と甘いマスクのチャーリーも、突きつめればわたしたちと同じ、ふつうの人間なわけで、天才でも超人でもないが故の、ひたむきで武骨な愛情表現に胸が締めつけられるのです。

物語はいつものように、探偵事務所が依頼された事件とワイリックを取り巻く不穏な動きという、ふたつの大きなうねりを行ったり来たりしながら進みます。今回の依頼は鍵のかかったアパートメントの一室から忽然《こつぜん》と消えた女性の捜索で、女性の姉から依頼を受けたチャーリーとワイリックは、歴史ある邸宅を改装したアパートメントに隠された秘密を暴きます。もうひとつのうねりは〈ユニバーサル・セオラム〉から身を守るために、超人であることをカミングアウトしたワイリックを抹消しようとする、カルト宗教団体の企《たくら》みです。ふたつのうねりが絶妙に絡み合って、ワイリックのこれから進む道を照らします。そこにスパイスを加えるのが、いよいよ彼女への思いを自覚したチャーリーです。日本語で書くとネタバレになってしまうので原書からそのまま引用しますが、チャーリーがワイリックに言ったI don't need thanks. I just need you to keep breathing. という台詞《せりふ》が、訳者は本作いちばんの萌《も》えポイントでした。あとがきを読んでから本文を読むという方がおられましたら、どの台詞かさがしてみてください。

シャロン・サラはたくさんのシリーズや一冊完結のロマンスを同時並行で執筆していて、そのすべてが邦訳されるわけではないので、次にみなさまにお届けするのがどの作品になるかはっきりしたことはわからないのですが、シャロン・サラのファンとしては、本シリーズのようなロマンスの枠に留《とど》まらない物語をもっと読んでみたいです。

作者をはじめ、本書を読んだすべての人の心のなかで楽園を見つけたチャーリーとワイリックが、いつまでも幸せに暮らせることを祈りつつ、シリーズを閉じさせていただきます。最後までおつきあいいただき、本当にありがとうございました。

二〇二三年四月

岡本　香

訳者紹介　岡本 香

静岡県生まれ。公務員となったものの、夢をあきらめきれず32歳で翻訳の世界に飛びこむ。ローリー・フォスター『ハッピーエンドの曲がり角』、シャロン・サラ『明けない夜を逃れて』『翼をなくした日から』『すべて風に消えても』(すべてmirabooks) などロマンスの訳書をはじめ、児童書からノンフィクションまで幅広く手掛けている。

mira

明日《あした》の欠片《かけら》をあつめて

2022年4月15日発行　第1刷

著　者　シャロン・サラ

訳　者　岡本《おかもと》 香《かおり》

発行人　鈴木幸辰

発行所　株式会社ハーパーコリンズ・ジャパン
東京都千代田区大手町1-5-1
03-6269-2883（営業）
0570-008091（読者サービス係）

印刷・製本　中央精版印刷株式会社

定価はカバーに表示してあります。
造本には十分注意しておりますが、乱丁（ページ順序の間違い）・落丁（本文の一部抜け落ち）がありました場合は、お取り替えいたします。ご面倒ですが、購入された書店名を明記の上、小社読者サービス係宛ご送付ください。送料小社負担にてお取り替えいたします。ただし、古書店で購入されたものはお取り替えできません。

この書籍の本文は環境対応型の植物油インクを使用して印刷しています。

Printed in Japan
ISBN978-4-596-42790-8

mirabooks

明けない夜を逃れて
シャロン・サラ
岡本 香 訳
余命宣告から生きのびた美女と、過去に囚われた私立探偵。喪失を抱えたふたりが出会ったとき、運命は大きく動き始め…。叙情派ロマンティック・サスペンス！

翼をなくした日から
シャロン・サラ
岡本 香 訳
元陸軍の私立探偵とともに、さまざまな事件を解決してきたジェイド。カルト組織に囚われた少女を追うなかで、自らの過去の傷と向き合うことになり…。

すべて風に消えても
シャロン・サラ
岡本 香 訳
最高のパートナーとして事件を解決してきた私立探偵チャーリーと助手のジェイド。最大の危機と悲しい別れが、二人にこれまで守ってきた一線をこえさせ…。

さよならのその後に
シャロン・サラ
兒嶋みなこ 訳
息子を白血病で亡くし、悲しみのあまり離婚の道を選んだヘイリー。3年後、命の危機に陥った瞬間に思い出したのは、いまも変わらず愛している元夫で…。

いつも同じ空の下で
シャロン・サラ
兒嶋みなこ 訳
シェリーの夫はＦＢＩの潜入捜査官。はなればなれの日々のなか、夫が凶弾に倒れたという知らせが入る。涙にくれるシェリーを、次なる試練が襲い…。

サイレント・キス
シャロン・サラ
新井ひろみ 訳
作家ケイトリンは半年前から脅迫状に悩まされていたが、ある日何者かに交差点で突き飛ばされ重傷を負う。護衛役を買って出たのは知人で元警官のマックで…。